潜水鐘に乗って

DIVING BELLES

Lucy Wood

ルーシー・ウッド
木下淳子 訳

東京創元社

目次

潜水鐘に乗って　5
石の乙女たち　31
緑のこびと　55
窓辺の灯り　75
カササギ　103
巨人の墓場　121
浜辺にて　143
精霊たちの家　173
願いがかなう木　195
ミセス・ティボリ　225
魔犬《ウィシット》　251
語り部《ドロール・テラー》の物語　273

訳者あとがき　298

潜水鐘に乗って

謝　辞

エージェントのエリザベス・シャインクマンと編集者のヘレン・ガーノンズ＝ウィリアムズに深く感謝する。ブルームズベリー出版のみなさんにも心からの感謝を。エクセター大学、クリエイティブ・ライティング・アンド・アーツセンターのサム・ノース、フィリップ・ヘンシェル、アンディ・ブラウンにもお礼を言わせてほしい。ミッシェルとエヴァ・フェイバー、ガイ・バウワー、エマ・バードにも同様にお礼を。そして、ベン・スミス。あなたの変わらぬ励ましと支えにいつも助けられました。本当にありがとう。

最後にクリエイティブ・ライティングで修士《MA》を得るための学費を補助してくれた芸術《A》・人文《H》リサーチ《R》カウンシル《C》に最大級の感謝を表明します。この短編集はそこからはじまりました。

潜水鐘に乗って

Diving Belles

　アイリスは、潜水鐘《ダイビング・ベル》のなかにある木製のベンチに座っていた。強ばった足首を重ね、膝の上に置いた両手は祈るような形に組みあわせている。ダイビング・ベルはきしみながら激しく揺れ、宙に浮いたまま海に向かって少しずつ動いていた。最初のうちは〈メイトリアーク号〉の甲板から、巻き揚げ機《ウィンチ》のハンドルを回す船長のディメルザのうめき声や罵り《ののし》声が聞こえていた。だが、ダイビング・ベルが海上に飛び出すと同時に、ディメルザの声は激しい風の音にかき消されてしまった。釣り鐘形をしたダイビング・ベルの底の部分は空いていて、そこから吹きあがってくる冷たい空気は、〈メイトリアーク号〉の錆が斑《まだら》に浮いた船腹の鉄の匂いと、湿った塩っぽい海藻の匂いを運んできた。アイリスが座っているベンチは幅が狭く、ダイビング・ベルが大きく揺れるたびに、転げ落ちないよう、足のせ台に力いっぱい足を押しつけなければならなかった。教会の鐘のなかにいるのだと考えようとした。自分は鐘の〝舌〟の部分になって、これから海中で鐘を鳴らし、なにかを告げようとしているのだと。アイリスは常に顔の前の小さな窓に視線を向け、絶対に下を見ないようにした。足元に床はなく、ベルの底のぽっかり空いた開口部に白く泡立つ海面が迫っていた。アイリスとダイビング・ベルはゆらゆらと揺れ、ゆっくりと降下しながら〈メイトリアーク号〉から離れていった。その船腹には、フジツボやムラサキイガイが難破船の生き残りのように幾重にもこびりつき、しがみついていた。

　ふいに、新しいワンピースと借り物の靴が似あっているかどうか心配になった。髪に手をやり、海に近づく際に風に吹かれて針金のように逆立った白髪を撫でつけようとした。硬い木のベンチのせいで体が痛んだ。足元から吹きあがる風でワンピースの裾がめくれ、ふくらはぎに走る静脈が露わになっている。タイツをはくのは忘れてしまった。いつもズボンをはいているのに、柄にもなくワンピースなど着たからだ。自分を励ますためにも、そうしたのだが。とにかく、茶色を選んだことだけは正解だった。アイリスはワンピースの裾をまとめてたくしあげ、その上に腰をおろした。四十八年ぶりに会えるかもしれない夫に、こんな脚を見せたくはない。ディメルザは吸いかけの煙草を客に向けながら、いつも忠告していた。「言っとくけど、だいぶ辛い思いをするよ。海の底におりたら、競争相手は山ほどいるんだからね」

ダイビング・ベルが海面にぶつかった瞬間、水煙があがり、冷たく暗い水が鐘を包みこんだ。アイリスは両足を持ちあげ、ベルのなかの空気圧が足のせ台の下に広がる海水の水圧と同じになるのを待った。アニーから借りた靴に油や泡状の染みをつけたくなかった。いろいろな染み抜き洗剤――液体洗剤ヴァニッシュ、クリーム洗剤、重曹――を思い浮かべた。どれが効いたとしても、ずいぶんと手間がかかるに違いない。カーディガンの袖をおろし、救命胴着をまっすぐに直した。ゆっくりと沈んでいくダイビング・ベルの周囲を這うように何千もの泡が立ちのぼり、小さな窓の外側を白く光る大理石のように転がっていく。アイリスは窓の外をのぞいたが、泡立つ海水以外、なにも見えなかった。

その泡も、深く沈んでいくにつれて消え、しだいに海は静まった。なにもかもが沈黙していた。アイリスは足をおろし、足元にある丸く切り取られたような水面を見おろした。その表面は平らで中身が詰まっているように見え、微《かす》かな波さえない。まるで、そこにあるのはリノリウムや板張りの床で、その向こうにあるのは幾尋《ひろ》も続く空気のない世界ではないというようだ。突然、灰色の薄汚れた塊《かたまり》が眼の前を通り過ぎた。ダイビング・ベルが激しく揺れて傾いたが、すぐにまっすぐになり、またゆっくりと沈みはじめた。

　アイリスは胸の前でしっかりとハンドバッグを抱きしめ、ゆっくり呼吸をしようと努めた。本来なら二時間分の酸素があるはずだが、パニックを起こしたり、緊張しすぎたりしたら、もっと早くなくなってしまうだろう。指を組みあわせ、またほどくのを繰り返した。ダイビング・ベルを潜水させるとき、ディメルザはアイリスに言った。「引き揚げてみたら、あんたがぐんにゃりした魚みたいになってるなんて、ごめんだからね。ちょっと慣れても自分を潜水のプロみたいに思うんじゃないよ。合図を忘れないように。紐を一回引いたら、止まれ。もう一回引いたら、進め。わかったね?」はじめてダイビング・ベルで海に潜ったとき、アイリスは念のために、筆圧の弱い下手な字でディメルザの指示を書き留めた紙を、ティッシュやミントキャンディと一緒にバッグに入れた。ディメルザが念を押した紐は、ダイビング・ベルの天井からアイリスの頭の上にぶらさがっている。そこから、ダイビング・ベルと〈メイトリアーク号〉をつなぐ鎖と並行して取り付けられた管のなかを紐は通り、反対側の端が甲板の上の三脚台にのったシンバルに結びつけられている。ダイビング・ベル側の紐を引っ張ると、甲板ではシンバルが大音量で鳴り響く仕掛けだ。

　アイリスは小さな窓の外をのぞいたが、ほとんどなにも見えなかった。どこまでも灰色で果てがなく、水のなかというより、灰色の霧のなかを沈んでいるようだ。ダイビング・ベルはゆっくりと下降を続けていた。と、突然、その動きが止まった。船とダイビング・ベルをつないでいる鎖がゆるみ、アイリスは一瞬、船から切り離され、海中をあてもなく漂っていくような感覚に襲われた。それから、また鎖がぴんと伸びて左右に大きく揺れた。アイリスは、頭上の張りつめた鎖の力と足元のベルの鉛の重みに挟まれ、囚われたまま、海面と海底の中間地点でまさに宙吊りになっていた。

前回、二度目の潜水のときも、まったく同じ現象が起こった。原因はわかっている。ディメルザが急にウィンチを回すのをやめてハンドルをロックし、座標を確認しに行ったのだ。ディメルザは、ダイビング・ベルが海底に着くときの目標地点が一フィートたりともずれることを許さない。

ダイビング・ベルが、また揺れた。アイリスはじっと動かず、海水の巨大な圧力のことは考えないようにしていた。せわしなく二度、息を吸っては吐いた。今の感覚は、時々、夜中に眼が覚めて、息が止まるほどの孤独に思わず隣に手を伸ばすときと似ていた。手を伸ばしても冷たい枕に指が触れるだけのあのとき。アイリスは心のなかで繰り返した。落ち着いて待てばいいだけ、落ち着いて待てばいいだけ。バッグからミントキャンディを取り出して口に入れ、粉々に嚙み砕いた。ざらりとする砂糖が奥歯にしみた。

しばらくすると、ディメルザが再びウィンチを動かしはじめ、ダイビング・ベルが下降をはじめた。アイリスは、ほっとして肩の力を抜いた。海底に近づくほど、海水の透明度は高くなった。それから、突然、難破船が視界に跳びこんできた。船首を上にして、まるで篝火《かがりび》のように海底に突き刺さった船は、いまやほとんど、梁《はり》と、梁にぶらさがった鉄片と、半ば崩れ落ちた煙突だけになり、その輪郭が海中にぼんやりと浮かびあがっていた。錆びた船枠は弓なりにゆがんだり、あちこちに突き出したりしている。周囲の砂の上には、剝がれた鉄板が散らばっていた。ダイビング・ベルは難破船の太い梁や綱の間を縫って降下していき、エンジンの真上で停まった。その下から、腐食したり魚に食べられたりしてぼろぼろになった〈クイーン・メリー号〉という文字がアイリスを見あげていた。左側の海底に視線を向けると、空っぽの戸棚がいくつも転がっていた。貨物船〈クイーン・メリー号〉が運んでいた鉄道の貨車は壊れ果て、海底のあちこちに置き去りにされていた。貨車は内部に入りこんだ石の重みで、まるで遺体のように砂に埋もれ、その上を弔いの花のごとくオレンジ色の錆が覆っている。緑や紫の海藻が貨車のガラスのない窓をすり抜け、漂っていく。車両の軸の間からは、先住民の褐色の指や白人の白い指が突き出ていた。

アイリスの捜し物が一番見つかりそうな場所はこの地点だと、ディメルザは考えていた。この地点にダイビング・ベルとアイリスをおろしたのは、すでに二度目だ。「いつか必ず」と、ディメルザは言った。「彼らは戻ってくるんだよ。生まれ故郷に留まろうとする。しばらくは、あっちこっちをふらふらしたとしても、最後はその場所に戻ってくるのさ。彼らは、いつまでも昔を懐かしんで感傷的になってる。だから、ぼんやりしちまうんだろうね。あたしらとは違うんだよ。そうだろう?」と、最後に付け加えながら、ディメルザはアイリスに着せた救命胴着の紐を固く締めた。

赤い小さなカッコウベラが船の梁の間を泳ぎ抜け、コウイカが迷子の老人のようにゆらゆらと漂っている。アイリスは眼鏡のレンズに唾をかけてカーディガンの袖で拭いてから、かけ直した。そして、待った。

この数十年、アイリスは押し寄せる孤独をなんとか追い払おうとしてきた。いつも忙しくするように努めた。ホテルで働く時間を増やし、仕事がない日は、取り憑かれたようにトランク・セール巡りをした。週末になるたび、あちこちで行われるトランク・セールに出かけては、知らない人たちが持ち寄った不用品——欠けた皿、古い人形、枝付き燭台など——を眺めて歩いた。一度も買ったことはなく、ただ眺めて歩くだけだ。文通友達《ペンパル》を募る会に参加して、スコットランドの北の果てにあるオークニー諸島に住む男と文通をはじめた。彼が手紙に書く、急に変わる天気や浜辺にあがってくるアザラシの話、乗っている車のこと、手紙に添えて送ってくる自分で描いた絵が気に入っていた。『わたしは相変わらず元気にやっています』と、アイリスは返事を書いた。だが、そのうち彼が描く絵が暗く苦悩に満ちたものに変わり、人の顔が赤や黒で塗りつぶされるようになって、アイリスは文通をやめた。

日中のほとんどの時間を忙しくしておく術《すべ》を知った。長い年月をかけて、体が見えない壁を作れるようになり、仕事中でも、昼食後の隙間時間にうたた寝ができるようになった。それは昼食後だけでなく、いつでもだった。だが、過去に一度だけ、冷蔵庫が小さくうなる音——沈黙よりもっと質《たち》が悪い——が耳について眠れないことがあった。アイリスは起きあがって、冷蔵庫の電源を抜いた。中身の食料品が溶け、床に水が滴り落ちても構わずに。だが、朝になると、食べ物を無駄にしたことを後悔した。溶けた材料で、何時間もかけて大量のパイやキャセロールを作り、小分けにして再び冷凍した。

夕食は、図書館で借りた映画のビデオを見ながら食べた。図書館で借りられるビデオはなんでも借りた。だが、危険なのは、エンドクレジットが終わって音楽が止まり、ビデオテープが巻き戻りはじめたときだった。ふと、心に隙ができ、昼間は考えないようにしていることを考えてしまう。そして、それが起きたのは、椅子に深く腰かけて背もたれに体をあずけ、浅瀬で手足をばたつかせるように眠ったり目覚めたりを繰り返しているときだった。夢のなかで夫を呼ぶと、夫が泳いで家に帰ってきたのだ。

その夢は、ある朝、現実になった。眼を覚ますと、潮の匂いと湿った匂いが漂い、隣の枕の上では小さな魚が一匹、断末魔の苦しみに身をよじっていた。かつて夫が横たわっていた場所には、微かに温かなくぼみが残されていた。アイリスは急いでベッドからおり、ベッドの脇から続いている砂の跡をたどった。心臓が裸足の足の裏まで響くほど激しく鼓動した。砂の跡は階段をおりて階下へ、さらにキッチンを通り抜けて戸口へと続いていた。ドアは開けっぱなしだった。戸口の石畳の上で緑色のカニが二匹、そろって脚を高くあげながら横歩きをしていた。キッチンの壁には花輪の飾りのように海藻が飾られていた。冷蔵庫や鍋の上やあちこちで、イソギンチャクが大きな花のように揺れていた。イソギンチャクの赤黒い色は生きた心臓を思わせた。アイリスは丸一日、こすったり漂白したりモップをかけたりして、すべてを元通りにした。掃除が終わるまでの間、夫が家のどこかにいるような気がした。警察には通報しなかった。そんな必要はなかったから。いなくなった人が恋しいからといって、警察に通報する者などいない。

家中を漂白したあとも、戸棚や部屋の隅には海の匂いが漂っていた。その後も、時折、朝起きてみると、イソギンチャクがひとつ見つかったり、空《から》の牛乳壜のなかで半透明のエビが動きまわっていたりした。家の蛇口から出る水が塩水になってしまったこともある。アイリスは、スーパーマーケットで重い水のペットボトルを買ってこなければならなかった。沈黙は潮のように満ち、また引いていった。人生は再びヤドカリのように、以前よりもっと大きくて空っぽの貝殻のベッドに心地よく収まった。

ときたま、アニーが夫のウェスティと連れ立って、やってきた。二人はアイリスの家と同じ通りに住んでいて、アニーがアイリスに話があるときか、ただ退屈したときに訪ねてきた。アニーには悪い知らせを嗅ぎつける才能があり、それを人に話すのも大好きだった。たとえ自分の悪い話だったとしてもだ。ウェスティは妻の行くところにはどこにでもついていき、どこに行っても上の空に見えた。彼は十二歳の頃、方位磁石を読み間違えて、所属していたボーイスカウトのグループを迷子にした。そのせいで〝西向き《ウェスティ》〟というあだ名がつき、そのあだ名は大人になっても変わらなかった。今でも、みんなが彼をウェスティと呼んだ。妻のアニーまでも。彼自身も自分の本名を忘れてしまったのではないかと、アイリスは疑っていた。アニーが死んだら、ウェスティはますます心ここにあらずになってしまうのではないかと想像した。だが、すぐにそんなことを考えた自分を責めた。

アニーとウェスティが小道をやってくるのが見えると、アイリスは慌てて家のなかを走りまわった。浄水器を調べ、棚に飾られたハマカンザシの花輪をちぎり取った。もしも、カサガイの殻や湿った藻の塊に気づいたら、アニーとウェスティはきっと眼をそむけ、見なかったふりをするだろう。先月も、二人は日曜日の午後にやってきた。「日曜日って嫌いよ」やけどしそうに熱い紅茶をすすりながら、アニーが言った。「自分が誰からも忘れられたような気持ちになるの」小柄なアニーは、椅子にすっぽりと収まっていた。彼女を見ていると、アイリスは自分も背中を丸めて小さくなりたいと思ってしまう。

外が湿気っぽいため、キッチンの窓は結露で曇っていた。アニーが持ってきたサフランケーキの端をアイリスはひと口かじった。まったく食べないのは悪いと思うからで、本当は塩素臭い味が大嫌いだ。以前、アニーにもそう言ったのだが、アニーは構わず毎回のように持ってくる。

「封筒の話をしないと」と、ウェスティが言った。

アニーは横眼でちらりと夫を見た。「今日は、その話で来たのよ」と言って、膝の上のハンドバッグを見おろした。「最近、キングズロードで空巣があった話は聞いてる？」

「なにかの記事で読んだわ」アニーがこの話を単なる糸口にしようとしているとさとり、アイリスは腕組みをした。

「二週間で五件もよ。しかも、どれも真っ昼間。帰ってみると、家のなかの物がなにもかもなくなってるんですって。なにもかもよ。図書室の本一冊も残ってないって」

「図書室の本?」アイリスは訊き返した。アニーとウェスティが色違いのセーターを着ていることに気づいた——片方は紫、片方は赤と緑のチェック。

「そうよ、図書室の本。小型のトラックが逃げていくのを見た人もいるそうよ。車の窓から犯人がこっちを見てて、眼が合ったって」アニーはそこで言葉を切って、ウェスティの顔を見た。「想像できる? 家に帰ったら、家具もなんにもなくて壁が剝き出しで、誰かが家中を漁《あさ》って品定めしたあとだなんて」

「靴も」と、ウェスティが横から言った。

「靴もなにもかもよ」アニーが答えた。「しかも、永久に取り戻せないのよ」アニーはそこで言葉を切り、アイリスの言葉を待っているようだったが、アイリスはなにも言わなかった。すると、アニーはおもむろにバッグを探って青と金色の封筒を取り出し、机に置いてから咳ばらいをした。「ダイビング・ベルって、聞いたことある?」と、ぶっきらぼうに言った。

アイリスは封筒を見ないようにした。「あると思う」アニーが大きく息を吸いこんだ——この手の話をするのは苦手だろうし、誰かになにかを贈るのも好きではないだろう。アイリスは話をそらそうとしたが、どの話題も長続きしなかった。

「ケイリー・アンドリュースはね」アニーは言った。「一度、潜っただけですぐにご主人が見つかったそうよ」

アイリスは返事をしなかった。唇を嚙みしめ、紅茶のお代わりを注いだ。

「ずいぶん儲かってるらしいわ」アニーはさらに駄目押しのひと言を付け加えた。「いい機会だと思うのよ」

「港まで行けばいいよ」ウェスティが言った。「古い救助艇置き場になってる小屋の近くにあるらしい」

小さなカニが数匹、テーブルの端を歩いていた。アイリスは急いで片手ではらい、もう片方の手の平で受け止めてから、ティーカップの受け皿にそっと移した。沈黙のなか、冷蔵庫の上に置かれた時計の音がやけに大きく響いていた。

「いい機会だと思うのよ」アニーがもう一度言った。

「そう思う人もいるでしょうね」と、アイリスは答えた。うるさい羽音をたてて飛んできたハエを、ぴしゃりと皿で押さえて殺した。

「電動ハエ叩き機が必要だな」ウェスティが口を挟んだ。

「わざわざ、気をつかってくれなくてよかったのに」アイリスは椅子の左右の肘掛を握りしめた。アニーは封筒をアイリスの正面に押しやった。「三回分の引換券よ」

「ご親切に」と、アイリスは言った。

アイリスとアニーとウェスティは、まるではじめて見るように部屋を見まわした。クリーム色の壁と、茶色の斑点模様のタイル。窓の下枠を巻貝《マキガイ》が這っている。

「わたし、泳げないの。泳げないのにそんなことできないわ」唐突に、アイリスが言った。

「泳ぐ必要なんてないのよ。ただ、ダイビング・ベルのなかに座って、海の底に潜るだけ」アニーが説明した。「その券で三回潜れるわ、アイリス。三回潜っても、一フィートも泳がなくていいのよ」

アイリスは立ちあがり、カップと皿を重ねて流しに運んだ。次にアニーが言いそうなことはわかっている。『なにかを危険にさらさなきゃ、なにも得られないのよ』アイリスの手は微かに震えていた。陶器がぶつかって、小石がひっくり返るようなカタカタという音をたてた。

二人が帰ったあと、アイリスは視界の隅にずっと封筒をとらえていた。封筒のそばを離れないように、細かい雑用をこなした。床を拭き、椅子やテーブルクロスをまっすぐに直した。それがすむと二階にあがり、ベッドに横になって、封筒を思い浮かべた。それはテーブルの真ん中に、誰からも見えるように置かれている――もし、泥棒が入ったらどうしよう？　引換券が盗まれてしまったら、アニーが払った料金が無駄になってしまう。アイリスは階下におりた。封筒を持って二階に戻り、枕の下にしまった。

ダイビング・ベルの事務所は、港のはずれにあるプレハブ小屋だった。鉄の波板で建てられた小屋のドアを、アイリスはためらいながらノックした。強い風が町とその周辺に吹き荒れていた。風はガラス壜のなかに突っこみ、洗濯物を勢いよく揺らし、釣り船に積んである索具の束の山を崩した。小屋の周りのあちこちには、魚網やロブスターの罠やオレンジ色の救命ブイが積みあげられ、魚と濁った海水の匂いが漂っていた。ノックに応える声はなかった。アイリスは後ずさりをして、場所があっていることを確かめてから、もう一度ドアを叩いた。そのとき、頭上で足音が聞こえ、屋根の上を歩く女の姿が見えた。女はカーキ色のズボンに、体にぴったりした黒いランニングシャツを着ていた。ゴムのサンダルを履き、短い髪は赤く染められている。女は梯子《はしご》をつたって屋根からおり、アイリスの正面に立った。女の両手の甲には十字の傷跡があり、両腕と広い肩はタトゥーで覆われていた。アイリスはタトゥーから眼が離せなかった。片腕の上腕二頭筋に刻まれているのは、穴が空いた黒い心臓を一匹のウナギが泳いで通り抜けているタトゥーだった。

「あの……ディメルザ……ディメルザさんですか？」我に返って、アイリスは訊いた。

「ディメルザ？　ディメルザ……そうだね、そうかもしれない」ディメルザは後ろに下がり、なにかに満足したように屋根を見あげた。屋根の上には、たくさんの太いバネがついた金属の籠のような、奇妙な仕掛けが見えた。「これでよし」と、ディメルザはつぶやいた。

アイリスも同じ方向を見あげた。あれは、ただのビニール袋か、それとも羽をだらりと垂らした海カモメだろうか？

ディメルザはなにも言わず、大股でプレハブ小屋のほうに歩き出した。アイリスは少しためらったあと、そのあとをついていった。

小屋のなかは古い地図と焦げたコーヒーの匂いがした。ディメルザは事務机の向こう側に収まった。天板の角に狩猟用ナイフが突き刺さっている。アイリスは、かび臭いデッキチェアに浅く腰をおろした。机の上には、錆びた船の部品にまざって書類やファイルが山積みになっていた。壁に掛けられた板に、数えきれないほどの青緑色や銀色の鱗がピンでとめてあった。

ディメルザは椅子の背にゆったりともたれ、煙草らしきものに火をつけた。「これはハーブだよ。煙草は毒だからね」深く煙を吸いこみ、指の関節をさすりながら椅子の後ろ側の脚に体重をかけ、椅子を前後に揺らした。

アイリスは背中に力を入れて、まっすぐ座っていた。そうしていないと、デッキチェアが壊れそうだったからだ。すでに横木が音をたててきしんでいた。部屋は寒いはずなのに、アイリスはなぜか体が熱くなった。

「それで」突然、ディメルザが吠えるような大声で言った。「あたしに頼みたい仕事があるんだろう？　連れていかれたっきりの、ご亭主に会いたいとか？」

アイリスはうなずいた。

ディメルザは机の引き出しをひっかきまわして、書類を取り出した。「ご亭主がいなくなったのは、いくつ前の夜？」

「正確に覚えてないんです」

「なんとか絞り出してもらわなきゃ。三？　七？　それがわからないと、あんたがあたしの手を煩わせる理由もわからない」

「一万七千六百三十二」と、アイリスは答えた。

「そりゃまたずいぶん……書類からはみ出しちまう」ディメルザはアイリスの顔をじっと見つめた。ディメルザの白眼は微かに充血して、アイリスが見ている限りでは一度もまばたきをしなかった。

「書類に当てはまらないんでしたら、無理に作らなくてもいいんです」アイリスは立ちあがりかけた。ほっとしたような、がっかりしたような気分だった。

「まあ、お待ち」ディメルザは、アイリスに座るようにという身振りをした。「別に、やらないとは言っちゃいないよ。ただね、今まで、そんな爺さんを捜したいってお客はいなかったもんでね」

「彼は二十四歳だったんです」

「そうとも、そうとも」ディメルザは、なにやら殴り書きのような字で書類を埋めていた。「ただね、これはなかなか扱いづらい仕事になるかもしれないよ。ご亭主がどこか別の場所に行っちまったかもしれないからね。ひとりだけ置き去りにされることだってある。とにかく、どんな可能性だってある。わかるね？」アイリスは再びうなずいた。

「よし。じゃあ、この紙にサインして。ただの、安全やなんかの決められた法律の項目が書いてあるだけだから。それと、あたしがあんたのご亭主を創り出すのは法律で禁止されてるってことも了承してもらわないと。万一、あたしがご亭主を見つけられなかったら、それくらい難しい注文だったってことさ。いいかい？」

アイリスはサインをした。

「それから、あたしがどうやって彼らを捜すのかは企業秘密だよ」ディメルザは付け加えた。「それは訊かないのが決まり。商売敵を増やしたくないからね」

壁に飾られたプラスチック製の〝歌う魚《シンギング・フィッシュ》〟のおもちゃが横眼でアイリスを見おろしている。ピンでまとめてあるカールした髪の束が落ちてきたのを感じた。アイリスはいつも髪をアップに結いあげていた。一度、おろしたままで買い物に出たら、町の人は誰もアイリスに気づかなかった。翌日、普段通りに髪を結って出かけたときは、前の日は遠出をしていたと嘘をつく羽目になった。

アイリスは髪をなおし、ピンを深く差しこんだ。さっき、ディメルザはこちらを馬鹿にした顔で笑ったような気がしてきた。アイリスは座ったまま、体をかがめた。椅子がバタンと折り畳まれてわたしを飲みこんでくれればいいのに、と願いそうになった。ここに来るべきではなかった。ディメルザがなにか言うのを待ったが、彼女は片足を机にのせ、前後に椅子を揺らしているだけだ。

「ずいぶん暖かくなりましたよね」仕方なくアイリスは口をひらいた。実際は、さっきより寒く感じていたが。

ディメルザはよく聞き取れない声でカモメや旅行者について話し、しばらくして、ため息をついて立ちあがった。「おいで」アイリスはディメルザと、港の端まで歩いた。小さな波が港のコンクリートの壁の根元に打ちつけては、海藻をひと塊ずつ運んできていた。ディメルザは、古びたトロール船を指差した。「あれだよ」

「あれなんですね」アイリスも繰り返した。〈メイトリアーク号〉の船体は黄色に塗られていたが、塗料は老女の爪のように色褪せ、ところどころ剝がれ落ちていた。海面との境目辺りの船体の表面には板状の錆が巻きあがっていた。見たところ、浮いているのがやっとのようだ。船首には首のない人魚が掲げられている。甲板からタールと下水の臭いが漂ってきた。近くに停泊している船は一艘もいなかった。

ディメルザは大きく鼻を鳴らした。「美人だろう?」答えを待たずに、甲板に渡されたタラップをのぼっていった。ダイビング・ベルは舵輪のすぐ横に古《いにしえ》の遺物のごとく鎮座していた。重厚な造りは、軍艦か戦車の一部を思わせた。そのときはじめて、アイリスは、自分が本当に海底に潜るのだと実感し、ダイビング・ベルのなかにいる自分を想像した。ずっと昔に見たことがある、店のショーウィンドウに吊りさげられた小鳥の籠を思い出し、自分がそこにいた薄青い小鳥の代わりに籠のなかにいるところを思い浮かべた。

ディメルザは、ダイビング・ベルの側面の鉄を撫でながら、アイリスに仕組みを説明した。「これが海底に沈むとき、空気の圧力と海水の圧力は同じくらいになる。そうすれば、水は絶対にベンチより上にあがってきたりしない。ダイビング・ベルのなかには酸素が閉じこめられてるんだよ。そりゃ、最新式のやつは、こんな仕組みじゃないけどね。そっちは船から管が何本もつながってて、そこから酸素を送りこむようになってる。そのほうが間違いなく安全なのは確かだよ。電話なんていうくだらないものもついてるっていうんだからさ。でもね、いくら安全だかなんだか知らないけど、こんなに美しくはない。見てごらん、きれいだろう? なんだって、わざわざ海の底まで行ってまで、電話なんて欲しいのかね?」ディメルザは、答えを求めるような顔をアイリスに向けた。

アイリスは答えを探した。安心できるとか、助けを求められるとか。それから、「そうですね」と、言った。「誰だって変化を嫌うものですよね」

ディメルザは、片手でアイリスの背中を強く叩いた。「そうだね、あたしの感傷ってやつだ」港まで戻ってから、ディメルザは言った。「それじゃ、二、三日、時間をもらおう。彼らの気配を見つけたら、連絡するから」

海中に降下しはじめてから十五分が経過した。アイリスには、たったの数秒のようにも数時間のようにも感じられた。ダイビング・ベルの真下にある難破船〈クイーン・メリー号〉の大部分は真っ暗で静かだったが、実はあちこちでほんの小さな動きがあることを、アイリスは知っていた。クモガニが穴から顔を出していた。色鮮やかなウミウシが船の竜骨の上をゆっくりと、のたうちながら横切っていった。海藻が静かに揺れていた。その前後左右の揺れを眼で追っているうちに、アイリスは浅い眠りに誘われた。それから、はっと眼を覚まし、大きくあえいだ。眠りのなかで、氷のように冷たい水に体が落下し、どんどん深く沈んでいこうとしていたのだ。前の晩、よく眠れなかったせいだろう。だが、こんなところで眠りこむなんて危険だし、どうかしている。はるばる海の底まで来て、眠ってしまうなんて。アイリスは手首をつねり、まっすぐに座り直した。ディメルザがベンチの硬い板にクッションを置いてくれればいいのにと思った。

さらに時間が過ぎた頃、一匹のエイがダイビング・ベルの下側から泳いできたと思うと、濡れた木の葉のように、窓にぴったりと張りついた。小さなエイは怒ったような顔をして、口をぽかんとあけていた。ダイビング・ベルの内部は薄暗くなり、外がなにも見えなくなってしまった。「あっちに行って」と、アイリスは言ったが、エイが離れる様子はない。身を乗りだし、窓を叩いた。力をこめて叩き続けていると、エイはやっと窓から剝がれて、どこかに泳ぎ去った。それから、しばらくの間、アイリスの心臓は早く、重く鼓動した。さっと泳ぎ去る魚を見かけたり、小さな影が視界を横切るたびに、彼が泳いできたのかと思った。半ば取り乱しながら待っていたが、しばらく経っても、なにも起こらず、アイリスの心臓の鼓動もしだいに落ち着いた。

この日、ディメルザは、彼らが姿を現すと確信しているらしかった。数日前から、海底の〈クイーン・メリー号〉の周りに、今までにないほど多くの動きを観測しているのだという。だが、アイリスから見ると、海底はいつもと変わらず、空っぽで孤独そのものだった。

なにかが視界の隅で動いた。アイリスは足のせ台の上で伸びあがり、それがなにかを確かめようとした。なにもいない――たぶん、海藻だろう。膝の関節が震えはじめた。アイリスの膝は、足のせ台の狭い幅で体重を支えられるほど強くはない。急いで、また腰をおろした。もしも彼が本当に現れたら……本当になにもかもうまくいって、彼がダイビング・ベルのあとについて海面に浮上し、ディメルザが彼を網ですくいあげることができたら……甲板にあがった彼に、なんて話しかければいいんだろう？　アニーが考えたセリフはなんだったろう――『ずいぶん久しぶりね』？　アイリスは口に出して言ってみた。「ずいぶん久しぶりね」それは口に出すと奇妙に響き、喉《のど》につかえた。咳ばらいをして、もう一度言った。「ほんと、海の深さくらい久しぶりじゃない？」金属の空洞に向かって言う軽い冗談。面白くもなんともない。彼に言いたかったことを思い浮かべてみた。それは数えきれないほどあったが、どれも正しい言い分ではなかった。それらは、アイリスの前に煉瓦のように積みあがって、すっかり水分がなくなり、乾いて干からびていた。ふいに頭に浮かんだ想像に、アイリスの首から頬に赤味がのぼった。当然、彼はなにも着ていないはずだ。今までそのことはまったく考えていなかった。もしも甲板で彼を前にして、彼にかける言葉を探すときがきたら、そこにはディメルザもいるだろう。そして、彼はなにも身に着けていない。そういう彼と過ごしてから、どれほど時間が経ったろう……そのとき、自分はどう反応すればいいのだろう……。そもそも、自分は彼にとって今でも妻なのか、それとも赤の他人なのだろうか？　アイリスは考えこみながら、爪の周りの薄い皮膚を引っ張り、小さく引き裂いていた。

はじめてダイビング・ベルで海底に潜ったとき、そこはとてつもなく大きく、そして広く感じられた。想像していたよりずっと空虚で、どんな小さな物音も遠くまで響くようだった。アイリスはめまいに襲われ、気分が悪くなった。海底にはきっとなにか——なにかはわからないが——があると思っていた。だが、そこにあったのは、ただどこまでも続く無の世界だった。アイリスは身震いをした。寒さも暗さも耐えがたく、あのときテーブルに置かれた封筒を手に取ったことを後悔した。沈黙に押しつぶされそうになり、その沈黙のどこかに彼がいるなんて考えたくなかった。

さらに深く潜るうちに、小さな思い出が蘇った。彼の焦げ茶色の髪を白い小麦粉が覆っている。彼は歌を歌っている。『わたしの年老いた恋人は船乗りだったから、会えるのは一年にたった一度』蜂が一匹、飛びまわっている。だが、蜂とその歌がどう関係があるのかは思い出せなかった。

頭上にちらりとなにかが見えた。小さな黒っぽいものが、アイリスのほうに泳いできた。心臓が口から飛び出しそうになった。彼に違いないと思った。彼がわたしに気づいて、会いに来てくれた！　天井から下がっている紐を引いた。力いっぱい一度だけ。止まれという合図だ。ベルはさらに少しゆらゆらと降下し、急に傾いてから止まった。アイリスはよく見ようと、必死で首を前に伸ばした。もっと何年も前に、こうすればよかったと思った。

彼が近づいてきた。両腕を体にぴったりとつけて泳いでいる。肌は何色と言ったらいいのだろう？　茶色っぽい。もっと言えば赤茶色だ。さらに近づいてきた姿を見たとき、今度は、心臓が一気に足元まで落下するほどがっかりした。それはタコだった。脚を後ろに揺らしながらダイビング・ベルの周りを泳ぐタコは、木にひっかかった袋にそっくりだった。こんなものと彼を間違えたなんて！　恥ずかしさがこみあげ、急にぐったりと疲れた。笑おうとしたが、唇の端を微かにひきつらせることしかできなかった。それから、急に笑いが止まらなくなった。「馬鹿ね」声に出して言った。「ほんとに馬鹿！」まだこちらを観察しているタコの欲深そうな眼をしばらく眺めてから、紐を三回、引っ張った。疲労の波が一気に押し寄せた。ディメルザには、なにも見えなかったとだけ言った。

「急に止まれの合図が来たから、てっきりご亭主がいたのかと思ったよ」と、ディメルザは言った。酒を入れた小さな水筒からひと口飲むと、アイリスにも渡した。ディメルザにならって飲むと、乾いた唇が燃えるように熱くなった。「まあ、そんなに浅いところに彼らがいるなんて、あたしは思ってなかったけどね。それでも、たまにそういうずる賢いのもいなくはないから」ディメルザは振り向き、問いかけるように眼を細めてアイリスを見つめた。アイリスは眼を閉じ、黙って座っていた。「誰でも船酔いはするさ」と、ディメルザは小さくつぶやいてから、話を続けた。「あたしが知ってるなかで一番役に立つ教訓はなんだか、知ってるかい？」大きな声で問いかけた。「一度彼らを水からあげてしまったら、二度と追い帰すことはできない」ディメルザはやれやれと言わんばかりに首を横に振り、指の関節を噛んだ。「昨日、常連さんを乗せたんだけどね、彼女は二、三週間おきにずっと通ってきてる。なんでも、ご亭主はとっても感受性が強くて寂しがるらしい。だから、彼女は数週おきに来ては海に潜り、あたしはご亭主を網ですくいあげては甲板に引き揚げるのさ。太って、全身青白くて、オットセイみたいに塩水まみれで海藻をぶらさげたご亭主をね。いつも考えちまうよ。こんなことして、いったいなんになるんだろうって。海の底にそっとしといたほうが、ずっといいんじゃないかって。だけど、彼女はもう、ご亭主がそこにいることを知っちまったから、彼なしじゃ生きていかれない。だから、どうしようもない」

「彼をとても愛してるのね」アイリスは言った。

「ふん。海のなかには他に魚がいくらでもいるのに」と言って、ディメルザは笑い出した。カモメの鳴き声に似た高い声や、もっと低い吠えるような声で、笑って、笑って、笑いながら、風に向かって歯を剝き出し、「海のなかには他に魚がいくらでもいる」と何度も繰り返した。それから、港に向かって舵を切った。まだ「海、魚、いくらでも」とつぶやきながら。

二度目に海底におりたとき、アイリスは歌声を聞いた。歌はふいにはじまって、水のなかを縫うように近づいてきた。それは今までに聞いたどんな歌声より、ゆっくりと深く、アイリスの体中の骨の奥にまで浸《し》みこみ、錨をおろした。嵐が近づいていたが、ダイビング・ベルをおろす間くらいは天気も持ちこたえるだろうと、ディメルザは言っていた。最初、アイリスは、舞いあがっては水中に吹きこむ激しい風の音が歌声に聞こえるのだと思った。歌声は、風が船の隙間を吹き抜けるときの笛のような音や、牛乳壜の口をふさいで出す低い音が入り混じった騒音のような音だった。だが、深い海中にいるダイビング・ベルまで風が届くわけがない。歌は金属を通り抜け、アイリスの全身の骨に響いた。たぶん、また老いた体が不平を言っているだけだろう。なにかのいたずらに違いない。だが、しだいにアイリスの体は軽く、温かくなっていった。歌声はしだいに大きくなり、それにつれて、アイリスの心臓の鼓動はゆっくりになった。声は優しくそっとアイリスのまぶたを撫で、眼を閉じさせた。誰かに眼を閉じてもらうのは心地よかった。水圧が強くなった。だが、それは穏やかで、まるでアイリスを誘っているようだった。アイリスはダイビング・ベルの外に出たくなった。立ちあがって、足元にあいている隙間を抜け、水のなかに滑りこみたいと思い、そうしようとした。だが、ぎこちなくベンチから体を持ちあげようとしたそのとき、突然、歌声は止まり、雲が散り散りになるように消えてしまった。あとにはダイビング・ベルのベンチに座ったアイリスだけが残された。すっかり冷えきった体で、ひとりぼっちで。そして、嵐がはじまった。遠くから小さく響いてくる雷の音は、誰かが埃っぽい屋根裏でたくさんの箱を動かしているようにも聞こえた。

アイリスは待っていた。ダイビング・ベルで海に潜るのは、これで最後になる。ベンチに座ったまま落ち着かなげに体を動かし、ため息をついた。疲れていたし、硬いベンチはいつにも増して座り心地が悪かった。濃い紅茶と、お湯を入れた水筒が欲しかった。凍えるほど寒く、窓の外を横切るものは多すぎた。あまりにもたくさんのものが一度に見えた。あるものは動いたかと思うと消え、あるものはゆっくり視界を横切っては消えていく。それらを一度に把握するのは難しかった。しだいに気分が悪くなり、ちらりとしか見えないものに眼を凝らすのにも疲れ果てた。なにもかも時間の無駄だ。アニーを恨んだ。彼女のせいで、これはいい機会だなどと思ってしまったのだ。まだ終わりではなかった、やれることがあったと。陸にあがったら、もう二度とワンピースは着ないだろう。そして、もっと年老いたら、ワンピースを着て歩く誰かを眺めているのだろう。アイリスの眼鏡は、いつのまにか鼻の上にずり落ちたままになっていた。

頭上の紐を手で探り、引き揚げの合図をする準備をした。自分がこれほど年を取ったと感じたのは、はじめてだった。手の甲の皮膚をぎゅっと引っ張ってから離し、一度は白く滑らかになった皮膚が、また元通りにたるみ、しわだらけになるのを見つめた。眼が乾き、かゆかった。そのとき、〈クイーン・メリー号〉の片側で、ちかりと光るものがあった。赤？　それとも金色？　見えたのは光だけだ。だが、次に見えたのは大きな動く影で、船体にぽっかりとあいた穴に消え、すぐあとに、さらに二つの影が続いた。いくつかの影が集まって塊になっている。どの影にも髪の毛があり、たくましい尾ひれを動かして泳ぎまわっている。体の表面は貝殻と海藻に覆われ、長い髪は絡《から》まり、もつれて、黒く濡れたロープに似ている。影は凝固した光る水の塊のように、回転し、渦を巻きながら泳いでいた。

そして、彼はそこにいた。彼は集団から抜け出し、青白い矢のような速さで船体の隙間を泳いでいた。アイリスはまばたきをして、眼鏡の位置を直した。彼の体がねじれ、回転した――彼の体だと、すぐにわかった。もちろん、以前と少し違ってはいたが。少し筋肉がつき、少し流線形を帯びて、アイリスが知っていた頃より水に馴染んだ体にはなっていたが。アイリスは身を乗り出し、紐をつかんだ。だが、次の瞬間、喉が詰まり、息が苦しくなった。

こんなにも彼が若々しいなんて、誰も教えてくれなかった。こんな彼はまったく想像していなかった。ずっと昔にアイリスの隣で眠りに落ちていたあの頃と、まるで変わらないなんて。彼の皮膚！　半透明に近いくらい透き通り、そっと触れなければ破れてしまいそうだ。美しい皮膚の下には、細かく枝分かれした静脈が茶色のインクを流したようにくっきりと透けて見える。アイリスは心のどこかで、自分と同様に彼も衰えているはずだと思っていた。無意識に自分の手の甲の皮膚を触った。彼は、なんの苦もなく海中を泳ぎまわっている。その体はしなやかで、痩せてはいるが肉付きは美しく、浜辺で拾ったガラス片《シーグラス》にも負けないほど滑らかだ。

彼が近づいてくると、アイリスは思わず身を引き、息を止めた。突然、彼に自分の姿を見られるのが嫌になった。できるだけじっとして、彼の視線が通り過ぎるのを待った。彼の眼は大きく、明るく輝き、記憶にあるよりくっきりとしていた。アイリスはさらに体を後ろに引いた。彼はダイビング・ベルに気づいていない。血の気のない口から透明な泡が吹き出ている。それはあまりにも美しく、あまりにも不思議な姿だった。思わず見つめずにはいられないほど。

眼鏡に小さな汚れがあるせいで、彼の姿がよく見えなかった。眼鏡をはずしてレンズに息を吹きかけ、急いで磨こうとした。だが、両手が震えて、ベンチの下に見える水面に眼鏡を落としてしまった。足元に浮いている眼鏡を拾おうと体をかがめたが、どうしても手が届かない。ずっと座っていたせいで、体がすっかり強ばり、腕が伸びない。そうしているうちに、眼鏡は海中に沈み、見えなくなってしまった。アイリスはまばたきをしたが、視界はぼんやりとした柔らかい光に覆われている。窓の外をのぞき、必死に彼の姿を捉えようとした。彼はまだそこにいた。海底近くに留まり、船体の間を飛ぶように泳ぎまわっていた。だが、アイリスの眼に映る彼はぼんやりと滲《にじ》んだ青白い塊でしかなかった。その姿は水彩絵の具で描いた絵のようでもあり、露光しすぎた古い写真のようでもあった。彼は海底に沈んだ貨車を出たり入ったりした。扉から入ったり、窓から出たり、沈黙と錆に覆われた世界を縫うように泳いでいた。アイリスは眼の焦点を合わせようとした。彼を見失わないように、全神経を集中した。だが、もはや、彼が貨車の窓から泳ぎ出たと思っても、それを断言はできなかった。今、彼はどこにいるのだろう？　アイリスの視界のなかで、彼はゆっくりと海に溶けこみつつあった。それとも、海の水が彼の皮膚に浸みこんでいくのだろうか。彼の皮膚がほんの少し光り、ほんの少し動いたように見えた。アイリスはじっと眼を凝らしつつ待った。彼がそこにいるのか、それともいないのか、近いのか遠いのか、留まっているのか、それとも姿を消してしまったのか、なにもわからなくなるまで。

石の乙女たち

Countless Stones

リタは爪先に、いつものそれを感じた——はじまるときは、いつも爪先からだった。両足の爪先が重く痛んだ。触れてみると、普段より硬く、冷たい。ベッドのなかで動かしてみたが、痛みはやわらがなかった。爪先の内側は、すでに石になっているのだろう。その重みに、リタは、子供の頃の弟とのビー玉遊びを思い出した——グラニー、キング、キャッツ・アイ。そのときのリタには、ビー玉同士がぶつかる小さなカチッという音など聞こえなかった。皮膚の一番外側の層はもう乾燥しはじめていた。すぐに、もっと硬くなるだろう。浜辺で太陽に焼き固められた脆《もろ》い砂の板のように。それから、いつも起こる、塩が欲しくてたまらなくなる衝動に襲われた。

前回のときは、どのくらい時間がかかっただろう？　十時間くらい？　リタの場合、たいていは十時間だった。ゆっくりだが、集中すれば感じられるほどの速さだ。皮膚の層の一枚が動きを止め、完全に石に変わると、微《かす》かに締めつけられる感じと痛みを覚える。石の層が増えるたびに、小さなカチッという音が響き、まるで体内に石の家ができあがっていくかのようだ。

日曜日の朝だった。まだ時間は早く、外は暗かった。棚に置かれた時計の針は六時を指している。リタはベッドの温かなくぼみに横たわっていた。やらなければならないことは山ほどあったが、すぐには起きあがらず、じっとしていた。壁越しに、隣に住む女性がベッドで身動きをする物音と、眠りのなかで静かに笑う声が聞こえてきた。セントラルヒーティングがガチャリと音をたてて動きはじめた。起きてスイッチを切るか、パイプが凍結しないよう、日中の一時間だけ動くようにセットしなければならない。今年の冬は寒さが厳しかった。リタは眠るとき、一枚余分にキルトを掛けた。新しく買った電気毛布はベッドの片側だけを暖められる商品で、必要がないときに誰もいない側まで暖めずにすんだ。リタはそういった便利な商品が好きだった。水を使わずに手が洗えるハンドソープも持っていたし、バッグに入るくらい小さなブースター・ケーブルも持ち歩いていた。

家の外を車がゆっくりと通り過ぎる音がした。この一週間ずっと、雪は降ったりやんだりを繰返していた。通りに停まっている車にも立ち並ぶ木々にも雪が降り積もり、景色は紫と灰色に塗りこめられていた。どの枝にも下がっている小さな氷柱《つらら》は木の葉の幽霊《ゴースト》だろうか。雪に覆われた世界は普段より静かだった。静かすぎて、世界が遠くへ行ってしまったようだ。ベッドからおりてカーテンをあけたら、夜のうちに世界は荷造りをしてどこかへ引っ越してしまったあとかもしれない。リタが眠っている間に、リタだけを置いて。それから、別のことを考えた――やらなければならないこと、部屋の植物、塩。こんなとき、リタはよく口に出しながら考える。そこで、今はこう言った。「電気」。次に「歯」。だが、そう言ってから、まさに歯を食いしばった。歯が石に変わる瞬間のことは考えたくなかった。乾燥して、ちょっと力を入れただけでも崩れてしまう歯は最悪だ。

リタは起きあがり、ベッドから足をおろして分厚い靴下をはいた。階下におりて、キッチンに行き、なによりも先にコップに水を注ぎ、塩を入れて飲み干した。コップの底に沈殿して固まった塩まで噛み砕いて食べた。ラジオのスイッチを入れると、ちょうどコマーシャルの最後の部分だった。「さあ、おいでください」と、ナレーションの声が言った。「〈ライティング・ワールド〉には、あなたが欲しい灯りがなんでもそろっています」と、別の声が締めくくった。その店で買ったランプのニュースを、新聞かなにかで読んだ覚えがあった。たしか、ランプが急に燃え出したというニュースだった。プラスチックの燃える臭いが染みついて何日も消えなかったと客が話していた。次に、ニュースが流れてきた。「予報によれば、雪はさらに続く見込みです。気温はところによりマイナス十度に達するでしょう」リタは、やかんに水を入れ、火にかけた。どこからか、冷たい風がふっと吹いた。と同時に、リタは他の石像と並んで崖に立っていた。頭上の空にノスリが舞いあがり、大きな翼を広げて旋回した。気づくと、再び、やかんの前に戻っていた。お湯はすでに沸騰していた。

紅茶を飲み、トーストを焼いた。トーストは冷たく、乾いて感じられた。皿を洗いながら、仕事は仕方ないとして、二度と皿洗いはしたくないと思った。水に浮いているパン屑を思い浮かべるだけで、リタは数日間、食欲が失せてしまう。それから、冷蔵庫の中身を確認した。長い期間、留守をしたら腐ってしまうからだ。結局、大したものは入っていなかった。今晩食べるつもりだった分のラザニア、チーズひと欠片《かけら》、黄ばみかけているタマネギがひとつ、牛乳。どれくらい留守にするかは、リタ自身もわからなかった。町の人のなかには、もう長いこと、崖の突端で輪になって立っている人たちもいる——五年、十二年、十三年。リタは今までに三回、崖に立っていたが、毎回、ひと月も経たずに元に戻った。けれど、今回どうなるかは誰にもわからない。次はもっと長い可能性は常にある。そうなったら、しばらくの間は誰かが家に来て、ヒーターやボイラーを消してくれたり、部屋を片付けたり、ドアマットの上にたまっている郵便物を仕分けたりしてくれるだろう。そして、冷蔵庫の電源も切ってしまうだろう。

リタは二階の寝室に戻り、しばらくただ立っていた。部屋は狭く、暗かった。部屋の一角にある棚の上に陶器の動物が並んでいた。鹿、馬、フクロウ。子供の頃から大事にしてきたものだ。小さなトロフィーもあったが、文字はなにも刻まれていない。なにで勝ってもらったのか、そもそもなにかで勝ったことがあるのかさえ、リタは覚えていなかった。ベッドを整えてから、端に腰かけてへアブラシを手に取り、髪を梳《と》かした。髪の色は昔よりずいぶん白くなった。リタは三十六歳で、髪が白くなってきたのは、ここ数年のことだ。髪に染みついて取れない古いパンとタマネギの匂いは、カフェで働いているせいだった。たまには病院の待合室で雑誌をめくったり、テレビのコマーシャルを見る機会があれば、髪を染めようと思ったかもしれない。だが、リタはどちらもしたことがなかった。髪を梳かしている最中、石になることは考えないようにした。しだいに体が重く、首が地面に引っ張られるように感じ、それから、小石の粒がぎっしりと詰まって固まり、乾いてまた細かく砕け、最後にひとつの塊《かたまり》になるような、あの感覚は。リタは何度も何度もブラシを動かし、髪を梳かし続けた。

植物に水をやり、家のなかで一番温かい場所に移し終わったとき、電話が鳴った。

「やあ、リタ」ダニーの声だった。「雪景色を楽しんでる?」ダニーが電話で話す声は、いつも緊張して聞こえる。彼が話しながらリビングのテーブルに置いているノートいっぱいに星を描いているのを、リタは知っていた。一ページ、また一ページと、ノートは星で埋まっていく。

「最初の日は楽しんだけど」と、リタは答えた。「今はもう、やんでほしいわ」

「おれもだよ。みんながそう思ってる。もちろん、子供たちは別だけどさ。昔から、雪がやんでほしいと思う子供なんていないからね。だけど、災害が起きるかもしれないだろう? 大雪は大災害になることもある」

「そうね」なんの用事で電話をしてきたのか、ダニーが言い出すのをリタは待った。たぶん、雪で仕事が休みになったと言うのだろう。リタとダニーは五年前に別れたが、それまで八年間、付き合っていた。そのためか、今でも時々は電話をしたり、会ったりしている。八年の月日は長い。いきなり相手と会うのをやめるには長すぎる。二人は今でも、お互いの誕生日にはディナーを食べに出かけた。ときたま、リタの家にダニーが泊まっていくこともあった。朝になると、順番にシャワーを使った。ダニーはシャワーに時間がかかる。リタはいつもベッドに座って、ダニーがお湯を使いきるくらい長々とシャワーを浴びながら歌を歌うのを聞いていた。それは決まって、変わったメロディーの、長いラブソングだった。

「たくさんの被害が出るんだ。そうだろう?」ダニーはまた言った。「まず、車。大雪でも問題なく走れる車なんてあるかい?」

「わたしの車は問題ないわよ」

「雪が降ってくると、すぐ車のことを考えるんだ。大体の車は、途中で停まって、それっきりだ」

リタは一拍置いてから答えた。「あなたの車は最初から動かないけどね」

「そうなんだ」と、ダニーは認めた。「車庫に入れっぱなしだよ。だけど、停めたのは日曜日なんだ」

「ブースター・ケーブルは持ってないの?」リタは訊きながら、すでにダニーが新しく買うのを忘れたのだと確信していた。「今日、必要なの?」

「ああ」と、ダニーは答えた。「でも、もうあきらめた。気にしないでいいよ。なにか、代わりになる物を探すから」

リタはキッチンを見まわした。たぶん、一時間くらいは余裕があるだろう。一時間なら大した時間でもないし、今はまだ十時半になったところだ。

「ちょっと行って、見てあげる」

リタの車はすぐにエンジンがかかった。フロントガラスにお湯をかけてから、残った氷をこそげ落とした。運転席に乗りこむと、フロントガラスに貼りついて凍っていた鳥の羽根がちょうど溶けるところだった。リタは、降り積もった雪の上をゆっくりと車を走らせた。町に人気《ひとけ》はなかった。冬時間のため、店やカフェはまだあいていない。見かけたのは、閉館した映画館を眺めながら歩く通行人がひとりだけだった。あちこちに雪ダルマがあったが、ほとんどは腕や眼が取れたり、体が傾いていたりした。眼鏡をかけている雪ダルマもあったが、頭が後ろに傾いていて、空を見あげているように見えた。

ダニーの家に近づくと、まず壊れて同じ方向ばかり向いている風向計が眼に入った。それから、黄色く塗られた家が見えてきた。ダニーは今でも、昔、リタと一緒に借りていた平屋に住んでいる。二人はずいぶん長い間、そこに住んでいたので、リタは時々、町のこの辺りの地区が恋しくなる。ダニーと別れたあと、リタは寝室がひとつの小さな家を借り、数年後に家主から売りに出すと言われたとき、自分で買い取った。それはいつか買いたいと夢見ていたような家ではなかった。狭くて寒く、光もあまり入らなかった。だが、リタの人生にやってきたのはその家だったのだ。

勝手知ったる道をゆっくりと車で走りながら、知っている顔に出会うと手を振った。ダニーの家の前の道に車を停めた。道に積もった雪は硬く踏み固められ、海の方角から氷のような風が吹いていた。足は重く冷たく感じ、足首は強ばっていた。ブーツを履いた足の奥のほうで、石がこすれて嫌な音をたてた。玄関ポーチの階段は凍っていた。リタは転ばないように慎重にのぼり、呼び鈴を鳴らした。ドアがあくと、微笑《ほほえ》んだダニーが立っていた。背が高いダニーは戸口に立つにも、体をかがめなければならない。「ちょっとコートを取って来るよ」

リタは玄関に入って、待った。記憶の通りにかび臭く、ニンニクの匂いも漂っている。テニスラケットが、二人が引っ越してきたときのまま玄関に置いてあった。靴と上着の横には、ダイレクトメールが山積みにされていた。ダニーは最近、勤めている広告会社で共同経営者に昇進したため、玄関にはスニーカーに交じって、彼が大嫌いなぴかぴか光る黒い靴も置いてあった。

「まだ、ミリアム・バーンズの郵便物を受け取ってあげてるんだよ」ダニーは、床に積んである、セロハンで包まれた雑誌を指差した。「少なくとも、毎月二つは預かってるな」二人で住んでいたときから、郵便受けの中身は九割がた隣人宛だった。差し押さえ警告書から最後通告の請求書まで様々で、リタはすべてに〝返送〟と書いて送り返していた。

ダニーは色褪せたTシャツの上にコートを羽織っていた。リタはダニーの服をほとんど把握しているが、最近はどれも少し縮んで、窮屈そうに見えた。服を買い足すべきなのだが、ダニーは物を捨てるのが大嫌いだ。部屋に飾った花も、花弁がすべて落ちるまで捨てさせないくらいだった。

「長くはいられないのよ」と、リタは言った。

二人はダニーの車を見に、外に出た。ダニーは運転席に座り、エンジンをかけてみたが、なんの音もせず、動く気配もなかった。パチパチという雑音さえ聞こえない。しばらく続けても、変化はなかった。リタは自分でもイグニッション・キーを回してみてから、車の前にまわり、ボンネットをあけた。エンジン周りのすべてが冷たく凍りついていた。オイルをチェックしようとすると、計量棒《レベルゲージ》にも氷がくっついていた。これでは、ブースター・ケーブルを使っても無駄だろう。リタは首を横に振った。「だめだと思う。明日まで待って、修理工場まで牽引してもらうしかないわね」

ダニーはもう一度、イグニッション・キーを回した。「午後に行くところがあるんだよ」

「別の日にできないの？」とリタは言った。

ダニーは運転席のドアをあけたまま、座りこんでいた。息を吐くたび、それが冷たい空気に触れて作り出す様々な形を、リタは眺めた。しばらくして、ダニーは車からおり、叩きつけるようにドアを閉めた。ポーチの階段をのぼる彼のあとを、リタもついていった。

ダニーのあとからリビングに入ると、二人で使っていた古いソファが、まだ置かれていた。引っ越すとき、リタはそれを持っていかなかった。部屋の一辺だけが青い壁も、そのままだった。ダニーがペンキで塗りはじめたものの、途中でやめてしまったのだ。リタの脳裏に、そのときの記憶が蘇った——彼はリタの頬に青いペンキをつけ、壁に押しつけてキスをした——が、急いでその記憶を振りはらった。あのとき、ダニーは『マッサージしてあげるよ』と言って、リタの肩や腹を撫でた。そんな記憶も、リタは振りはらった。代わりに、やるべきことのリストを頭のなかで作った。家中の窓の鍵を閉める。職場に電話する。植物を動かす。それとも、植物はもう動かしただろうか?

「見に行くことになってるんだ」ダニーは言った。「家をね。平日は行く暇がないんだよ」ダニーはまだコートを脱いでいなかった。テーブルにのっている新聞の山をそろえ直した。星印がつけてあるものがたくさんあった。

「引っ越すの?」

「この家じゃもう狭いんだよ。もっと広い家に移りたくてさ。新しい職についたんだから、もう少し広い家に住むべきなんだ」ダニーは新聞紙の山を積みあげてはまた崩しながら言った。「もちろん、この町に来て手に入れたいろんなもののなかで、この家は一番いい選択だったと思うよ。だから、今までずっとこの家に住んでたんだ」

リタは耳を傾けながら、自分が車で新しい家まで彼を連れていくことになると、早くも悟っていた。リタはそうすると、ダニーがわかっていることも。

たったの二十分だ。最長でも全部で一時間半。ダニーと車に乗りこみながら、リタは思った。一時間半で限界だ。そのあとは家に戻って、すべてを整理しなければ。昼食の時間には戻れるだろう。

戻る必要がある。足の裏はすでに、海のなかに立っているように冷たくなりはじめていた。すぐに、冷たさはもっと上まで忍び寄ってくるだろう。冷たい水のなかにいる感覚は膝、腰、そして肩まであがってくるはずだ。「とにかく、いい選択だったよ」車が動きはじめると、ダニーがまた言った。「この町で手に入れたもののなかで一番だった」ダニーはラジオをつけたが、好みの音楽がかかっていないとわかると、ダッシュボードの小物入れをひっかきまわして、昔、自分で選曲した古いカセットテープを二個、見つけ出した。ダニーが一番好きな音楽はイーグルス、二番目はショパンだ。

片方のテープをかけて、ダニーは背もたれに寄りかかった。

窓の外を、家や畑がいくつも流れていった。

「次の角を左だ」しばらくして、ダニーが言った。

車はゆっくりとさらに一マイル走ったが、左に曲がる角は見当たらなかった。前庭の物干し紐に洗濯物が干してある家を見かけた。何枚もかかっているシーツは凍ってカチカチになり、屋根のように斜めになっていた。

「見落としたんだな」しばらくして、ダニーが言った。「おれたち、曲がり角を見落としたんだよ」周囲を見まわしたり、後ろを振り返ったりした。「もっと前に、曲がり角があったはずなんだ」

「わたしは見なかった」とリタは言い、車を停めてからUターンした。雪に覆われた道にはタイヤの跡が無数に残っていて、他の車がスリップした場所はすぐにわかった。見渡す限り、畑は一面の雪景色だった。木々の枝には雪が積もり、白い梢は雪が降りしきる空に溶けこんで見えた。

リタは来た道を引き返した。しばらく車を走らせているうちに、ダニーが曲がり角を指差した。曲がると、そこからは一車線の道路になった。道は未舗装で凍っていたため、車輪が何度もスピンしかけた。リタは車のギアをローに入れた。こんなところで立ち往生だけはしたくない。ダニーの家を出てから、もう一時間近く経っていた。

何軒かの住宅と教会が建っているところで、車を道の端に停めた。教会から、礼拝を知らせる鐘が聞こえてくる。二人は車をおりた。木の枝に積もった雪の塊が滑り落ちて、歩道に落下した。

「不動産屋は、近所の人が家に入れてくれると言ってた」ダニーは運転席側のドアがロックされているのを確認した。リタはたった一度忘れただけだが、それ以来、ダニーは毎回確認するのだ。

「どの家なの？」

「あそこだよ」ダニーが指差した家に向かい、家の前で待った。冷たい両手をこすりあわせ、息をかけた。何度も犬の吠え声が聞こえた。ダニーは行ったり来たりしてから、通りを少し先まで歩いて、別の家を何軒か眺めた。戻ってくると、「たぶん、この家だと思う」と言った。ダニーは何事も最初は自信たっぷりだが、すぐに不安になるタイプだ。住所は持ってきていないという。二人は前庭に入っていった。雪と混ざりあったパン屑が地面に散らばっていた。

隣の家から、鍵を手に持った男が出てきた。ガウンを着て、ワインのボトルにそっくりなスリッパを履いている。

「家を見に来たのかい？」と、男は訊いた。「こんな雪のなか、よく出て来たね。今日は来ないと思ってたよ」男はリタに鍵を渡した。「実のところ、彼女のことはあまり知らなかったんだがね」家のほうにうなずきながら、付け加えた。「一度だけ、なにか必要なものがあるか訊いたことがあるんだが、要らないと言われたよ。今思えば、牛乳や新聞を届けてあげればよかったんだがね。なにしろ、本人が要らないって言うんだから」男は答えを期待しているように、二人の顔を見た。男の眼は汚れたガラスのように不透明だった。

「ありがとうございます」ダニーは言った。「あとで寄ってお返しします」リタはダニーに鍵を渡した。ダニーはドアの鍵をあけてなかに入った。

家のなかは凍りついているようだった。最初、室内は空っぽに見えたが、実際は戸口にドアマットが敷いてあり、玄関の壁には傘が立てかけられていた。

ダニーは戸口でためらっていた。「その女の人は、この家で死んだのかな」

「だったら、なに?」と、リタは答えた。ダニーの横をすり抜けて玄関を通り、リビングに足を踏み入れた。靴を脱ぐべきだったかもしれないと気づいたが、あえて玄関に戻りはしなかった。頭のなかでずっと同じことを考えていた——家中の窓の鍵を閉める、職場に電話する、植物を動かす。

リビングは広く、冷えきっていた。窓はすべて教会の墓地に面し、窓から見える墓石はどれも同じ方向を向いていた。枠で囲われた四角い暖炉があり、部屋の片隅に木製の椅子が一脚置かれていた。リタとダニーは、幅木や天井を見ながら、部屋のなかをぐるりとひと回りした。床板がきしんだ。天井は高く、ソケットがついていたが電球はなかった。あちこちに視線を向けながら、リタはリビングの光熱費について考えていた。部屋全体を暖めるのにいくらかかるだろう……だが、すぐにその考えを頭から追い出した。自分が住むわけでもないのに、そんなことを考える必要はない。ダニーが、この冷たい光が差しこむ広いリビングでくつろいでいるところは想像できなかったが。きっと座っているのは二人で使っていた古いソファだろうと考えて、再びその考えを追い出した。リタは石の壁に寄りかかった。脚のなかにある石が壁と一体になろうとするのを感じた。一瞬、どこまでが壁の石で、どこからが脚なのかもわからなくなった。リタは壁から離れて、ダニーを見守った。彼が窓枠を両手でなぞると、木片が剝がれて、ぱらぱらと落ちた。

「隙間風を感じないかい?」ダニーが言った。「これは隙間風だな」

古い窓はみんな隙間風が入るものだと、リタは思った。「ちょっとね、たぶん」と、答えた。

「でも、ちょっとだよな?」と、ダニーは言った。リビングを出たとき、背後から、カサカサとこすれるような、ひっかくような音が聞こえた。リタは部屋のなかに引き返した。だが、変わったことはなにもなく、音もはじまったときと同様、ふいに止まった。たぶん、屋根から雪が落ちる音だったのだろう。

ダニーはすでに、玄関から続く廊下に戻っていた。「寝室が三つあるよ」と、言った。「ずいぶんお得な物件だな。見てみるかい？　それとも、ダイニングから?」寒そうに両手をポケットに突っこみ、肩をすぼめている。

「寝室が三つ?」リタは訊き返した。それから、ひと呼吸置いて言った。「ダイニングから」ダイニングは大切な場所だ。子供たちの居場所になるのだから。子供がいればの話だが。棚に塩があるといいんだけど、と思った。

「ここに大きなテーブルを置けるよ」ダイニングに入ったとたん、ダニーが言った。「椅子が十個置けるくらい大きいのでもいけそうだ」ダニーは後ろに下がった。まるで、そのテーブルと椅子を見ているような表情だった。

「で、あなたは、お得意の〝ベイクドビーンズのチーズがけ〟を作るんでしょう?」そう言ってリタは笑ったが、ダニーは笑わなかった。きっと、今のダニーは料理以外にやるべきことがたくさんあるのだろう。家のなかは、しんとしていた。外で、誰かがなにやら怒鳴っている。一羽の鳥が窓敷居にとまり、あちこちを爪でひっかいてから、また飛び立っていった。

ダニーは窓の外をのぞき、裏庭を眺めた。庭は厚く雪に覆われ、周囲は石の壁で囲まれていた。雪の表面は真っ白で、足跡ひとつついていない。ピクニックテーブルの脚が、足首の深さくらいまで雪に埋もれていた。リタも並んで外を眺めた。小さな雪ひらが、まるで見えない糸にぶらさがった白いクモのようにふわふわと揺れながら、ゆっくり落ちてきた。

「すぐに、ひどい雪になるわよ」リタは言った。

二階にあがった。リタの足は前よりもっと重く、硬くなっていて、階段をあがるのもひと苦労だった。半分くらいあがったところで、また、カサカサこすれるような音が聞こえた。リタは足を止めて耳をすませた。今度は、雪が落ちる音には聞こえなかった。

二階では、ダニーがバスルームをのぞいていた。リタは雪のことを考えながら、ちらりと入り口の辺りを見まわした。洗面台のシンクの後ろにタオルが一枚置き去られていた。青と白のストライプのタオルで、リタが持っているのとまったく同じものだ。一瞬、リタは自分のものかと錯覚しそうになった。

「バスルームのタイルに見覚えがあるよ」外に出てきながら、ダニーが言った。廊下を二、三歩歩いたが、また引き返して、もう一度バスルームをのぞきこんだ。「この色がさ」

リタはバスルームの前の廊下を行ったり来たりして待っていた。「もうすぐ雪がひどくなるわ」

「予報じゃ違ったけどな」ダニーが反論した。「雪はやむって言ってたぞ」

ひとつ目の寝室のベッドの下には、スリッパが忘れられていた。

ダニーは部屋を見まわしたが、視線は何度もスリッパに引き寄せられていた。家は沈黙していた
――空っぽの家よりもっと深い沈黙だった。二人がいることで、家はより空っぽになったようだった。空気には甘い香りが漂っていた。まるで、たった今、香水を身にまとった誰かが通り過ぎたような、あるいは、さっきまであふれんばかりの花束を生けた花瓶があったような香りだった。すぐにでも廊下の角を曲がって誰かが現れそうな気がした。誰かの手がそっと寝室のドアを押しあけそうな予感を覚えた。

「きみの好きな、作りつけのクロゼットだ」と、ダニーが言った。「便利だよな？」

リタはすでに廊下に出ようとしてドアの前にいたが、振り向いた。「そのクロゼット、防虫剤に使うクスノキの樹脂の匂いがする」

「クスノキの樹脂？　どうして、そんな匂いを知ってるんだい？　クスノキの樹脂の匂いを知ってるやつなんてどこにいるんだよ」

ダニーはクロゼットに頭を突っこんだ。重い毛皮のコートが何枚も掛かっていて、毛皮からは微かな雪の匂いがすることを半ば期待するように。ダニーには、妄想のイメージが鮮明すぎて、実際の思い出と勘違いする癖があった。

「クスノキの樹脂の匂いがするの」と、リタは繰り返した。ダニーが想像のなかで毛皮のコートをかきわけているのを知っていた。両膝を撫でて、少しでも長く動けと念じた。膝は強ばり、痛んだ。自分が今いる場所に集中しようとした。そうしなければ、気づくと他の石像たちと並んで崖に立ち、雪と一緒に空を埋めつくす雲と雪嵐を眺めている回数がどんどん増えてしまう。両膝がゆっくりと締めつけられる。まるで、血圧計のベルトを巻きつけられているようだ。

「このクロゼットだけでも、おれたちが使ってた古いバスルームくらい広いぞ」と言って、ダニーはクロゼットの扉を閉めた。

「たぶん、もっと広いわよ」家のなかはどこも寒く、リタはコートを体にきつく引き寄せた。

「どこかから隙間風が入ってるのかな」

「クロゼットじゃなかったわね」

「前のバスルームには割れ目があったよな。隅っこに」ダニーが言った。

リタも、バスルームの隅の割れ目を修理したことを覚えていた。割れた隙間に漆喰を塗りつけたが、今はもう剝がれかけているだろう。ダニーに修理の仕方を教えるか、大家に電話をするように言っておこう。

「他の部屋も見ないと」リタは先に寝室を出て、廊下で待った。しばらくすると、また、あのひっかくような音が、階下から聞こえた。さっきよりも大きく聞こえる。なにかが足を引きずりながら、部屋を歩きまわっているような音だ。

リタは階下におりてリビングに行き、しばらく耳をそばだてた。音が聞こえるのは暖炉からだった。膝をついて、暖炉の前にはめこんである板をはずそうとしたが、ぴったりはまっていて、びくともしない。ダニーが階段をおりてくる足音がした。リビングにやってきた彼に、リタは言った。

「これをどけるのを手伝って」

「なにをしてるんだい？」

「この板をはずすのよ」

ダニーは暖炉の前でかがみこみ、板の上に爪をかけた。リタは横にできている隙間に爪を滑りこませた。二人で一緒に引っ張ると、やっと板がゆるんだ。板は暖炉の石とこすれて音をたてながら前に倒れて、はずれた。

暖炉の内部は真っ暗だった。リタとダニーはなかをのぞきこんだ。暗いなかで動くものが見えた。カサコソという音が大きくなったかと思うと、なにかが二人の顔をかすめて、勢いよく飛び出した。

「おい、なんだ！」ダニーはわめいた。二人はそろって暖炉から飛びのいた。天井近くを、一羽の鳥がぐるぐる飛びまわっていた。どうやらツバメらしいが、煤《すす》だらけで断言はできなかった。ツバメは何度も天井にぶつかり、そのたびに細かい煤の雨がカーペットに降った。ダニーは後ずさって煤をよけた。ツバメがぐるぐる飛びまわると、リビングは狭く閉ざされた空間に感じられた。ツバメが壁に接近するたびに、羽が壁の漆喰をこすり落とした。

リタはゆっくり部屋の隅を通って窓際まで行き、できるだけ大きく窓をあけ放った。とたんに、冷たい空気と細かい雪片が室内に舞いこんだ。雪はさっきより激しく降っていた。天井にも壁にも黒い煤が点々と散った。リタは鳥を窓から外に逃がそうとした。窓のほうに飛んできた鳥はカーテンレールにとまった。リタはレールの下に椅子を動かして上に乗り、ダニーの肩につかまって手を伸ばしたが、あと少しで鳥に手が届くというとき、鳥は飛び立ち、ドアから廊下に出てしまった。

ダニーは走っていって、玄関のドアをあけた。リタは慎重に椅子からおりたが、うまくいかずに、バランスを崩しそうになった。膝を押さえていないと、脚を片方ずつ曲げることができない。一瞬、崖に引き寄せられた。切り立った崖を眺めながら、風に抱かれていた。

「外に飛んでいったよ」ダニーが戻ってきた。髪にのった小さな雪片が溶けかかっていた。

「急がないと、ここに閉じこめられるわよ」

二人がかりで、暖炉を再び板でふさいだ。リタが何度か腰をぶつけて押しこむと、板が石の枠にぶつかり、硬い虚ろな音が響いた。ダニーはリビングの真ん中に立って、もう一度部屋を見まわした。髪にのっていた雪は溶けてなくなっていた。

「行くわよ」リタがせかした。

ダニーは玄関のドアを閉め、鍵をかけた。

隣人の男に鍵を返した。「気をつけて帰れよ」と、男は言った。

車に乗りこんだが、最初、リタが長々とキーを回しても、エンジンは動かなかった。リタの心臓が飛び跳ねたが、二度目はエンジンがかかった。車はまた、細い道を引き返した。来るときについたタイヤの痕は、降り続く雪に覆われて跡形もなかった。リタもダニーも黙っていた。リタは運転に集中し、路面の状態に合わせて、強ばった足でペダルを踏みわけた。舞い落ちる雪がフロントガラスに張りついた。

来るときに曲がってきた道は通行止めになり、道の真ん中に警察が立てた標識が設置されていた。迂回路を示す黄色い看板が左を示している。

「どうしろっていうのよ」と、リタは吐き捨てた。

「きっと、事故があったんだよ」ダニーが言った。「警察の標識があるときは、事故があったときだ」

リタは左に曲がった。看板にあった迂回路がどこに向かうのかも、そのせいで帰り道がどれくらい遠回りになるのかもわからなかった。車は他に一台も走っていない。どこまで走っても、周囲は静けさに包まれ、空虚な世界が広がっていた。ダニーも音楽をかけようとはしなかった。ヒーターだけが音をたてて、温かな空気を吐き出していた。リタは片手でハンドルを小刻みに叩きながら、前かがみの姿勢で運転していた。ヘッドライトをつけ、ゆっくりと車を走らせた。もしも道の脇で立ち往生してしまったら、車を乗り捨ててどこへ向かうともわからないまま雪のなかを歩くことになるとは考えないようにした。

その後、さらに二回、迂回路の標識に従ってから、やっと大きな道に出た。リタにも自分たちのいる場所がわかった。

「この前、ジャックになんて言われたと思う?」シートにゆったりともたれたダニーが言った。

「あいつとサリーはネコを飼うんだってさ」

「どんなネコ?」リタは長いこと、ジャックとサリーに会っていなかった。二人はリタのというよりダニーの友達だったからだ。

「さあね。少なくとも一匹は保護ネコじゃないかな」

「あの人たちがネコを飼うなんて、想像つかないわ」

「おれも、そう思った」と、ダニーは言った。「まさに同じことを思ったよ」ダニーが長い脚をぐっと伸ばすと、車内の空間を独り占めしているように見えた。「保護ネコは大きな問題だと思うけどね。だからって、朝起きて、服がびりびりに破かれてるとか、ベッドの下に死んだウサギがあってもいいかは、別の話だよ」


車は積もった雪の上をゆっくりと走った。フロントガラスに凍った雪片がぶつかった。ダニーは自分の新しい仕事と、残業が増えたことを話しはじめた。彼が疲れてきたのが、リタにはわかった。運転席から見える右眼が少し眠そうで、瞳孔の縁が惑星の軌道のようにくっきりと際立っている。昔、ダニーはひどく疲れると幻を見た。眼の前で揺れる誰かの手や、道の脇を走りすぎる何百頭もの馬。リタは彼が見る幻におびえたものだ。どこかに出かけた帰りの夜道で、ダニーは急に言い出す。「ほら、あの馬を見てみろよ」だが、リタが車の外を見ても、空っぽの道路がのびているだけなのだ。そして今もまた、自分がダニーを心配しつつ見守っていることに、リタは気づいた。またしても昔と同じように。そんなことはやめるのよと自分に言い聞かせた。運転に集中しなさい、硬くなった脚を動かすことを考えなさい、と。胃袋が内と外の両側から固まっていくのを感じた。まるで、古い木の幹が大きく伸びるにつれて、内側にも外側にも硬い年輪ができていくように。

「なあ、きみが拾ってきて、飼いたいって言ったネコを覚えてる?」ダニーが訊いた。「箱のなかにベッドを作ってやって、ジャガイモの切れ端を食べさせてただろう?」ダニーは笑った。「おれは、元の飼い主を見つけて返さなきゃって言ったよな」


そこでダニーは笑うのをやめて、顔をしかめた。「いや、言わなかったな」

「言った」と、リタが言い返した。「別にいいけど。ネコを叩いたりはしなかったし」

「でも、結局、あれは迷子になった飼いネコだっただろ？」ダニーは助手席側の曇った窓ガラスを手で拭いたが、すぐにまた雪がついた。ダニーは顔をしかめ、もう一度拭いた。

リタも自分の側のガラスを手袋で拭いたが、かえって曇ってしまった。「その通りよ」しばらく経ってから、リタは答えた。「きっと、ただ道に迷ったのよ」

角を曲がると、両側に家が建ち並ぶ広い道に出た。ダニーの家はすぐそこだ。リタは塩が欲しかった。ダニーの家の外に車を停めたときには、もうすぐ三時になろうとしていた。リタは切実に塩を求めていた。一緒に家のなかに入り、ダニーが靴とコートを脱いでいる間にキッチンへ行った。グラスに水を注ぎ、塩をひとつまみ入れた。両手の皮膚は硬くなり、ひび割れていた。水を注ぐとき、グラスが蛇口にカチカチとぶつかった。ちょうど飲み終わったときに、ダニーがキッチンに入ってきた。テーブルにのっている塩の壺を見て、「リタ」と言った。リタは黙って首を横に振った。

リタの脚に向けられたダニーの視線は、ブーツのなかの石を見通しているようだった。

ダニーは戸口まで送ってくれた。彼は背が高かった。戸口でかがまなければいけないくらいに。

リタの家もまた冷えきっていた。コートは脱がず、マフラーもはずさなかった。こうなるときはいつもそうなのだが、すでに自分の家が自分のものではない気がした。家具も壁紙も、小さな物音でさえ。もう長くはもたないはずだ。職場に電話をかける時間も、家中の窓を閉める時間もない。ゴミが入ったビニール袋の口を縛ることもできなかったので、できるだけ口を折り曲げておいた。それらをすませている間も、両手が少しでもほぐれるように、握ったり、またひらいたりしていた。腰と背中のせいで、徐々にかがむのも難しくなっていた。体全体が痛み、締めつけられた。前かがみになるたびに、背中に何枚も入っている円盤がこすりあわされるような感覚を覚えた。体のなかで古い門が完全にひらき、そこから石が押し寄せてくるようだった。

リタは玄関の鍵を閉めた。ドアマットの下に鍵を入れてから、門の外に出た。雪は激しさを増し、大きな雪の粒がリタの肩や髪に降り積もった。家々を通り過ぎ、リタは歩いた。遠い道のりではない。遠くないことはありがたかった。すぐに家並みは野原に変わり、それから崖に出た。崖の縁に続く小道を、リタは歩き続けた。海岸線に沿って広がる崖の隆起した地面はうっすらと雪に覆われていた。強風にさらされるため、町なかのようには雪が積もらないのだ。海は明るい灰色でどこまでも平らだった。頭上の空も明るい灰色でどこまでも平らだ。どこまでが海でどこからが空かを見きわめるのは難しかった。

いまや、リタは全身に力をこめなければ歩けず、息をするのもやっとだった。脚と脚が触れるたびに硬い音をたて、腰骨はぎごちない動きしかできなかった。背中は完全に固まってしまった。両手をポケットに入れ、きつく握りしめた。その手はポケットのなかで硬い握り拳《こぶし》になったまま、もうひらくことはできなかった。

前方の雪を透かして、崖に立ち並ぶ石像の姿が、ぼんやりとしたシルエットになって見えてきた。崖の突端から少し下がった長い草が生えているところに、石像は大きな円に近い形で並んでいる。背が高いもの、背が低いもの、外側に傾いているもの、完全に倒れているものもあった。今は十五体の石像が並んでいるが、その数はいつも変化した。明らかに新しいものもあったが、苔《こけ》にすっかり覆われているものもあった。苔の上に斑《まだら》に雪が積もっている様子は、まるで石像に雪が忍び寄り、足元から覆いつくそうとしているようだった。石像の円の周囲はいつも静寂に包まれているが、今日のような雪の日にはなおさらだ。石の表面に触れたらさぞかし冷たいだろうと、リタは想像した。

リタは疲れきっていた。体を引きずるようにして最後の道のりを歩き、やっと石像の輪にたどりついた。ちょうど隙間が空いている場所を選んで立ち、待った。軽い雪片が落ちてきては崖の上で海風にあおられ、渦を巻いた。風は空電を起こしているかのように幾度も雪片を押しあげた。遠くの海の上には、水と雪と空が混ざりあった灰色の靄《もや》が見える。風は静かに死者を悼む歌を歌っている。見あげると、一羽のノスリが頭上を旋回し、空高く舞いあがった。

体のなかで石と石がぶつかりあい、小さなカチッという音がした。肩が完全に固まり、動かなくなった。自分が海に向かって立っていることを、リタは確信した。すでに首が石になりはじめていた。もうすぐ振り向くこともできなくなる。顔をそむけることすらできなくなる前にリタが選んだのは、水平線を望める場所だった。怖くはなかった。一番最初のときは怖かったが、今はもう怖くない。呼吸が止まった。だが、別の不可思議な呼吸がはじまった。リタはぼんやりと思いを巡らせた。

ダニーのこと、一緒に見に行った家のことを考えた。自分はあの家を気に入ったのだろうか？あの家を気に入ったのか、それとも気に入らなかったのか、自分でもよくわからない。雪がすべての物思いをぼんやりとさせた。あの家があった場所も、もう思い出せない。それは、ほっとする感覚だった。なにもかもが温かな安心感に包まれていた。雪のなかのどこかにあの家はあったのだ──ダニーの髪にのっていた、あの雪と同じ雪のなかに。ぼんやりと物思いにふけるうちに、それらの思いは鳥のように散り散りになって空に飛び立った。あの家で飛びまわっていた鳥を思い出した。頭のなかに様々な記憶が浮かんでは消えた。誰かの歌声。たくさんのビー玉。眠りながら笑う声。部屋のなかを飛びまわる鳥。愛らしく動く小さな眼。風。苔。旋回するノスリ。ひとひらの雪片。ハマカンザシ。苔。そして風。

緑のこびと

Of Mothers and Little People

あなたは子供時代を過ごした家に早めに到着し、静かに家のなかを歩きまわる。ここに来たのは数か月ぶりか、もしかすると一年以上ぶりかもしれない。そのせいで、いろいろなものが、やたらと眼につく。洗濯機の内側に並ぶ、かわいらしい滑らかなくぼみ。子供の頃はよく、そのくぼみを両手でなぞっていた。斜めに傾いた、昔、学校で作った時計。あちこちに置かれた、水しか入っていない花瓶。なぜ、母親はいつも水だけの花瓶を飾っておくのだろう？　その質問を母親にしたことは一度もない。去年の母親の誕生日に送ったカードが、バナナ形の磁石で冷蔵庫にとめてある。カードを取って、ひらいてみる。手書きの文字は、ひどいとしか言いようがない。光沢のある紙一面に走り書きの文字が散らばっている。まるで編み目が飛んでばかりいる編み物のようだ。〝途中のまま送って、ごめんなさい。とにかく、毎日、仕事、仕事、仕事、会議――〟いつも仕事があり、いつも会議がある。

バッグをカーペットの上に放り投げ、母親を探しに二階に行く。母親をびっくりさせたくて。今頃はきっと、娘を迎える準備で忙しくしているだろう。ベッド脇のテーブルに娘が気に入りそうな本を置き、周囲の埃を手早くはらい落としているだろう。頭に浮かぶ母親の姿は、こんな風だ。暗いキッチンの窓辺に置いた植物に水をやっているところ。冷凍庫の氷を掻き出しているところ。両膝の周りで氷の欠片《かけら》が溶けかかっている。それから、朝早くにヒーターとたくさんの卵の横に座っているところ。卵には様々な美しい絵が描かれている。母親がそれらの卵を集めるところは容易に想像できる。なぜなら、彼女はなによりもまず母親だから。あなたは、職場の友人で恋人でもあるバーナビーに、母親のことが心配だと話す。明るい模様が描かれたいくつもの卵のことも。「卵？」と、バーナビーは訊き返す。「ぼくの母親は卵アレルギーなんだ。うっかり食べたら、喉《のど》が風船みたいに膨らんで大変だよ。いつも首からエピペンの注射器を下げてる」バーナビーは携帯電話の画面から眼を離さずに言う。画面には、何百万もの小さな光る星が飛び出し続けている。だが、娘が知らないこともある。最初の卵は、父親が出ていくよりずっと昔に、思いつきで適当に選んで母親にプレゼントしたものだったこと。その後、誕生日やクリスマスのたびに、他の人々からも有無を言わせず卵をプレゼントされるようになったこと。まるでデザートのお代わりを強制されるように。

踊り場に着いたところで、バスルームにいる母親の声が聞こえる。独り言だ。物心がついた頃には、母親はいつも独り言を言っていた。今では当たり前すぎて、母親が独り言を言ってもほとんど気づかないくらいだ。自分が来たことをどうやって知らせようかと考える。なにか雰囲気を明るくする気の利いたやり方で、母親が心から楽しい気分になれるようにしたい。この家の隅という隅に、クモの巣のごとく張り巡らされた孤独や静寂を吹き飛ばしたい。どうすればいいだろう？　六歳ぐらいの頃は、外からでんぐり返しで家に入って、母親の脚の間にドスンと勢いよく突っこんだり、ピカピカ光るリノリウムの床を忍び足で歩いて、キッチンで働く母親の片脚にいきなり抱きついたりしたものだ。ときには、母親があなたをそのままモップのように引きずって、食器洗い機の前まで行くこともあった。あなたが脚に抱きついていることなんて気づいていないふりをして。

バスルームの開けっぱなしの戸口から母親が見えるところまで近づく。母親は洗面台の上に身を乗りだしている。着ているのは庭仕事用の服だ。両膝が土で茶色く湿ったバギージーンズと赤いチェックのシャツ。シャツの生地は目が粗く、頬を寄せると、いつもチクチクした。母親の姿を見守っているると、彼女の匂いと感触が伝わってくる。だが、本当の意味では、もう何年も母親に触れていない。いつも帰り際は慌ただしく、急いで母親を軽くハグするだけで別れることになる。そのため、帰り道の車のなかで、母親の小さな体の記憶はほんの少ししか残っていない。

今、バスルームの戸口に立っているあなたに、母親はまだ気づいていない。母親は棚からクリームが入った小さな青い容器を取り出して、蓋をあける。戸口で咳ばらいをしても聞こえなさそうなくらい、集中している。その青い容器は前にも見たことがあった。いつも、棚の一番上の段に、母親のカミソリと処方薬と並べて置かれている。母親は、とろりとしたクリームを指で容器からすくい、まぶたにゆっくりと塗りつける。まぶたが不思議な青味を帯びて微《かす》かに光り、魚の鱗や虹色に光る油を思わせる。母親は指にのせたクリームを残さず塗る。顔をしかめながら一心に。塗り終えて眼をあけたとき、白眼が薄緑色に変わったように見えるが、すぐに元通りの色に戻っている。母親はまばたきをしながら鏡をのぞきこむ。それから、振り向いて、やっと気づく。驚いて跳びあがったりせず、落ち着いて言う。「そこにいたのね」あなたは返事の代わりにうなずく。突然、バスルームの戸口に立っている自分が、いきなり侵入してきた巨人のような気がする。母親に背中のくぼみを押されて、階下に行こうとうながされる。そこでは温かいお茶と、子供の頃から大好きなビスケットが待っているのだ。階段をおりながら、しだいに寂しさは消え、救われた気持ちになる。正しい方法だとは思っていない。こうしようと思っていたこととも違う。だが、とにかく、家に帰ってきたのだ。

まだ庭でくつろいでもいいくらい暖かな季節だ。プラスチックの椅子をひっくり返して、たまった水を捨て、楓《かえで》の落ち葉をはらい落とす。小さな庭は黄色と茶色と赤に染まっている。色とりどりの葉が、昨日のにわか雨の名残りの水滴と共に、はらはらと落ちてくる。濡れた土の匂いに親しみを覚える。自分の髪の匂いと同じくらい。海の匂いも感じる。まるで、海が塩のついた両手を空中に泳がせているかのようだ。こんなに静かな場所はとても珍しいと、母親に話してきかせる。自分が暮らしている都会のアパートの部屋は、すぐ下をひっきりなしに車や電車が行き交い、庭もない。ただ、バーナビーと二人で、何度か窓から隣の家の屋根に這い出て、子供のように寝転んで空を見あげたことはあった。

母親は仕事のことを訊く。いつも、母親は娘の仕事に興味がある。母親自身はパン屋でパートタイムの仕事をしている。パソコンは一度も使ったことがない。母親は、インターネットは社会を統制する危険な仕組みだと考えているのだ。その話を上司のレイチェルにすると、彼女は「素敵」と言った。「すごく素敵ね。うちの母親を思い出しちゃう。うちの母はラップをかけた食べ物を電子レンジで温めちゃいけないと思ってるの。びっくりでしょう?」

終わったばかりのプロジェクトの話を母親にする。いろいろなホテルの宿泊客の満足度を調査した報告書をまとめる仕事だった。客たちには必ず、なにかしらの不満があった。ある客は、鍵の不具合で部屋に閉じこめられてしまい、ドアを激しく叩いて助けを求めなければならなかった。別の客は、前に泊まった客が食べこぼしたポテトチップスの欠片や靴下や髪の毛の塊《かたまり》を見つけた。窓からの眺めが気に入らなかったり、セルフサービス方式の朝食が気に入らなかったりした。〝ここのトースターはトーストが焼けません!〟と、アンケート用紙に書いた客もいた。〝パンを四回も焼き直さなければいけませんでした!〟毎年、各ホテルチェーンに示す実行計画《アクション・プラン》を作成するのも仕事の内だ。去年は、新しいトースターを買うことも提案しておいた。自分の仕事に価値を見出せず不安になるのは、いつも母親に話すこのときだった。だが、それは誰にも言えないし、母親にも話さない。もしかしたら、ほとんど話したことがないだけで、一度や二度は話したかもしれない。

だが、今日の母親は話に身が入らないらしく、椅子の上でもぞもぞと体を動かしたり、肩や首の後ろをこすったりしている。もちろん、そんなことで腹は立たない。どっちみち、娘を心配させたり、娘が帰ったあとも心配で仕方がない状態にさせたくはない。

それで、「仕事はすごく順調よ」と言う。（母親に話すときはたいてい〝順調〟と言う。〝大丈夫〟も多いし〝絶好調！〟のときもある）「新しい椅子と電話を買ったの。朝、部屋に入ったら〝おはよう〟って挨拶してくれるのよ」

「椅子が、おはようって言うの？」と、母親は訊く。

「喋るのは電話だけ」と、教える。「椅子はただの椅子よ」母親は首を横に振る。喋る電話に驚いているのか、ただの椅子にがっかりしているのかはわからない。「だけどね、その椅子、回転させるとキーキー音がして、時々喋ってるみたいに聞こえるの。それで、よく聞いてね。バーナビーがその音を真似して、ネズミの声で……」そこで、母親にその冗談はわからないと気づき、口をつぐむ。木々の枝がたわみ、震える。まるで、自らの葉の陰に隠れた失くし物を探して体を震わせているようだ。

そのことを母親にも話そうとするが、名前も忘れた近所の住人が庭の柵の前を通りかかり、柵越しに身を乗りだしてくる。彼は母親に微笑《ほほえ》みかけ、話しながら声をあげて笑う。豊かな髪は白く、赤ら顔をしている。つまり、彼は戸外で過ごすのが好きか、そうでなければ酒好きだ。彼は母親をデートに誘うのだろうか。たぶん、もう誘ったことがあるのだろう。だが、知っている限りでは、九年前に父親が出ていって以来、母親は誰ともデートをしていない。父親はすでに、水族館で出会ったレアという女性と再婚している。電話で報告してきたとき、彼女は水族館で働いていると父親は言った。彼女は魚が大好きなんだよと。「母さん《マイマザー》のことはどうするの？」と、父親に怒鳴る。出ていってから九年も経った今になって、と思う。

「近眼《マイオピアー》？」父親は訊き返す。電話回線に雑音が混じり、ブーンという音がする――接続不良。誰かと会話をするときはいつもそんな調子だ。お互いに聞き間違いばかりするため、会話は空白や穴だらけで、あとでそれを埋めるのに何時間もかかる。

母親にどう伝えればいいか、ずいぶん悩む。だが、いざ伝えると、母親は父親とレアを祝うため日曜の昼食《サンデーロースト》に招待する。この週末、母親の家にやってきたのは、それが理由だ。お祝いの昼食会は明日で、都合のいいことに、仕事はちょうどプロジェクトとプロジェクトの合間だ。母親には精神的支えが必要だろう。今回の招待は、複雑な心境から生まれたマゾヒスティック気味の行動に違いない。父親は母親を置いて出ていったのに！　父親のために料理なんてしなくていい。せめて、出来あいの料理ですませるべきだ。娘だけが、ある種の戦闘態勢に入っている。「父さんたちを招待するなら、デートの相手を見つけるべきよ」近所の男が帰ったあと、母親に言う。母親は口のなかで何事かをつぶやいただけで、黙ってテーブルの上を片付けはじめる。冷たく湿った空気のなかにいたせいで、母親の頬骨の上と鼻の頭は薄赤く染まっている。娘にとって、母親は今でも世界一きれいな女の人だ。だが、そのことを母親には言わない。代わりに、こう言う。「眼を細めておけば、さっきの人だって素敵に見えなくはないし。もしかしたら、『愛しのロクサーヌ』のスティーヴ・マーティンみたいに見えるかも」それは母親のお気に入りの映画だ。母親はティータオルで娘をぴしゃりと叩く。家に入ってから、来る途中で昼食の付けあわせにと買ってきた、出来あいのヨークシャ・プディング（シュークリームの皮に似た定番家庭料理）を見せる。

二人で夕食の準備をする。パスタをクリームであえた料理と、ガーリック・ブレッドをたくさん。

「お客の六八パーセントは、ディナーにガーリック・ブレッドがあったほうが満足するって」と、母親に話す。テレビで二人が見たい映画をやっていたので、ソファに足を畳んで座り、一枚のブランケットを母親と一緒に掛ける。ソファにのせている爪先が母親にくっつきそうになる。映画は記憶にあるほど面白くはない。一番最初のシーンから、もうハッピーエンドになることがわかってしまう。途中で眠りこみそうになるが、母親はすっかり夢中になり、エンディングでは涙をこらえている。記憶では、もっと現実的な終わりだったはずだが。恋人同士の愛情がしだいに薄れ、別れてしまう映画がもっとたくさんあるべきだ。気づいたときにはもう遅く、最後はお互いにこんなことを言い出す映画。『その延長コードを買ったの、どっちだっけ？　ううん、真面目に訊いてるの。それを買ったのがあなただったか、わたしだったか。だって、出て行くときは二人共それが欲しいんだから』

　映画のせいで暗い気分になり、自分は孤独だと感じる。だが、すぐにバーナビーがいると思い直す。母親にはまだ彼のことを話していない。自分と彼の関係を母親にどう話せばいいのかわからない。そのことを考えるたび、混乱と退屈が入り混じった気持ちになる。まるで、複雑なクロスワードパズルを前に悩んでいるときのようだ。母親にバーナビーのことを話すか、それとも黙っておくか。もし話したら、彼はどんな人かと訊かれるだろう。しばらく、その質問の答えを考えてみる。例えば、こう答える。『今まで知ってるなかで一番柔らかい背中をしてる人』。それとも、『携帯電話に出るとき、留守番電話そっくりに出るのが好きな人』。おかげで、うっかりメッセージを吹きこみはじめ、しばらく経ってから彼が電話口にいると気がつく。彼はそれが楽しくて仕方がないのだと、母親に話そう。

「家《ホーム》？」週末の予定を話すと、バーナビーは訊き返した。二人でベッドに横たわり、彼の唇が耳を噛むのを感じた。「家に行く《ゴーイング・ホーム》って意味？」と、もう一度訊かれた。「じゃあ、そういう場所を、なんて呼んでるわけ？」とあなたは言い、肩をすくめてから、急に不安になる。自分が宙ぶらりんの場所、空っぽの廊下の真ん中に立っているような気がして。ここでもあそこでもないところに。

母親が寝たあと、家のなかを歩きまわる。戸棚で見つけた何種類かの酒を一杯ずつ飲む。子供の頃はキッチンテーブルの下に何時間もいたものだ。それで、同じようにもぐりこんで頭を下げ、脚を組んで座りこむ。だが、記憶にあるほど居心地はよくない。テーブルの下から這い出して、二階のバスルームに行く。ドアの裏側に掛かっていた母親のバスローブを羽織る。袖が自分には短すぎる。それは、ずっと昔から母親が着ているバスローブで、なんの匂いだかわからないが、母親の匂い――名前がわからない花の匂いや、母親が普段は使わなそうな香水の匂い――がする。バスルームのあちこちに置いてある母親の物を順番に眺める。シャンプーや石鹸。クリームが何種類か。それらは母親を象徴するものだ。母親のハンドクリームを両手に塗り、母親の歯ブラシで歯を磨く。それから、あの青いクリームの容器を手に取り、蓋をあける。鼻を近づけるが、なんの香りもしない。指でクリームをすくい、まぶたに塗りつける。自分のまぶたも微かに青く光るだろうと期待して。眼をあけると、突然、鋭い痛みが走る。涙が出て、まつ毛が固まってしまったように見える。慌てて、水を顔にバシャバシャとかけて洗う。しばらく経つと痛みは消え、眼をあけられるようになる。一瞬、白眼が薄緑に見えるが、すぐに元通り白くなる。きっと、なにかの成分にアレルギーを起こしたのだ。オレンジエキスかウォールナッツだろうとラベルを確認するが、どちらも書かれていない。

もう寝ようと廊下を歩いていると、水だけが入った花瓶のひとつが置いてある。ただし、もう水だけではない。花瓶には、明るい色とりどりの木の葉があふれんばかりに詰めこまれている。たぶん飲みすぎたのだと思う。そのあと他の花瓶を見てまわりながら、酒は体質的に合わないのだと自分に言い聞かせる。他の花瓶もすべて、木の葉と花でいっぱいだ。階段の手すりからはツタが垂れさがっている。

ベッドには、子供の頃から好きだった柄のシーツが敷かれている。アラジンとジャスミンが膝立ちで魔法の絨毯に乗っている柄だ。二人の顔は何度も洗濯されて色褪せ、灰色がかっている。掛け布団の下に入ってから、バーナビーに電話をする。携帯電話の緑色のランプに照らされると、海中の洞穴《ほらあな》にいるような気がする。呼び出し音を鳴らすが、しばらく経つと留守番電話に切り替わる。ビーッという音がしてから「もしもし」と言い、彼の返事を待つ。「もしもし?」もう一度言う。「もしもーし?」だが、今回は本当の留守番電話だったらしい。自分の声は、どこか遠くで迷子になっているように聞こえる。

翌朝、母親に青いクリームの容器を捨てるように言おうと決心する。たぶん、その言葉は受け入れられないだろうが——母親は絶対に、なにかを捨てたりしない。まだ早い時間、鎮痛薬《パラセタモール》が欲しくて階下におり、薬箱をあけると、消費期限を七年も過ぎた咳止めシロップと、袋に十進法以前の値札がついた、古すぎて乾いてしまった足の消臭剤《フットパウダー》が入っている。二階に戻り、ベッドに座って、母親が起きるのを待つ。まだ誰も動きまわっていない早朝の家は昔から嫌いだ。そんなときの家は、しんと寒くて、博物館や、明るい沈黙に包まれた誰もいないプールに似ている。しばらくして母親が階下におり、そっとキッチンに行って、電気ケトルのスイッチを入れる。カップとティースプーンがぶつかるカチャカチャという音が聞こえる。毎朝、母親がたてる静かな騒音だ。

あなたはセーターを着て、階段をおりる。キッチンに向かうが、戸口で足が止まる。母親は戸口に背を向けて紅茶をかきまわしている。母親の肩に手がのせられているが、それは娘の手ではない。キッチンに男がいて、母親の肩に片手をのせている。男はカールした褐色の髪で、母親より背が低い。着ているベストは不思議な生地で作られ、緑に見えたかと思うと、次の瞬間は銀色に見える。

　うっかり音をたててしまったらしく、二人は同時に振り向く。母親はいつも通りの微笑みを浮かべ、紅茶を飲むかどうか訊く。よく眠れたかどうかも。それから、二つのティーカップに紅茶を淹れる。三つではなく。ひとつは自分に、ひとつは娘に。母親がなにか言うのを待ってみる。それとも、見知らぬ男がなにか言うのを。母親はなにも言わない。男もなにも言わない。男のほうは、こちらを見ようともしない。あなたは黙って袖口をいじったり、耳に触ったり、パジャマについているリボンをほどいたり、また結び直したりするしかない。母親が紅茶のカップを手渡してくれる。ごくりとひと口飲むと、口のなかと唇が焼けるようだ。母親は男がそこにいないかのように振舞っている。明らかに、男が見えていないのだ。つまり、自分の気がふれたのか、それとも、脳の一部にダメージを負ったのか。以前に一度だけドラッグを試したときは、それが怖かった。ビクビクするくらいならやめておけばよかったし、どうせ怖いなら、もっと何度も試せばよかったと思った。母親が昼食になにを出すのか話している間、緑のベストを着た男は、ずっとそばに寄り添っている。母親は話しながらしょっちゅう、背中に手をまわし、男はその手を握る。母親の動作はあまりにも滑らかで自然だ。ずっと前からそうしてきたように。

　数秒後か、それとも一瞬後だったかはわからないが、突然、その日の昼食で自分が果たすべき役割は、生クリームを泡立てることだけなのだと悟った。母親のそばには、ずっとこの男がいたのだ。いつもすぐそばに。男の突然の登場に、いきなり顔を平手打ちされたような気分になる。まるで、洞穴の入り口で男性向けの生活情報誌《FHM》を読んでいるサンタを目撃してしまったようだ。することのないまま二階に戻り、シャワーを浴びて服を着替える。再び階下におりると、母親はオーヴンの前に立ち、リンゴを切りながら鍋に入れている。緑のベストの男は母親の後ろで、片手を母親のヒップに置いている。母親のヒップ！　見つめそうになる自分を抑え、普通に振舞おうとする。自分が知っているということを、彼らに気づかれたくない。

　ソファに腰をおろし、思いにふける。はっきりとではないが、断片的に聞いた物語を思い出す。母親が若い頃に数か月間、行方不明になったあと、何事もなかったように帰ってきたという話だ。子供の頃、いつも誰かがその話をしていたが、真剣に気にしたことはなかった。結局のところ、友達の母親たちも、なにかしらについて噂されていたから。無意識の内に避けていたのかもしれない。他に、もっと大事に思えることがあったから。友達のミッシェルがその話を持ち出してきたことは何度かあった。「あたしのママと、あんたのママはね、選ばれてそこに行って、ちっちゃな赤ん坊の世話をしたんだって」

「そこって？」

「わかんない。森のなかじゃないかな」

「なんで？」

「わかんない。その人たちは自分で赤ん坊の世話ができないから、誰かが世話してあげなきゃいけないんだって。その人たちは、すごくちっちゃい人たちなの。そんなにちっちゃかったら、赤ん坊の世話なんてできないでしょ？」ママがよその子供を世話したなんてありえない！　あなたは怒った顔でミッシェルをにらみつけ、腹立ちまぎれにミッシェルの人形の眼を指で突いた。

　もしかしたら、母親も、一度か二度、その話をしようとしたかもしれない。「わたしが十八歳のときの話なんだけど」と、母親は思い切ったように言い出したかもしれない。夕食の席か、それとも朝食の席で。だが、いつも忙しくて、ちゃんと耳を傾けなかった。自分自身の人生が大事で、それだけに関心がありすぎて、母親の昔の話なんて聞こうともしなかった。〝過去のことなんて、みんな無意味〟。そんな言葉が気に入っていた。

玄関の呼び鈴が鳴る。父親とレアだ。あろうことか、二人の訪問のことをすっかり忘れていた。緑のベストの男は、母親を支えるように肩をぎゅっと抱く。あなたは一番に玄関に出る。レアと顔を合わせるのは、これがはじめてだ。会ったとたん、切ったばかりのショートヘアにレアは手を伸ばしてくる。髪に触れて、ベティ・ブープみたいねと言う。

「それより、デヴィッド・ハッセルホフみたいでしょう」と答えると、レアは大笑いをして、ベティちゃんのほうが似てると言い張る。レアは優しい印象を与える女性だ。今まで見た誰よりも長い髪をしている。自分の髪の上に座れそうなくらい。髪の色は茶色で、ほんの少しパサついて見える。耳の後ろに数本の白髪がのぞいている。レアが母親にハグをすると、背が高く細い体が母親の上に覆いかぶさり、長い髪が両側に広がってテントのように二人の姿を隠す。母親と父親は軽いキスを交わす。父親はいくらか太ったようだ。父親が着ている、たっぷりした明るい青色のセーターには、オレンジ色の魚の絵がついている。あとで、レアはいつも、あれやこれやを編んでいるということがわかる。きっとクリスマスには手編みのものをプレゼントしてくれるぞと、父親が企みを打ち明けるように囁《ささや》く。緑のベストの男は戸棚にもたれ、じっと見守っている。まったく音をたてずに。

キッチンから居間に移動し、それぞれソファや椅子に落ち着く。緑のベストの男は部屋の隅にある電話の脇の椅子に腰をおろす。革の座面は柔らかいクッションだが、男はそこでくつろいだりはしない。母親が立ちあがるたびに、男も一緒に動くからだ。まるで、母親の腰に紐で結ばれた緑色の風船のように。じっと見つめているうちに、男が視線に気づき、ほんのわずかに顔をしかめる。男の鼻は長くて先が尖り、頬骨は高く張り、頬の色は青白い。じっと見つめながら、男から、なにもない宙へと少しずつ視線をずらすと、男の表情もゆるむ。今度は注意深く母親を見つめる。母親は微笑んだり、声をあげて笑ったりしている。時々、部屋の隅に座っている緑のベストの男のほうを見る。そこに男がいることを知らなかったら、ただ物思いにふけって遠くを見つめているように見えただろう。

どうにか食事が終わり、会話があなたの恋愛のことになる。どうしてそうなったのかはわからない。そうならないように注意していたのだが。レアは、恋人がいるのかどうかを熱心に訊いてくる。父親は、ひとり暮らしでどうやってアパートの家賃を工面しているのか知りたがる。いまや、緑のベストの男は、母親が座っている椅子の後ろに立ち、両手を母親の両肩に置いている。母親は、肩に置かれた男の手の親指を撫でている。男の姿が見えなければ、首を悪くしているのかと思うだろう。以前から、母親は首を悪くしていた。去年の母親の誕生日には、電子レンジで温めて使う、ラヴェンダーの香り付きネックピローを贈った。今ではイーストにそっくりの匂いがするが、母親はまだ使っている。

「首はまだ悪いのかい？」と、父親が言う。

「よくなってきたわよ」あなたはラヴェンダーの香り付きネックピローを取りに行き、レンジで三十秒温めてから、母親の首にかける。緑のベストの男は否応なしに手をどける。男は隅の椅子に戻る。

ふいに、部屋には自分以外カップルしかいないことに気づき、ぎょっとする。しかも彼らは自分に申し訳なく思っているかもしれないと気づき、さらにぎょっとする。恋愛なんて退屈だと言い張るべきか、わからなくなる。それとも、バーナビーと婚約しているようなものだと打ち明けるべきだろうか。結局、退屈な答えしか返さない。恋愛については気軽に考えているし、特に条件もない、最初からいろいろ決めてしまいたくない。自分はまだ若いし、仕事も持っている。ホテルを予約する客の七二パーセントはダブルルームを選ぶが、ひとりでその部屋を使うというデータもある、などなど。レアは熱心にうなずく。言いたいことを理解しているのだ。レアは、魚の恋について話しはじめる。魚の恋愛は恐ろしく気軽だと説明する。特に雌の場合は。例えば、タツノオトシゴの雌は産卵も子育ても雄に任せている。女からすれば、すばらしい取り決めだ。「魚の世界にはフェミニズムがあるのよ。あなたも喜びそうな」と、レアは言う。「だけど、実は、ほとんどの雌は卵を産んで数か月で死んでしまうの。雄は死なないけど」レアは肩をすくめながら、しかめ面になる。「完璧なものなんてないわ」と答え、レアの話がわかったふりをする。それから、コーヒーを飲みたいかどうか訊く。全員がイエスと答える。

そのあと、誰かが散歩をしようと言い出す。美しい秋の午後だ。空気は湿っているものの、よく晴れて、空は澄み渡っている。地面のそこここに濡れた落ち葉が積もっている。最初は小道を歩くが、しばらくして、小道からそれて森に向かう。二組のカップルは手をつないでいる。あなたは邪魔者だ。余計者。ベビーシッターが恋人といるところに、ミルクをくれと言って邪魔する子供のようなものだ。緑のベストの男の足を踏んづけてやったらどうなるだろう。どんな気分だろう？　男はどう思うのだろう？　実行に移しはしない。男はすぐ前を歩いているが。時々、男を透かして小道が見える。母親は父親に芝刈り機のことを訊いている。新しいものを買いたいからと。父親はメーカーの名前と値段をいくつか挙げる。父親は、なにか買うとなれば綿密な調査を欠かさない生真面目な人間だ。以前に六か月もしゃっくりが続いたことがあり、今も話しながら、何度も自分の喉を撫でている。薄くなってきた髪の隙間からのぞく地肌に、四、五個のそばかすが散らばっていて、ひとつひとつがぼんやりと光る星のように見える。

連れ立って歩いてくる一団がいる。全員がレインコートを着てリュックを背負い、地図を手に持っている。集団の中心によく知っている人を見つける。背が高い赤毛の若者。十四歳の頃、あなたは彼と愛しあっているのだと信じ、将来の計画まで立てていた。近づいてきた彼と眼が合う。あなたは舌を出し、漫画のように大げさなウィンクをする。あの頃は、こうやって彼を笑わせていた。心臓の鼓動が少しだけ早くなる。いつも運命というものを信じてきた。妖精の名付け親が巨大な予定表の前で忙しく人々の運命を決めているのだと。だが、男は眼を細めて、何事もなかったように通り過ぎる。あなたが誰だかさえわからない。なんて長い年月を無駄にしたのだろう。もし、もう一度出会えたらなにかが起こるかもしれないと夢見ていた。少なくとも今は現実を知っている。心臓の鼓動は速度を落とし、元通りになる。

小道は森に入っていく。大きな森ではないが、昔、そこに迷いこんだとき、森がどこまで続いているのか想像もつかなかった。一歩歩くごとに、視界いっぱいに森だけが広がっていく。木々の葉は秋という舞台を締めくくる豪華な色に染まっている。地面はしっとりと湿り、あちこちで生長した苔《こけ》が分厚いクッションになっている。最後に残ったワイルド・ガーリックが根元まで枯れかけて、黒っぽく変色している。そこはオークの森だが、ニレやカバやヒイラギの木も見られる。どの木の枝も苔が生え、ツタに巻きつかれている。

誰か他の人々が行き来したらしい小道が、微かな跡になって残っている。よく見ると、あちこちにゴミが散らばっている。空き缶やスナック菓子の袋。木の根元に立てかけたマットレスまであり、育ちすぎた白いキノコのように見える。本物の小さなオレンジ色のキノコは傘の裏に細かい襞《ひだ》があり、ひと塊になって切り株に生えている。ブナの木の実の殻がそこらじゅうに落ちている。大きな道路からまだそれほど離れてはいないが、すでに森のなかの音しか聞こえない。まるで、背後でドアがバタンと閉められたかのようだ。どこからか、小川が流れる音が聞こえる。地面と落ち葉の間を歩く自分の足音も。森は冷たく湿った腐敗の匂いがするが、同時に甘い匂い――どこか馴染み深い、そう、母親の服の周りに漂っていた匂い――に満ちている。

緑のベストの男は微笑んでいる。細い小道からそれ、男は木々が濃く生い茂る森のなかへと歩いていく。見間違いではなく、男の体の向こうにある木が透けて見え、着ている緑色のベストは木の葉にしか見えない。母親も、男のあとについて小道からそれ、木々の間を縫って歩いていく。丸まった茶色の木の葉が母親の髪に絡《から》まる。母親は木の幹の陰に見えなくなり、笑い声だけが聞こえる。それとも、それは小鳥のさえずりだったのだろうか。あなたはもう聞きわけられない。

どこか遠くから、クックー、クックーという鳴き声が聞こえる。一羽のハトがいきなり木々の間から飛び出して、脇をかすめていく。二羽のハトが地面を爪でひっかいている。「あのハトたち、わたしたちを見てる」と、レアが言う。レアは片手にいっぱいのブラックベリーを摘み、父親と分けて食べている。たしか父親はブラックベリーが嫌いだったはずだが。

ハトはたくましい鳥なのだと、あなたは説明する。生き延びるために、食べられるものはなんでも食べる。なんと尊敬すべきことか。ホテルに泊まる客の二〇パーセントは、注文通りの味ではないと文句を言って朝食を食べない。ハトたちは注文通りの味など期待していない。他の動物が吐いたものに混じった種だとしても、ハトたちは喜んでそれを食べる。

森はひんやりとして、しんと静かだ。父親はレアの体に腕をまわす。唇にまだブラックベリーの種がついている。母親が戻ってくる。手に持ったタンポポの綿毛を吹くと、タンポポの種は揺れながら、ふわふわと森の奥に飛んでいく。母親はあなたの隣に立ち、緑のベストの男は母親の手を握っている。あなたは手を伸ばし、母親の髪についた木の葉を取る。母親がこちらを向いて、微笑む。頭上の葉や枝を透かして筋状に降り注ぐ日の光は緑色と金色だ。その光の筋が地面に届き、それ自体が森の木々と同じように根をおろす。

緑のベストの男はそのうち消えていくのだろうか。写真の現像を逆回しにするかのように、あるとき、男の姿が徐々に消えはじめるのだろうか。母親の家の手すりに巻きついているツタが枯れて瑞々しさを失い、元通り、白いペンキを塗った木の手すりだけになるのはいつのことだろう。考えこみながら、母親を見つめる。レアと父親の眼には、母親がひとりきりで自分の体に両腕をまわして立っているように見えるはずだ。だが、母親が抱いているのは悲しみではなく愛なのだ。

そうやって、しばらく母親を見つめてから、あなたは眼をそらす。再び視線を向けると、緑のベストの男の指が母親の喉の滑らかなくぼみに触れている。思わずまた眼をそらし、もう一度振り向いたとき、二人はもういない。木の葉がカサカサと鳴る音がして、木々の枝が風に揺れている。すぐそばで母親の足音が聞こえるが、姿は見えない。母親の笑い声が聞こえる。それとも、鳥のさえずりだったのだろうか。あなたはもうわからない。

窓辺の灯り

Lights in Other People's Houses

神よ、どうか岩と押し寄せる砂から我らを遠ざけてください。
ブレッジとジャーモーの人々の手からお守りください。

『老水夫の祈り』

男が現れた朝は、ひどく暑かった。それは難破船荒らしの男だった。熱波はゆっくりと積み重なり、日ごとに膨らんでいた。水道の蛇口から出る水は生ぬるかった。塗装が乾いてひび割れ、めくれあがっていた。マディが窓のそばに置き忘れたガラスのコップには、ひびが入ってしまった。

ラッセルは靴と家の鍵と自転車の鍵を探して、部屋から部屋へと歩きまわっていた。彼はまたしても予定の時間に遅れていた。いつも思ったより十分は余計に時間がかかるのだ。「今日、あの箱を整理するかい？」キッチンを通り過ぎながら、ラッセルはマディに訊いた。

マディはまだパジャマ姿で、その日最初の紅茶のマグを手に持ったところだった。マディは家でテープ起こしの仕事をしている。そのため、一日のスタートは遅めだった。「鍵はここにあるわよ」マディはテーブルの上を指差した。ラッセルが自分で作ったテーブルだ。天板には小さな瘤《こぶ》が残っていて、それが小さな白っぽい心臓のように見えた。大工っていうのはみんな――ラッセルは言った――大きな形のなかに小さな形を見つけられるんだ。大きな形のなかにあるもの、内側に潜んでいるものが見えなきゃならないんだよ。

「今日中に、二個か三個は整理しろよな」ラッセルはかがんで鍵を手に取りながら、言った。「やるって言ってから、もう二か月は経ってるぞ」

マディは隠しておいた卵を、まるでラッセルの耳の穴から取り出したように見せようとした——しばらく前から練習している、ちょっとした手品だ。だが、ラッセルが思ったより早く体を起こしたため、卵を差し出すように手の平にのせただけになってしまった。仕方なく言った。「卵、みーつけた」

ラッセルは一瞬、しかめ面で卵をにらんだ。シャツにとめてある名札の名前はSが足りず、その下には〈ジェム日用雑貨&大工道具店〉と書かれていた。それから、マディの頭のてっぺんにキスをした。短く軽いキス。「箱の整理を忘れるなよ?」彼が出ていくと同時にドアが閉まり、鍵を閉める音がした。

キッチンは、カタカタという音やブーンという低い音をたてた。マディはラジオをつけた。音楽が流れはじめたが、しばらくすると雑音にかき消されてしまった。何度も調節したが、雑音はどんどん大きくなった。まるで波がザーッと打ち寄せては砕ける音のようだ。マディは海のそばの暮らしが恋しかった。胸が痛いほど、飢えていると言っていいほど、海が恋しかった。家のなかに海の匂いがすると想像してしまう。たとえ海が遠く離れていてもだ。今朝はとりわけそうだった。マディはラジオを消した。

キッチンは、カタカタという音やブーンという低い音をたてた。ラッセルがヨーグルトの容器に植えた植物がしおれている。あれは、なんの植物だったろう? スイートピー? クレソン? 水をやったが、乾いた土にたまるだけで浸《し》みこんでいかない。マディは想像を巡らせた。ヨーグルトからオークの巨木が育つかもしれない。誰もいないキッチンに行って、声に出して言ってみた。「ヨーグルトからオークの巨木が育つかもしれない」マディは、この町に知り合いがひとりもいなかった。

水切り台にのせておいた皿を戸棚にしまった。スプーンとフォークも取り、カトラリーを仕舞う引き出しをあけたが、そこには料理のレシピや領収書がぎっしり入っていた。ラッセルと二人でこのアパートに引っ越してきてから八か月経つが、マディはいまだに間違った引き出しをあけてしまうし、電気のスイッチが見つからなくて、滑らかな壁を手の平で探る。この部屋の上の階と下の階に人は住んでいなかった。大家は、もうすぐ建物全体が売れると言っていたが、買い手がついたら住人全員に連絡があり、出ていくまでに一か月の猶予があるはずだった。マディはスプーンとフォークを持ったまま、かがんで一番下の引き出しをあけた。そのとき、床に残っている湿った砂の足跡に気づいた。

それは十字の線が入った、大きなブーツの足跡だった。前に見たとき、そんなものがなかったのは確かだ。足跡はキッチンを横切り、リビングを抜けて廊下に続いていた。一方、玄関のドアはまだ閉まったままで、鍵もかかっている。マディは立ちあがり、パン切りナイフを握りしめた。だが、すぐにナイフを置きたくなった。なぜだか、ナイフを持ったとたん、ますます怖くなったからだ。いざというときの標語が、頭のなかで何度もぐるぐる回った。〝水の近くにいたら、とにかく水に入って頭を水中に突っこめ〟いったい、どんな危険を避ける教えだろう？　たぶん蜂だ。蜂の大群。

客用寝室から物音が聞こえた。ダンボールを破るような音。それから、なにかをつぶやく低い声。マディは足を忍ばせて歩いたが、自分の耳には、カーペットの上を歩く自分の足音がはっきりと聞こえた。寝室の戸口で立ち止まり、なかをのぞきこんだ。そこには青白い顔色の痩せこけた男がいた。あぐらをかいて床に座りこみ、いくつもある箱を次々とあけている。男の服も、服から出ている部分もびしょ濡れで、床に水滴が垂れ、そこらじゅうが砂だらけだった。男の蠟のような肌は、ところどころ真っ青に近い色をしていた。マディはすぐに、男が亡霊だとわかった。寝室は、男が持ちこんだ独特の不穏な空気に満ちていたからだ。不穏な空気と、声にならない抗議の叫び。まるで、男がカモメの営巣地を荒らしているかのようだ。

「なにをしてるの?」マディは戸口から動かなかったが、ナイフを握った手は下げていた。

「整理してるのさ」男は顔もあげずに答えた。

「でも、それはわたしのものよ」

「ここに置きっぱなしだった」男は箱から花瓶を取り出し、重さを測るように持ちあげた。湿った砂の手形が微《かす》かにガラスについて、ゆっくりと消えていった。

「わたしのものよ」マディはもう一度言った。

「そうは思わないな。ずいぶん長いこと、触ってもいなかったんだから」男の声は洞穴《ほらあな》のなかから聞こえるようだった——悲しげで、虚ろに響く声。骨ばった肩は広く、風にさらされて赤らんだ肌をぼさぼさの顎鬚《あごひげ》が覆っていた。瞳は色褪せて、ほとんど色がないと言ってもいい。左手の五本の指が内側に曲がったまま固まり、まるで、見えない心臓を握りしめているようだった。

男は箱のなかのものをすべて二つの山に仕分けていた。花瓶を大きいほうの山に置き、次の箱に視線を向けた。古びた花瓶は、緑色の分厚いガラス製だった。マディの親族の誰かが、海岸で波に洗われているところを見つけたのだ。たしか、表面には滑らかに盛りあがる模様がついていたはずだ。なんの模様かは思い出せないが、五歳の頃にガラスの表面を指でなぞった感触は覚えていた。

「小さいもの」男がぶつぶつと独り言を言った。「小さいもの、いや、小さくはない」男は、古いサンダルからはずれたビーズ紐を引っ張り出した。マディの母親のものだったサンダルだ。次に、編み細工の靴底。靴底はひび割れ、編み目の隙間に埃が詰まっている。それから、ビーズ紐を片方の山に、靴底をもう片方の山に置いた。男の脇には、ひらいたままのアルバムがあった。そこに貼られているのは、マディの昔の家の写真だ。セピア色に褪せた写真のなかでさえ、家は廃墟になりつつあるように見えた。無駄に大きく立派だが、絶えず風に浸食され、たわんだ屋根と湿った壁だけに支えられて、やっと建っているようだ。写真には、二階の窓から顔を出すマディ自身も写っている。写真のなかでマディは七歳に戻り、寝室の窓のすぐ外にあるマグノリアの木に登った。遠くに灰色の海が見えた。

男はゆっくりと順番に箱をあけては、なかをのぞいていった。ぼろぼろのクマの縫いぐるみを取り出したかと思うと、呆れたように首を振り、小さいほうの山に放り投げた。

「どこがだめなの？」マディは訊いた。それはマディの祖母のもので、黒いボタンの眼がついていたが、耳は取れてしまっていた。「なにも問題はないでしょう」

「かわいそうな縫いぐるみだ」と、男は言った。「あんたはどうせ大切にしないだろう」

マディは小さい山に歩み寄り、縫いぐるみを拾いあげた。表面は柔らかく、鼻を近づけると、かび臭かった。マディはクマの体に鼻を埋めてナフタリンの匂いを吸いこんだ。客用寝室に置いた箱のなかにあることなど、すっかり忘れていた。両親が住んでいた家を売って引っ越したとき――もっとたくさんの商店と、いい隣人と、乾いた空気のためだと言って――彼らは、ほとんどひと晩で荷造りをすませ、ほんの少ししか荷物を持っていかなかった。なにもかも捨てて新しくはじめるために。

「どれも、わたしたちを束縛するものになるからよ」母親は説明してくれたが、その声は急に震え、年老いて聞こえた。「こんなにあったのね」どうしてこんなにというように、首を横に振った。「わたしと父さんのためだと思って処分してちょうだい、マディ。お願いね？」だが、マディは処分する代わりに、いくつもの箱をこのアパートに運びこんだ。ラッセルには二、三日で整理するからと約束した。古い家から箱を運び出したとき、最後に玄関を閉め、鍵をかけたことを思い出した。家のなかにコートを置き忘れていたが、それに気づいたのは、ずいぶん経ってからだった。

「だめだ、だめだ」男が言った。男の横には、真鍮の取っ手がついた大きな灯油ランプが置いてあった。

「あなたは誰?」マディは訊いた。

男はぎくしゃくと脚を伸ばしながら立ちあがった。男の背は高く、背中が丸まっていた。男は窓に近づき、外を眺めた。地面の草に朝露がびっしりとついていた。「暑いな」男の周りには海と浜辺の匂い――錆びた錫《すず》のような、ウィスキーと岩場の潮溜まりのような、湿った木と潮と枯れた海藻のような――が漂っていた。

水滴が一滴、また一滴と窓を流れ落ちるのを、マディは眺めた。〝水の近くにいたら、とにかく水に入って頭を水中に突っこめ〟と、頭のなかで言った。「あなたは誰?」マディはもう一度訊いた。

「ウィリアム・ペンナ」と、男は答えた。「ウィリアムとテレサ・ドレイパーの子のレイチェルとヒュー・ロバーツの子のサイモンとセリナ・ロバーツの子のノラとジョン・ペンナの子のメアリーとサミュエル・ペンナの息子だ」男がため息をついた。男の前歯は折れて、欠けていた。「難破船荒らし」男は悲しそうに首を振った。「おれはまだ帰れない。まだ帰れないんだ。ここはどこだ?水はどこにある?」男は窓から首を突き出した。見えるのは、たくさんの屋根と、地平線まで続く畑だけだった。

「きっと、帰れるわよ」と、マディは言い、心のなかで『帰って』と言った。『帰ってちょうだい』。

「ここは暑すぎる。どんどん暑くなる。浜辺だ。そこらじゅうに人がいる。人、人、人。音楽と食べ物と人。みんな海のなか。そこらじゅうに。崖」男はつぶやき続けた。「場所が足りないんだ」

男は疲れきっていた。折り畳み式の古いガーデンチェアをひらいて、腰をおろした。ブーツの上に水滴がはねた。「ここはどこだ?」再び、男は尋ねた。波が打ち寄せる音が聞こえ、カモメが男の喉《のど》のなかで鳴きわめいているような気がした。男は座ったまま、窓の外をじっと見つめていた。それから何時間も経った。日の光は薄れはじめた。男は椅子から動かなかった。結局、マディは、男が広げたものをまた箱に詰めこんだ。

難破船荒らしの男は大きな灯油ランプに灯りをともし、キッチンの窓辺に置いた。ランプは明るい光を放ったが、近くに寄ってみると、その炎はちっとも暖かくなかった。炎のなかに手を入れても、なにも感じない。マディは、男がいないときにランプを吹き消そうとしてみたが、炎は揺らめきもしなかった。


カーペットの上に砂が舞い、アパートの部屋は熱せられたように暑かった。ラッセルが育てている植物は枯れて茶色くなった。難破船荒らしの男は休むことなく、せかせかと歩きまわった。男を取り囲む空気はたっぷりと水分を含み、湿気と熱気を放っていた。まるで、嵐のなかを歩いてそのまま家に入って来たかのようだ。男は、昼間はいつもテレビを見ていた。競馬とトークショーがお気に入りらしかった。バスルームで、マディとラッセルの歯ブラシとカミソリをごちゃ混ぜにした。それから、客用寝室でマディの箱に囲まれて座りこみ、中身を整理した。いつまでも。

「なんだって、あいつはここにいるんだ?」ラッセルは小声でマディに言った。「どうして、この家にいるんだ?」

テレビの画面がぱっと光ったかと思うと、明るく輝いた。男が部屋の反対側からラッセルを見つめていた。「ここはどこだ?」男は訊いた。「水が一滴もない。水はどこにいった?」男は浴室に走っていき、何時間も浴槽のなかに立っていた。男の眼尻で乾いた塩が水晶のようにきらめいていた。

夜は引き伸ばされ、長く感じられた。難破船荒らしの男は溺れる夢にうなされた。マディはベッドで横になったまま、男が手足をばたつかせ、水を吐き、砂や石を床にばら撒く音を聞いていた。「あいつが溺れ死んだなんて言ってなかったじゃないか」と、ラッセルが言った。「なにか別の理由で死んだのかと思ってたよ」ラッセルもほとんど眠っていなかった。頬がげっそりとこけた顔で腰に手をあて、脚をひらいてベッドの横に立ち、マディを見おろしていた。

マディは起きあがり、上掛けをはねのけた。寝室はやけに暑かった。窓から、車のヘッドライトが作るオレンジ色の縞模様の光や街灯の光が斜めに差しこみ、ベッドとクロゼットの間に奇妙な模様を映し出した。いつもその場所で揺れている光の模様に、マディはまだ慣れなかった。「よくわからないけど」と、マディは答えた。前に男が頭の横にそっと触れたことがあった。指が髪をよけ、頭皮の黒ずんだ傷跡がマディにも見えた。「わからない……いったい……」ラッセルはつぶやいたが、それはたまたま口をついて出た言葉だった。ベッドに腹ばいになって手を伸ばし、マディの足首をつかんだ。

「これから眠れるわよ」マディはベッドに座ったままラッセルを見おろした。彼の背中の滑らかなカーブを。両腕に散らばるそばかすを。ラッセルは、マディの寝つきが悪いことを知っていた。数年前、まだ付き合いたての頃は、低い声で静かに歌を歌ってくれたものだ。思いのほかきれいな声だった。いつも自分とマディを上掛けですっぽりとくるんでから、歌ってくれた。

男が手を振り回し、なにかが音をたてて床に落ちた。胸が大きく上下し、ぜいぜい鳴る音が聞こえた。

「ラッセル？」マディは言った。ラッセルの温かな肩に触れ、それからまた仰向けになった。上掛けを首まで引きあげ、そして、また押しのけた。ラッセルが歌ってくれればいいのにと思った。ゆっくりとしたブルースがいい。だが、代わりに彼は上掛けをかぶって、眠りに落ちた。呼吸がゆっくりと規則的になっていく。マディは眠れないままひとり取り残された。半分は想像で息が苦しくなり、半分は想像で上掛けが暗い水の覆いになった。


「この家を手放せてよかったと、あとで思うさ」父親は、修理しなかった壁のひび割れを手の平で撫でながら、言った。厳《いか》めしい表情で自信のなさを隠し、母親が嫌がる非難めいた口調で続けた。「もっと早く手放しておけばよかったと思うよ」海からまっすぐに吹く風を受けて、木々の枝が家の外壁にぶつかっていた。強い風のせいで、ある年の春には、一本の木が窓を割って家のなかに倒れてきたこともあった。

「そうだね」と、マディは言ったが、すでに喪失感にさいなまれ、心の行き場を失くしていた。両親はその古い家に死ぬまで住むと信じていたのだ。だから、その後の五年間は、両親の新しい家に寄りつかなかった。自分自身も、荷物を詰めて、あちらの町、こちらのアパートへと引っ越した。その間、いつもマディの心にはあの古い家が灯台の灯りのように揺るぎなく永遠に存在していた。

古い家にひときわ強い風が吹きつけると、屋根のタイルがカタカタと揺れていた。そんなとき、「あれは天使が走る音なんだよ」と、父親はマディに教えてくれた。

家のなかが暑すぎて、なににも集中できなかった。冷蔵庫は唸り声をあげて働いていた。次々と熱さの波が押し寄せてきた。マディは冷たい水を入れたボウルに足を入れたが、大して効果はなかった。

「窓を全部あけておけよ」玄関を出ていきながら、ラッセルは振り向いた、「昨日帰ってきたら、全部閉まってたぞ」彼はどんどん早い時間に仕事に出かけるようになっていた。枕のしわの跡が片方の頬にまだついたまま。

難破船荒らしの男は客用寝室で、ぶつぶつとつぶやきながら箱のなかのものを選り分けていた。部屋は、男の匂いと男がたてる物音がこもる巣穴になっていた。煙と海藻の匂い、海面を渡る風の音。それらは他の部屋にも漏れ出ていき、地面近くに漂う霧のように足元に広がっていた。マディは客用寝室のあらゆる音と動きを感じ取った。箱が次々とあけられ、すべてのものが箱から取り出され、調べられ、選り分けられていく。「窓ね」と、少し経ってからマディは答えたが、ラッセルはとっくにいなくなっていた。座って、耳をそばだてた。コインやビー玉が床に転がり、木片と木片がぶつかって音をたてる。マディは椅子を後ろに押しやり、立ちあがった。キッチンを通り抜け、廊下を歩いた。濡れた足跡を残しながら。

「鳥の絵」マディは言った。難破船荒らしの男はたくさんの鳥の絵を整理していた。カケスやフクロウやキツツキの絵が何枚もあった。頭が小さく、意地悪そうな眼で人をじろじろと見る鳥たちだ。子供だったマディは、それらの絵が嫌いだった。ひとりで留守番をしているときは、急いで絵の前を通った。

「金の額縁だな」男が言った。

マディはうなずいた。それから、箱のひとつに手を伸ばし、鍵の束を取り出した。そこには様々な大きさや重さの鍵がぶらさがっていた。いくつかの部屋や窓の鍵と、そのスペアキーがあった。

他にも、家のなかのどの鍵穴にもはまらなかった大きな重い鍵がひとつと、何年も捨てずに取ってある、どこかのホテルのルームキーもあった。ひときわ小さくて薄いものは、母親の日記帳の鍵だ。マディの友達が家に遊びに来て日記帳を見つけると、たいてい『鍵をあけてよ』と言われたが、マディはあける気になれなかった。鍵束からひとつずつ鍵をはずし、手の平にのせて握ってみた。それから、小さい順に並べた。

男は並べられた鍵をしばらく見つめてから、一番ひどく錆びている鍵を手に取った。「水の底には町がある」男は話しはじめた。「おれは見たんだ。町がひとつ、まるごと沈んでる。通りも家も川も木も」

「どこにあるの？」

「洪水だ。すべてが水のなかだ。町全体が。どの煙突からも水の泡が噴き出してるんだ」

「どこにあるの？」マディはもう一度訊いた。

男はマディの顔を見て首を横に振った。「ドアも窓も水に浮いて、いくつもいくつも流れていくんだ」

「あいつは人殺しかもしれないぞ」キッチンで、ラッセルが小声で言った。難破船荒らしの男はリビングにいた。テレビでグランプリ・カーレースを放映しているらしく、甲高いエンジン音が聞こえてくる。「あのランプがなんのためか、想像つかないのか？　金がある場所にボートを誘導するためさ。あの男は間違いなく泥棒だ。人殺しかもしれない。そうじゃないって証拠はないだろう？」ラッセルはテーブルの天板にある瘤を指でなぞりながら、ちらっとリビングを横眼で見た。ラッセルからは、石鹼と日焼け止めクリームのいい香りがした。

「船は全部、難破してしまったのよ」と、マディは言った。家のなかの空気はよどんで、息をするのも難しいほどだった。

「どうしてわかるんだ?」

「彼が話してくれたの。船に乗っていた人たちは、みんな絶望したし、みんなすごく貧しかったって」

「いったい、いつあいつは出て行くんだ?」ラッセルは身を乗りだし、マディの手に触れた。彼は、爪を全部嚙んでしまっていた。「マディ、ぼくは……」

突然、キッチンに男がいた。服から垂れる水滴が床に落ちて、水たまりになった。男は青白い眼で二人をじっと見つめた。

ラッセルは咳ばらいをした。「いいブーツだな、ウィリアム。どこで手に入れたんだい?」

「おれのブーツだ」男はテーブルに近づき、倒れるように椅子に座りこんだ。両足は、だらしなく投げ出していた。「風に打ち勝って上陸したんだ。もうすぐ満月になる。あと二、三週間で満潮だ」男は言った。「海水が温かくなってきたんだ。高気圧が近づいてくる。次々と」男は大きなため息をついた。「もうすぐ満月になる」

洗濯機がゴボゴボと音をたてて水を吐き出し、それから脱水のための回転をはじめた。男は立ちあがった。洗濯機をのぞきこむと、なかで洗濯物が内部の壁にぶつかりながら回っていた。男はそれを熱心に眼で追うあまり、前のめりになった拍子に皿をテーブルから落としてしまった。皿は二つに割れた。「沈みかけた船だ」男は皿を見おろして、言った。

家中の壁紙の床近くに、水滴が浮かびあがった。水滴は少しずつ上に向かって増え、その境界線の高さまで海藻が伸びた。マディは、水滴が増える様子を観察した。見るたびに、境界線は一インチずつ上に伸びていった。

かれていた。

熱波のため、ホースでの水やりが禁止された。熱波への対処について書かれたビラが各家に配られた。『水は体にとって必要不可欠です。常に水分を摂取するようにしましょう』と、ビラには書かれていた。

マディはヘッドフォンをつけて、一番新しい文字起こしのオーディオ・ファイルを聞いた。女性たちに夜の店で飲む好きな飲み物をインタビューしたものだ。聞いた内容をパソコンで打っていく。〝ワイン〟、〝クリームシェリー〟。同時に、客用寝室から音が聞こえてこないか耳をすませる。だが、その日はなにも聞こえず、箱があけられているのかどうかもわからなかった。あの海のそばの古い家のドアがバタンと閉じて鍵が閉められ、マディは取り残された。ヘッドフォンのなかで、女たちが会話をし、笑っている。踊りに行きたいと、誰かが言う。声の後ろで微かな雑音が聞こえた。マディはヘッドフォンをはずし、機械を調節したが、雑音はしだいに大きくなった。音声ファイルの音が跳び、雑音が最高頂になった。

インタビューの声にかぶさるように、低い声がゆっくりと言った。「視界は中程度、または良好、ところにより視界不良。天候は雨、霧雨のち晴れ」

男がキッチンを通り、オーディオ・ファイルの声が大きくなった。「激しい夕立があります」と、声は言った。「北西の風。秒速三から四マイル」

ブーンという低い雑音は、やがて大音量になった。

マディは眠りのなかで、もがいた。深い眠りに沈んだかと思うと、あえぎながら浮上し、ほとんど眼が覚めてしまった。マディの眠りは浅く、水面に小石を投げこむように、簡単に破られてしまう。壁の向こうでは、やつれた男が咳きこみ、塩を吐き出している。

「え？」とマディは声に出して言った。「なに？」マディは寝返りを打って横を向き、また反対側を向いた。ラッセルの体が温かすぎるので、マディは体にまわされた彼の腕を持ちあげ、一回転して体を離し、ベッドの端で寝た。

難破船荒らしの男が置いたランプの灯りがドアの下から漏れていた。光の形は混ざりあい、大きくなった。四方の壁が動きはじめた。階下から声が聞こえてくる。いくつもの足音。誰かの笑い声。ドアが開き、また閉まる音。窓の外でマグノリアの木がきしむ。波が転がり、また転がる。

翌朝、マディは自分がどこにいるのか、わからなかった。一瞬、隣で誰が眠っているのかも。

文字起こしには、インタビューの他に会議の音声もある。〝経営〟と、マディは入力した。〝それがうまくいかなければ、会社は倒産する〟。眼が疲れ、まぶたが重く感じた。後ろで雑音が鳴り続けていたが、マディは音声を聞き取り続けた。いくつもの声のリズムを追いかけた。雑音が波のように打ち寄せた。

しばらくして、マディは音声が終了していることに気づいた。我に返り、両手をキーボードからおろして、自分が打った文章を見直した。〝スカンジナビア。視界は中程度のち不良。卓越風。ほぼ満月。水温は徐々に上昇。双子座。うお座。こぐま座。船乗りたちは、なんと言っていますか？二から三、三から四、四から五。あちこちで激しい夕立。浜辺を横切る足跡。数世紀に一度の高潮〟

それは何ページも続いていた。マディは二回読み直してから、もう一度音声を聞いた。音声は潮と誰もいない浜辺と、浜辺の岩の間を吹き抜ける風のことを話していた。マディは、誰もいない浜辺に自分が立っている錯覚に陥った。足の裏に冷たい砂を感じた。眼の前にあるのは海だけだ。ラッセルがリビングに入ってきたとき、マディはまだオーディオ・ファイルを聞いていた。彼はマディの両肩に冷たい手を置いた。「海は穏やかよ」と、マディは言った。

毎日、ラッセルが仕事に出かけると、マディは客用寝室に行った。いくつもの箱があけられていて、難破船荒らしの男がぶつぶつとつぶやきながら、箱のなかを調べていた。マディはそのなかから本を探してはページをめくり、挿絵や、湿気で膨らんだ背表紙を指でなぞった。

「むかしむかし」男はつぶやいた。虚ろで悲しげな声で。

マディは箱からいくつもの紙製の花やボードゲームやヘアピンを取り出し、カーペットの上に何列も並べた。母親が壜に入れて集めていたボタンを床にあけ、色と形で山に仕分けた。古い時計のねじを何度も巻いた。アルバムから写真を剝がし、一枚ずつ吟味してから、カサカサと音がするビニールの仕切りにまた差しこんでいった。写真に写っている昔の家はとても古びて見えた。外壁は色褪せて、ひびが入りはじめ、屋根が反り、家の基礎には草の根が蔓延《はびこ》っていた。

すり切れて埃っぽい服を広げた。昔、マディはそれを着て精一杯おしゃれをした。かぎ針編みのショール、毛皮の帽子、防水ブーツ、ハイヒール。ティッシュに包んだアクセサリーを取り出し、ドリルの刃と釘を分けた。昔のアドレス帳やレシピノート、新聞の切り抜きをめくった。

男はランプの笠と食器を積みあげた。「一杯やりたいところだけどな」と、男は言った。「やることは山積みなのに、水が近づいてるんだ」

あっという間に時間は経っていった。全部の箱が空《から》になると、マディは取り出したものすべてを再び箱に詰め直した。なにもかもを箱に入れて、しっかりと蓋をした。たくさんの箱に囲まれて座りこみ、ため息をついた。床に砂がたまり、あちこちに吹き寄せられていた。

「あれは、偽《にせ》の灯りだ」難破船荒らしの男は、窓から身を乗りだして言った。空が群青色に変わり、遠くにひとつずつ光が灯る頃、男はそれを眺めながら、自分のランプを磨いた。靄《もや》がかった湿っぽい空気に囲まれた男は、鳥の群れに取り囲まれているようだった。

家のなかに石が現れるようになった。灰色や紫色、黒っぽい縞模様もあれば、銀色の水玉模様もあった。小石は廊下にも忍びこんだ。バスルームの隅につるつるした石が六つ、山になっていた。戸棚のなかには、もっとたくさんあった。蛇口をひねると小さな貝殻があふれ出して、シンクがいっぱいになった。

「勘弁してくれよ、マディ」仕事から帰ってきたラッセルはそう言い、荷物を置いて、テーブルに歩み寄った。難破船荒らしの男が、しょっちゅうテーブルの上を石でひっかくせいで、円の形をした薄いひっかき傷がいくつも天板にできている。「どうして、やめろって言わないんだ？　一日中、一緒にいるのに」ラッセルは指を舐め、傷をこすって消そうとした。

「気がつかなかったのよ」マディはテーブルを見て、ラッセルの顔を見た。難破船荒らしの男はなんの話をしていただろうか？　海に出ていくこと。通り過ぎるトロール船や石油タンカーの乗組員が交わす会話。彼らはポルトガル語やノルウェー語で話すこと。

「気がつかないなんてこと、あるかい？」ラッセルは言った。「眼の前で、あいつが石でテーブルをひっかいてるのに」彼は石をひとつ手に取り、床に落とした。

「それは、なんの価値もないものだ」男はテーブルの上をちらりと見て、言った。マディの耳に聞こえたのは、打ち寄せる波の音と、彼の喉のなかで鳴きわめくカモメの声だった。

「気がつかなかったのよ」マディはもう一度言った。立ちあがってラッセルのところに行こうとしたが、膝の上にはひと山分の石があった。ひとつを手に取ってみた。それはひんやりとして、マディの手の平にしっくりと収まった。ラッセルはテーブルの上の石をすべて端に押しやり、床に落とした。バスルームの隅にある小石の山を足で蹴って崩した。それから、腕に抱えて外に捨てに行った。


翌朝、それらはまったく同じ場所に戻っていた。


「卓越風、新月」難破船荒らしの男が言った。「気温上昇」テーブルの下にもベッドの下にも砂が積もっている。四方の壁についた水滴の跡は、どんどん上に伸びている。

「たまには外に出たほうがいいよ」ラッセルはマディに言った。「最後に外出したのはいつだい？」

「わたしは大丈夫」

「行こう。ぼくらは外に出る必要があるよ」

「また今度ね」両手で砂をすくうと、指の間を砂が滑り落ちていった。


ニュースでは、明日からの数日間は熱波が収まるだろうと言っていた。難破船荒らしの男は呆れたように言った。「もっと高気圧がやってくる」

キッチンからはなんの音も聞こえず、ドアは閉まっていた。ドアの下の隙間からランプの灯りが微かに漏れている。時々、難破船荒らしの男がキッチンでドアの前を行ったり来たりすると、漏れた光が暗くなったり、明るくなったりした。

テレビではラッセルのお気に入りの映画をやっていた。「隣に座れよ」ラッセルに引き寄せられて、マディはラッセルの胸に寄りかかった。彼の心臓の鼓動が聞こえた。そわそわしているように速く打つ音をもっと聞きたくて、マディは彼の胸に耳を押しつけた。その角度から、壁についた水滴の跡がよく見えた。前よりもさらに上のほうまで広がっている。マディは常に見張っておこうとしているが、いつも、ちょっと眼を離した瞬間に、水滴の範囲は広がっているのだ。

ラッセルは座る位置を変え、キッチンのドアをちらちらと見た。「あいつは、あそこでなにをやってるんだ?」と、言ってから、「あ、見逃したじゃないか。犯人はどこにいたんだ?」ラッセルは身を乗りだし、テレビに釘付けになった。ちょうど、場面は暗い通りだった。男が誰かにあとをつけられている。途中、煙草に火をつけようと足を止めただけで、ずっと歩き続けている。男の足音が舗装された通りに響く。あとをつけている男が近づいてくる。彼は銃を持っている。

今、この瞬間、水滴が増えているのだろうとマディは思い、急いで壁紙に視線を向けたが、水滴の境界線はまったく動いていない。

銃を持った男が銃口をあげた。

それと同時に、大きな音がした。続いて、シューッと炎があがる音、パチパチと燃える音がキッチンから聞こえた。つんと鼻につく煙が部屋に流れこんできた。

「くそっ」ラッセルはぱっと立ちあがり、キッチンのドアをあけた。

難破船荒らしの男が、黒焦げになったカモメの羽根を持ってガスコンロの炎の上に身をかがめていた。煙が大量に噴き出している。「熱が上昇し、一点に集中する」と、男は言った。警報器のつんざくようなサイレンが鳴りはじめた。

ラッセルはコンロに突進し、ガスの火を止めた。窓を開け放ち、手で扇いで煙を外に追い出そうとした。だが、煙はいつまでもとどまり、腰くらいの高さで漂っていた。「この家を出ていってくれ」と、ラッセルは言った。

男は、炎が燃えていた場所を見つめた。「月にはクレーターと海がある」と、言った。「プラトン、コペルニクス、月の海、危難の海」と言い、ゆっくりと微笑《ほほえ》んだ。

ラッセルは男に一歩近づいた。「出ていってくれ」

男は再び微笑んだ。小さなパンッという音がして、家中の電気が消えた。警報器のサイレンが止まり、テレビの画面は黒くなった。冷蔵庫と冷凍庫がガタガタ揺れてから、停止した。アパートは沈黙に包まれた。窓の外を見ると、道に並んだ街灯は明るく光り、他の家の窓はどこも温かな光を放っている。キッチンの窓辺で、男が置いたランプの灯りが揺らめいた。灯りの周囲にはまったく影がなかった。

マディはキッチンのドア枠にもたれて立っていた。子供の頃に経験した停電を思い出した。当時、マディの家はしょっちゅう停電になっていた。そんなとき、両親はいつも何本もの蠟燭や、いくつもの手巻き式の懐中電灯を出してきた。最初のうちは恐ろしかった。家中に広がる暗闇をなにかが横切り、あちこちの暗がりになにかが潜んでいる気がした。停電の最中に、両親の口論を聞いたこともあった。皿が壁にぶつかって割れる音も聞いたかもしれない。だが、そんな記憶も今は消えてしまった――昔の家はいつも明るく輝き、微かにきしみ、優しく揺れてマディを眠りへと誘った。

沈黙は深まり、広がった。ラッセルは黙って、寝室を行ったり来たりしていた。午前三時。難破船荒らしの男の重い足音がアパートのなかを動きまわっている。男がソファに座った。すると、眼の前のテレビと家中の電気が音もなくついた。

壁の水滴は天井まであと半分の高さまできた。壁紙の裏側で水分が集まり、浮きあがっている様子は、疲れて曲がった膝のように見えた。

「この場所には天候ってものがない」難破船荒らしの男は言った。「霧はどこに流れる？　海面を流れる霧はどこだ？」男は箱のなかを次々とのぞきこんだ。「海はどこにいった？」

時間は矢のように過ぎたが、マディはもはや気づきもしなかった。「見て」と、男に向かって掲げた。「絵皿よ」

男は青白い瞳でそれらを見つめた。「もうすぐ満月だ」男はうなずき、言った。


玄関のドアがあき、ラッセルがなにも言わずに入ってきて、そのまま寝室に直行した。クロゼットの扉がきしんだ。ラッセルはバスルームに行き、石鹸と歯ブラシを持って出てきた。彼が荷造りするのを、マディは眺めた。

「ぼくは、もう耐えられない」ラッセルはマディと眼を合わせずに言った。「マイクが職場に電話してきて、一緒に住んでほしいって頼まれたんだ。マイクたちは赤ん坊が生まれたばかりだからさ」かばんに靴下と懐中電灯と本とセーターを入れた。その様子はまるで、はじめて家出をする九歳の子供のようだった。マディの心は湿って、疲れきっていた。

「わかった」と、マディは言った。ラッセルの職場は電話が禁止されているはずだが、その考えは遙か遠くに浮かんでいて、マディ自身は気づかなかった。キッチンに行き、ラッセルのためにサンドイッチをこしらえた。

「ありがとう」とラッセルは言い、かばんにそっと仕舞った。「来週は一週間休みになったんだ」

「わかった」

「電話する」ラッセルは、玄関を出ていく途中で一度立ち止まった。それから、静かにドアを閉めた。

ラッセルが出て行ったあと、マディは家のなかをゆっくりと見てまわった。壁や窓やドアに触れた。どこも湿っていた。結露に覆われた窓に、マディは手形をつけた。

「満月だ」難破船荒らしの男が空を指差した。月が空にかかっていた。まるで水面に浮かぶ木の葉のように。「あの波」と、男は言った。「あの潮。満潮だ」男は窓の外を見た。カモメの羽根で桟をなぞった。

そのうちに、すべての雑音は玄関のドアがあく音に聞こえはじめた。実際はずっと閉まったままなのだが。夜になると、マディはベッドに横たわったまま眼を覚ましていた。壁の向こうで男は溺れていた。何度も何度も。

町は熱波に揺られていた。穏やかな夕方は、暗く青い夕闇に姿を変えた。「偽の灯りだ」と、難破船荒らしの男は言った。

箱は中身を詰められたり、また出されたりした。いろいろな工具。深い鍋や浅い鍋。蠟燭。傷がついたりつぶれたりしている、父親の古いレコード。鳥の絵。たくさんの鍵。蠟のような匂いがするポプリ。いくつもの、かび臭いクッション。

時折、電話が鳴ったが、マディが出る前に切れてしまった。

夜になると、海のそばの古い家が難破船のように、ぼうっと光って浮かびあがった。キッチンはクジラの髭の骨組みでできていた。ドアと戸棚が、あちこちで暗闇に漂っていた。すべてのものが動いていた。廊下を歩くと、別の廊下の端に着いてしまった。それらはどこまでも果てしなく続いていた。ひとつの階段は別の階段につながった。玄関のドアをあけると、そのたびに違う景色があった。そこは玄関のポーチだったり、車で混雑した通りだったり、庭だったりした。そして、ときには、どこまでも海が広がっていた。

手紙がひと束出てきた。難破船荒らしの男は一枚ずつ調べていった。最初、乾いた紙はカサカサと音をたてていたが、男が湿った指で触れるうちに濡れてくっついてしまった。「役に立たないものだ」と、男は言った。「必要ない」手紙を脇に置き、箱からガラスの花瓶を取り出した。手に持って重さを試し、大きいほうの山に置いた。「小さいもの、いや、小さくもない」今度は、靴とビーズでできた紐に取りかかった。

マディは手紙の束を手に取った。祖母が書いた手紙。従弟《いとこ》が書いた手紙。薄い便箋は茶色く変色し、手垢が目立つ。だが、束の真ん中に差しこまれて見つけにくかった手紙は、他のものとは違った。文字はワープロで打たれ、宛先はマディの母親だった。マディはそれらを全部読んだ。もう一度読んだ。それから、箱のなかに仕舞った。

難破船荒らしの男は家のなかをせかせかと歩きまわった。「積雲、巻雲《けんうん》」と、男は言った。それから、窓辺に置いたランプを揺らしはじめた。ゆっくりと。何時間も。

別の夢のなかで、海のそばの古い家は、上昇気流に乗って鳥のように高く舞いあがった。煉瓦や石は重なって山になったかと思うと、また崩れ落ちた。マディは眼を覚まして周囲を見まわし、煉瓦の山を探した。

玄関ホールに敷いてある絨毯は、ぐっしょりと濡れていた。マディが歩くと、足が絨毯に埋もれてくぼみを残したが、しばらく経つと元に戻った。そこはまるで湿地か流砂のようだった。客用寝室の戸口には水たまりができ、ドア枠からいつも水滴が垂れていた。湿気を含んだ箱は黒っぽく見え、箱の横側は膨らんだり、ゆがんだりしていた。

難破船荒らしの男は部屋のなかを歩きまわった。「ここはどこだ?」と、問いかけた。「海はどこにいった?」

マディが箱の蓋をあけると、濡れたダンボール紙が破けた。湿ったダンボール紙特有の匂いがした。濡れた紙と毛糸のような匂いだ。なかをのぞくと、砂と水でいっぱいだった。紙は完全に濡れて、破けている。鍵は錆びていた。砂は時計のガラスの裏に入りこみ、ガラス壜にみっしりと詰まっていた。濡れて裂けてしまった箱もあり、箱のなかから水があふれてマディの足を濡らした。

「なにをしたの?」マディは男に詰め寄った。

男は歩き続けていた。「町全体が水の下に沈んだんだ」

「わたしのものなのよ」マディは言った。「全部、わたしのものなのに」

男は床に座った。ブーツの上に水滴がはねた。「洪水がきた。誰もそんなことは予想できなかった。家も森もみんな水の下に沈んだ」

マディは床に膝をつき、両手で箱から砂をすくい出しはじめた。砂はあまりにも多く、最後にはマディもあきらめた。足の上に少しずつ水が滴り続けた。

「それは役に立たないものなんだ」男はマディに言い、窓の外を見つめた。


マディは玄関のドアをあけて外に出た。日の光が眼に痛くて、まばたきをした。一度。二度。最後に外に出たのがいつだったか、思い出せなかった。手のなかにある鍵の感触が奇妙に感じられる。ポーチの階段は、しおれた黄色い花で覆われていた。草は茶色くなり、乾ききっている。周囲は不思議な静けさに包まれていた。まるですべての物事は停止し、宙に浮いているようだった。

マディの車は埃と花粉だらけだった。ドアをあけて乗りこむと、ダッシュボードが溶けて、表面が小さな波状になったまま固まっていた。マディは町へと車を走らせた。あけた窓から吹いてくる微風は、しだいに弱く、だが冷たくなっていく気がした。海に近づくにつれ風は強くなり、道沿いの景色は広々とした。〝横風に注意〟と書かれた標識があった。マディの母親は、この道に来ると車が風で崖のほうに押されると思っていたらしい。いつも風に逆らって、崖と反対側に体を傾けていた。それでバランスが取れるというように。

マディが古い家に到着したのは夕方の早い時間だったが、空にはもう月が出ていた。最初に見えたのは、丘の背後に突き出している煙突だった。角を曲がると、眼の前にどこまでも海が広がっていた。あまりの懐かしさに、煙突も海も、実際に見えるより早く視界に飛びこんできたような錯覚を覚えた。運転しているマディの耳に、風景自体が何度も共鳴する音が聞こえた。まるで、老人か、あるいは孤独を嘆く誰かの声を聞いているように思えた。

小道を下って、昔の家に向かった。舗装されていない道で、車がはねたり沈みこんだりした。家の門の前で車を停めた。マディは、古い家が半分荒れ果て、壊れかけているものと想像していた。海風にさらされて壁のひび割れは広がり、いくつも穴があき、屋根は崩れているだろう、マグノリアの木は窓を割って家のなかまで伸びているだろうと。だが、違った。家の壁は補修され、新しく塗り直されていた。新しい屋根がわらで屋根も修理されていた。見るからに丈夫で、嵐にも耐えられる家だ。マディは車からおりた。腕には鳥肌が立っていた。頭のなかで難破船荒らしの男が呼びかけてきたが、耳を傾けずにいるうち、頭上を飛び交うただのカモメの鳴き声に変わっていった。

家の低い門に座って足をぶらぶらさせている女の子が、マディをじっと見つめていた。スパンコールがついたドレスを着ているが、大きすぎて、襟ぐりが胸の辺りまでずり落ちている。女の子は砂がついた裸足の足で、門につかまっていた。「誰?」と、マディに言った。

「前はマグノリアの木があったわよね」マディは女の子に言った。「窓のそばに」

「ランタンツリーのこと？　切られちゃったの。あたし、泣いちゃった。パパは、泣くもんじゃないって言ったけど」

「切られちゃったのね」

「うるさい音がするからだって。パパは、あの木のせいで、あたしが眠れないって言ったの。でも、ほんとは、パパが嵐のときに怖いからだと思う。なんで、その車は花粉だらけなの？」女の子は木の門を蹴り、頬についた砂を拭いた。

「わたしね、昔、この家に住んでたの」マディは言った。

女の子が疑うようにマディを見つめると、二つの眼が二つの宝石のように光って見えた。大きく脚を揺らしてから、家の方角を振り向いた。「パーティーに遅れちゃう」と言ったが、門からおりようとはしなかった。

マディはアパートの前の通りに立って、キッチンを見あげていた。窓辺に灯りはなかった。窓ガラスの向こうに瞬《またた》く光はない。冷たい微かな風がマディの髪に触れ、揺らした。家は真っ暗だった。歩道にも前庭にも小石が散らばっていた。マディは、ずいぶん遠くから走って帰ってきたような気分だった。家のなかで電話が鳴る音が聞こえた。「どこに行ってたんだい?」と、ラッセルは訊くのだろう。話しているとき、彼の声は弱々しく優しいだろう。まるで小鳥のように。家は暗く、しんとしていた。マディは電話の前で身をかがめ、受話器をできるだけ耳に近づけるだろう。その繋がりが束の間で遠く離れていても、水のなかに手を伸ばすように、しっかりとつかんで離さないだろう。

通りは静まりかえっていた。誰かが家のドアに結びつけた風船の紐がぴんと伸びている。それは常に、上へ上へとのぼっていこうとしている。

電話がまた鳴った。マディは暗い家のなかに入って行った。

カササギ

Magpies

ぼくは車で家に帰るところだった。空は群青色で、道の両脇に並んだ木はそろって一方向に傾き、水面に身をかがめた釣り人の黒いシルエットのように見えた。それは遠回りになる道だった。道がくねくねとのぼるにつれ、周囲に植物はなくなり、強い風が直接吹きつけた。その日の天気がどうであれ、よく知られるように山の上の天候は変わりやすい。運転していると、突然、ついさっきまでひとつの雲もなかった空が雲で覆われ、雨が降ってくる。みぞれが本降りになるときもある。空は真っ青で風もない晴れた日なのに、暗い空に光る稲妻を見たこともあった。あまりにも眩しかったせいで、それから数時間経っても、稲妻はまだ眼に焼きつき、キッチンの壁やバスルームの鏡に出現した。

車の窓をおろし、冷たい空気を車内に入れた。妻が夢を見るようになったことを考えていた。妻は、毎晩、夢を見た。夢の中身は、ぼくが彼女に話さなかった事実ばかりだった。例えば、ぼくが階段にひび割れがあると話すと、妻はその夜、ぼくが階段をのぼって屋根に出ていく夢を見る。オートバイの車輪が錆びたと話せば、広場とその匂い、金属がガチャンと鳴る音、遠くに見える街灯の灯りを夢に見る。自分でもなぜだかわからないが、ぼくは、妻の夢の話にいら立ちを感じるようになっていた。そして、妻の夢のことを考え続けた。妻が本当にそんな夢を見ることができるのか、ぼくにはわからない。だが、妻はぼくに質問をするようになった。なんだかんだと、ぼくに喋らせた。そして、ぼくは喋るそばから忘れてしまった。

ぼくは昔の恋人のマイに会ってきたばかりだった。彼女は数日間、町に戻ってきていて、ぼくたちは、当時よく一緒に行った道路脇の喫茶店〈ハーブズ〉で会った。ぼくは今でも通っていた。仕事のあとに同僚二、三人と。ときにはひとりで。店には一人客の話し相手がいる。店主のハーブや出張中のビジネスマン、長距離運転手。

先に着いたぼくは隅のテーブルに座って、マイを待っていた。いつものように酢とコーヒーと揚げ物の匂いがした。店のキッチンからハーブがかけているクラシックが聞こえていた。壁には競馬の絵と、地元で起きた災害を報じた新聞の切り抜きを額に収めたものが掛かっている。〈ハーブズ〉は、ぼくのお気に入りだ。そこにいると、なにかが起こりそうな、誰かが眼の前を通り過ぎそうな気分になる。その日の夕方、店に客はほとんどいなかった。ぼくの他には、出入り口のそばに男がひとり座っているだけだった。男の横にはオートバイのヘルメットが置いてあった。それを見て、以前に、ぼくに言わせれば恐ろしいオートバイ事故を見たときのことを思い出した。ぼくは車を停め、恐ろしさに震えていた。すぐ前の道路にたくさんの金属が散らばり、少し離れたところにヘルメットが転がっていた。だが、金属はすべて新品の商品だった。トラックの荷台から転げ落ちたものので、どれも卸売店のラベルが貼られていた。

ぼくはギアをチェンジして、さっきマイに言われたことを考えた。最後にぼくと会ってから四年も経つと、彼女は言った。ぼくは二年だと思いこんでいた——年月がそんなに早く過ぎるなんてわかっていなかった。車の窓をもう少し広くあけた。気持ちのいい微風《そよかぜ》が吹いてきた。皮膚が温まり、汗ばんで少しひんやりとした。ぼくが思っていたより、時間はあっという間に過ぎたのだ。そう考え、この数年間に自分がなにをしてきたかを思い出そうとした。そのとき、なにかが勢いよく車にぶつかった。

「なんだっていうんだ?」ひどく驚くと、ぼくは決まってそう言う。本当は、他の人たちのように下品に毒づきたいが、どうしても、そう言ってしまう。そのセリフはイガの生えた実のように、ぼくにくっついているのだと、祖父によく言われる。車を路肩に停めたが、本当になにかが衝突したとは思っていなかった。直前に、なにかが光ったような気はした。なにか黒くて動くものが見えたようだったが、せいぜい石くらいだろうと思った。エンジンを切り、車の外に出て車体の下をのぞいた。路面には別のタイヤの痕と、石がいくつか落ちている以外、なにもなかった。白っぽいものが視界に入ったが、よく見ると、生垣に絡《から》みついている羊の毛だった。

車に乗りこもうとしたとき、少し離れた道路でカサコソと音がした。一瞬、ためらってから、道路の向こうに眼を凝らした。だが、車内の明かりがついているため、外は真っ暗闇にしか見えない。車のドアを閉めると、明かりが消え、薄暗い路面に黒と白の羽根が落ちているのを見つけた。艶があり、青や、もしかすると紫色に見える箇所もある。それから、さらに離れた生垣の根元に、もっとたくさんの羽根が見えた。羽根は積み重なって小さな塊《かたまり》になっている。それは、ぼくの車のドアミラーにぶつかったカササギだった。

ぼくは立ちすくみ、カササギのそばに近寄ることができずにいた。一台の車が通り過ぎ、ライトが道路と木々を照らし出した。それからまた、すべてが暗くなり、閉ざされた世界となった。

カササギが微《かす》かに体を動かし、頭をあげた。片方の羽は折れた傘のようにぶらさがっている。カササギはその羽を一度持ちあげ、また道路の上に落とした。羽が道路の舗装をこする音が聞こえた。小さなパサッパサッという音。まるで、森のなかで、誰かが木の枝の上を歩いているようだ。

しばらくの間、カササギは頭をあげて、その場に立っていた。その立ち姿はぼろぼろで、今にも倒れそうに見えた。ぼくはカササギに声をかけたかった。ごめんよ、と心のなかで言った。本当にごめんと。だが、謝る代わりに、ぼくは声に出して言った。「鳥は暗闇では飛ばないんだ」学校で習ったときは気にも留めなかったが、ほとんどの鳥は暗くなると飛びまわらないと聞いた記憶はあった。「鳥は暗いなかを飛ぼうとは思わないのさ」カササギに話しかけるぼくの声は、非難めいて響いた。だが実のところ暗闇を飛びまわって、なにになるというのだろう？

カササギの眼が動いたが、どこを見ているのかはわからなかった。ぼくは眼をそらした。もし誰かが寒いせいで祈るように両手を合わせて走りまわっていても、ぼくはそうするだろう。ブルルと声をあげてスキップしても同じだ。だが、今は寒くもなく、ただ空気がひんやりとしているだけだった。秋が近づいている印だろう。ぼくはちらっと、車のほうを振り返った。エンジンの音が聞こえた気がしたのだ。だが、車にはなにも起こっていなかった。ぼくが聞いたのは別のものだった。「なんて言ったんだ？」唐突に、ぼくは周囲の空虚さと静けさを一気に乱す大声で言った。だが、先になにか言ったのはカササギだ。間違いない。カササギは頭を片側に傾げた。道路脇のサンザシの生垣は花盛りだった。繭に似たクモの卵嚢《らんのう》がいくつかぶらさがっていて、風に揺れ、震えている。ぼくはカササギに一歩近づいた。頭のなかに、仕事に行く途中、車で通り抜けなければならなかった白い陶土《チャイナ・クレー》の山が浮かんだ。そこは人気《ひとけ》がなく寂しい土地に見える場所で、雪に覆われた山のようだが、自然の山ではない。ぼくはいつも、一種のトリックのようなものだと感じていた。本当はいつも通りに平地を車で走っているのに、うっかりすると、本物の山地を走っているような錯覚に陥るからだ。

「なんて言ったんだ？」

ぼくには、「この懐かしい場所」と聞こえた。が、実際には、ほとんど聞き取れていなかった。たぶん、なにも言わなかったのだろう。たぶん、片方の羽が路面にこすれた音が聞こえただけだろう。

「また、〝この懐かしい場所〟に来るなんてね」〈ハーブズ〉で向かいの席に座ったマイが最初に言ったのも、その言葉だった。彼女は昔とちっとも変わらなかった。ただ、長かった髪をばっさりと切っていた。短い髪は彼女の顔の輪郭をますます細く、ますます生真面目に、実際の年齢の二十六歳よりも年上に見せていた。彼女の瞳は左右違う色だった——片方は青、片方は灰色。白状すると、そのことをぼくは忘れていた。彼女がよく、こんな風に言っていたことも。「あたしは選べない。あなたは決めてくれないの？」そして、選ぶものを指差していた。

マイはコーヒーを注文し、さっと店を見まわした。「信じられない。しょっちゅう、二人でここに来てたなんて」と、言った。「どうして、そんなことしてたのかな？」

ぼくは肩をすくめた。「そうしたかったんだよ」

「もっと広い店だと思ってたけど。こんな感じだってこと、忘れてた」

店の照明は薄暗く、ひとつはついたり消えたりしていた。プラスチックのテーブルは染みがつき、傾いていた。窓のひとつは上下にひびが入っていた。店のキッチンで、ハーブがバイオリンに合わせて、うなるように歌っている。彼の声は低く豊かだが、なぜか耳障りだ。

「前回、あたしが家に泊まったあと、ママはあたしの寝室を書斎にしたの」と、マイは言った。「次からソファで寝ろってことよ」彼女の足は音楽のリズムに合わせて上下した。マイが町を離れたくて仕方がなかったこと、今はすでに町に帰ろうと考えていることを、ぼくは知っていた。

「ぼくの部屋はなにも変わらないよ。この前、用事のついでに寄ってみたら、昔、集めてたバッジがそのまま山のように残ってた。引き出しのなかに、入れっぱなしだったんだ」

「あたしにも、ひとつくれたね」マイは言った。「王冠みたいなのが上についてた」

「まだ持ってる?」と、ぼくは訊いた。

ヘルメットを横に置いた男が立ちあがって、化粧室に向かった。通り道の椅子にぶつかりながら、歩いていく。「失礼、失礼」と、そのたび、椅子に謝っていた。

マイは男を見て、ため息をついた。「他の店がよかったかもね」コーヒーをひと口飲んだが、実際には一滴も飲んでいないように見えた。昔は、二人共、この店の薄く苦いコーヒーが好きだったのだが。

ぼくは手を伸ばしてマイのコーヒーに角砂糖をひとつ入れ、かきまぜた。


道路は静かだった。海の方角に向かって吹く風が強くなり、空に雲を集めていた。カササギが本当はなんと言ったのか、知りたかった。しばらく待ったが、カササギはもうなにも言わず、代わりに道の端に沿って歩きはじめた。ゆっくりと。一度、空中に飛びあがろうとしたものの、横向きに道路に落ちた。カササギは体を引きずり、半ばよろけ、半ば跳ねながら、二歩進んだ。それから、また空中に飛びあがり、同じことが繰り返された。その姿は、枯れ葉が道路を横滑りしていくように見えた。そんな風にもがきながら歩くカササギを見たくはなかったが、ぼくは見守り続けた。

数フィート進んだところで、カササギは左に曲がり、姿が見えなくなった。生垣は低く、鋭角に刈りこまれていた。カササギが生垣をかきわけて進む音が聞こえた。背後を車が通り過ぎたが、ぼくは振り返らなかった。カササギの言葉が、頭のなかでゆっくりと回転するのを感じた。

生垣に近づくと、小さな金色の門が見えた。カササギは門の下にひっかかりながらも通り抜けているところだった。それは、誰も気づかないような小さい門だった。実際、今まで何度も車で通り過ぎたはずのぼくも、気がついていなかった。門の向こうには、視界の端にいくつか黒っぽい木々の塊が見える他は低木しか生えていない野原が広がっている。カササギはすでに草の上を歩きはじめていた。

本当なら、もう家に着いているはずの時間だ。ぼくは家にいたかった。家では、妻がキッチンのテーブルでレモンティーのカップを前に読書をしていただろう。シャワーを浴びたばかりの妻の髪は湿っている。レモンと湿った髪の匂いがキッチンに微かに漂っているだろう。キッチンの窓から差す夕日を思い浮かべた。玄関のすぐ前で立ち止まると眼に入る、家の壁全体に藤の蔓が伝っている光景とそこに差す夕日を思い浮かべた。

ぼくは小さな門によじのぼった。飛び降りると、門の金属が音をたてた。カササギのあとを追うと、ところどころに、小さな白い羽根が紙の燃えかすのように丸まって落ちていた。カササギの姿は見えなかったが、その白い羽根をたどっていった。

一枚、また一枚と羽根が落ちていた。カササギの姿が見えたのは、野原をすでに半分くらい横切ったときだった。だが、薄暗がりのなか、その姿は視界の隅から消えそうだった。カササギはとてもゆっくりと、苦労しながら歩いているようだったが、ぼくが少しでも眼をそらしたり、後ろを振り返ったりすると、あっという間にずっと先に行ってしまう。追いつくことなどできないと思えるくらい。カササギが一歩歩くたびに感じている痛みを想像した。骨と骨がこすれる痛みを。だが、同時に、カササギがなにを言ったのかも想像してみた。道路のことだろうか？　道路についてなにか言ったのだろうか。

再び、その音が、その声が聞こえた。だが、ほとんど聞き取れなかった。それは草の上を静かに横切っていってしまった。まるで、カササギが閉まったドアの向こう側から話しかけてきたようだった。それとも、ぼくには見えない長い廊下の向こうからだったのかもしれない。昔、言葉が色に見える同級生がいた。彼は〝魚〟という言葉を聞くと、金色の光が輝き、消えていくのが見え、〝椅子〟という言葉を聞くと、深く静かな緑色が見えると言った。その頃、ぼくは彼が言っていることがよくわからなかったし、今も完全にはわかっていない。だが、カササギの声が聞こえたとき、彼のことを思い出した。カササギに話しかけられたとき、ぼんやりとだが誰かの顔が浮かんだ。その顔は、道路の向こう側からぼくを誘っていた。

「今は、なんの仕事をしてるの?」と、マイは訊いた。

ヘルメットを持った男が店を出ていったので、ぼくたち二人が唯一の客だった。

「前と同じだよ」ぼくは答えた。「最近、リーダーになったばかりなんだ」アイスクリーム工場で働きはじめてから七年になる。最初は夏のアルバイトだけのつもりが、いつのまにか、生活を支える仕事になっていた。それは、世のなかで一番と言っていいほど簡単な仕事だった。

「あたしは前の仕事をやめて、次を探してるところ。前は、歯医者の受付に臨時で雇われてたの」

「きみは歯医者が大嫌いじゃないか」

「そう。ずっとドリルの音がしてた。歯医者で働いてから、毎晩、歯ぎしりするようになっちゃったし」マイは自分の両手をちらっと見てから、ぼくに視線を戻した。下唇を嚙んでいる。昔から、マイは血が出るほど唇を嚙みしめる癖があった。「次は歯医者以外ならどこでもいいな。どこかの事務所でも、ケータリングでも」

「コーヒーのお代わりは？」と、ぼくは言った。「ぼくはもう一杯飲むよ」立ちあがってキッチンに行き、ハーブにコーヒーを頼んだ。口のなかが乾いていた。

ハーブは二つのカップにコーヒーを注いでから、新しいグリルを買ったと言った。以前、ぼくが彼に話していたものだ。「こうやって、上の部分が折り曲げられるんだ」と、ハーブは言った。

「よさそうですね」ぼくは、タイマーの使い方を教えた。

「そういえば、やっと送ってきたよ」ハーブはポケットから封筒を取り出し、片方の手の平に中身を振り出した。それは緑色に光る粒だった。数か月前、ハーブは、エメラルドの抽選に当たりましたという電話を受けた。ついては送料を振りこんでほしいと言われ、その通りにしたが、待てど暮らせど品物は送られてこなかった。「結局、詐欺だったんだ」と、手の平に小さな粒をのせたハーブは言った。「そうだと思ったよ」あまりにも長いこと待っていたため、ハーブだけでなくぼくまで期待してしまっていたのだが。

「あの手のやつは、みんな詐欺なんですよ」ぼくはハーブに言った。粒は小さすぎて、ハーブの手の平の上で見えなくなりそうだった。カップを二つ持って、テーブルに戻った。「お代わりのコーヒーだよ」

「ありがと」マイがカップを引き寄せた拍子にコーヒーが少しこぼれた。「ネコと受け皿のジョークを知ってる？」

ぼくは首を横に振った。職場から直接ここに来たぼくの服は、イチゴの香りがした。

「ネコが受け皿のところに行ったら、おいしそうな肉がひと切れ入ってた。ネコは肉を食べて、いなくなった。しばらくしてネコが戻ってくると、今度は受け皿に大きな魚の切り身が入ってた。ネコはそれを食べて、またいなくなった」

ぼくは、話しているマイを見つめた。小さな口、眉根に寄せたしわ、低い声。学生時代、ぼくたちはしょっちゅうジョークを言いあっては、お互いに、なんて機知とユーモアに富んだジョークだろうと思っていた。

「ネコはお風呂に入って、お昼寝をして、それからまた受け皿のところに戻った」マイはふいに口をつぐんだ。驚いたように、眼が見開かれた。「どうやって終わるのか、忘れちゃった」半分微笑《ほほえ》んでいたが、眉間のしわは深くなった。

野原全体が青味がかり、周囲にあるすべてはさらに青味を帯びていた。カササギの姿は暗がりに溶けこんでいた。あとをついていこうと眼を凝らしているうちに、眼が痛くなった。足の下の草は乾いて、踏むたびにカサカサと音をたてた。まるで霜がおりているようだが、現実には霜はなかった。あちこちにアザミが生えていて、トゲがついた茎が伸びていた。白く丸いキノコが暗い足元で目立っている。見渡す限りだだっ広い野原には、なにもないようだった。遠くに小さな家の灯りが二つ見えるだけだ。ここは町からすぐの場所で、少し離れたところには海もあるはずだったが、ぼくの周りにはなにもないような気がした。ただ、この野原とカササギと、遠くに見える木々の塊があるだけだった。

その木々の塊は、近づくにつれて、思っていたより広く多様性に富んでいることがわかってきた。遠くから見たときは数本だろうと想像していたが、近くまでくると、そこは木々が鬱蒼と茂り、暗闇と静けさを集めた深い森だった。頭上の雲がさらに厚くなり、ぼくはジャケットのジッパーをあげようとした。そのとき、シャツのボタンが二つ並んでなくなっていることに気づいた。なくなった箇所は大きな隙間になっていたが、なぜかほつれた糸はなかった。

カササギは一度も止まらずに歩き続けていた。ぼくは眼を離さないように注意していたが、つい、ボタンがなくなった箇所を見おろした。その瞬間、カササギは森に姿を消した。

森のなかのマツの木は石鹼と冷たい空気の匂いがした。ぼくは低い枝の下をくぐり、また次の枝をまたいで進んだ。ほとんど前が見えず、木の根や石に何度もつまずいた。木の根はそこらじゅうの地面を這っていた。それらはまるで地球の一部分をつかんだり、引っ張りあげたりしているようだった。

ぼくはカササギの姿と、地面に落ちている小さな白い羽根を追いかけた。しばらくして、カササギが立ち止まると、ぼくも立ち止まった。カササギの囁《ささや》くような声が、また聞こえた。リズミカルに繰り返される言葉——それを聞いて、なにが思い浮かぶだろう？　きっと、木の根だ。絡まりあいながら、木の床を縫うように這っていく木の根。そのなかに絡めとられ、そこに根をおろしている自分の姿が見えた。


カフェのドアがあき、中年のカップルが入ってきた。昔はドアがあくとチャイムが鳴ったが、今は小さくパタンと音がするだけだ。彼らは、ぼくたちとは反対側の隅のテーブルに座った。しばらくして、ハーブがそのテーブルに歩み寄った。紅茶とトーストを注文する声が聞こえた。ハーブが飲み物と食べ物を運ぶと、女はバッグから小さなジャムの壜を取り出してトーストに塗り、パンを三角形に切りはじめた。二人共、疲れた顔をしていた。

「そんなに遅くはなれないの」マイが言った。

ぼくは、すっかり冷めた二人分のコーヒーを脇に押しやった。無意識に、指で角砂糖をつぶして粉々にしていた。それから、指についた砂糖で、テーブルの上に模様を描いた。「シーの噂を聞いてる?」ぼくは訊いた。「ルースやペアーのことは?」

「たまにね」とマイは言った。「そっちは?」

「みんな、町には戻ってないらしいね」

「この前、あなたのパパと、ばったり会った」そう言って、マイはテーブルの外に足を伸ばした。昔から狭いところが嫌いなのだ。エレベーターも苦手で、いつも階段を使わなければならなかった。

「言うのを忘れてた。眼鏡屋の前で会ったよ」

「親父は、眼が見えなくなると思ってるんだ」

「そう言ってた。見えなくなったら、どこへ行くにもあなたに車で連れていってもらったり、新聞を読みあげてもらわなきゃならないって」

「見えなくはならないよ」と、ぼくは言った。中年のカップルがテーブルの上に身を乗りだして、なにやら低い声で話をしていた。なにを話しているのか、ぼくは気になった。男が女の頰に手を伸ばして、パン屑をはらい落とした。

マイは腕時計を確かめてから、脇に置いてあるコートの袖にそっと触れた。店のキッチンからは、相変わらずハーブがかける音楽が聞こえていた。

「もう行かなきゃ」マイはバッグから車のキーを取り出した。以前と同じ、栓抜きの形をした古びたキーリングにキーが下がっていた。マイは立ちあがって、コートを着た。

キッチンのスイングドアがひらいて、ハーブがぼくたちのテーブルにやってきた。「グリルがおかしいんだ」と、言った。「赤いライトがついてるし、ちっとも冷えないんだよ」

「ちょっと待ってください」ぼくは言った。

「煙も出てる」ハーブは続けた。

「もう行くね。グリルをみてあげて」マイは椅子をテーブルの下に入れて、じゃあね、と言った。そのうちまた町に帰って来るからと。

ぼくは店から出て行く彼女の姿をしばらく見つめた。それから、ハーブのほうに向き直り、グリルの様子を見に行った。

森の木々はどれも傾き、森のなかはどちらを向いても暗かった。微かな呼吸の音以外はなにも聞こえず、それはぼくが呼吸する音だったが、本当はカササギが呼吸する音ではないかと思った。カササギがもがいている音にも聞こえた。ぼくはその場に立って、その音と、重なりあう木々の間を吹き抜ける風の音に耳をすませた。

カササギは一本の木のほうに頭を傾げていた。それから、羽をばたつかせて一フィートくらい飛びあがった。怪我をしたほうの羽は片側に広げて動かないまま。

ぼくはカササギのほうに近づいた。カササギは再びはばたき、飛びあがったが、今度は地面に落ちた。その姿は弱い風に叩き落された新聞紙のようだった。ぼくはカササギを両手で抱きあげることを想像した。手の平に感じる奇妙な重さと滑らかさを。滑らかな羽が、ぼくの手の平の上ではギシギシときしむだろう。せわしない心臓の鼓動が聞こえる気がした。ぼくは、それ以上近づかなかったが、そこに立っている間中、手の平にカササギの羽を、手首にカササギを抱きあげたときの重みを感じていた。

自分の足元を見おろし、スニーカーの紐を通す穴を縁どる金属の輪がひとつ残らずなくなっていることに気づいた。

カササギは立ち止まって、眼の前の木を見つめていた。それから、胸の羽毛のなかに頭をうずめ、小さく体を丸めた。次はどうするのだろうと思いながら、ぼくはじっと立っていた。まだ、手の平にカササギの羽の感触があった。それを振りはらおうと、指をこすりあわせた。森の木は隙間なく立ち並び、カササギと自分がどの方角から森に入ってきたのか、ぼくにはわからなくなっていた。そんな風に密集していると、木はどれも同じに見えた。だが、ぼくはただそこに立ってカササギを見つめ、帰り道を探そうとも思わなかった。

「なんだっていうんだ?」と、カササギが囁いた。それとも、ただ風が木々の隙間を吹き抜けただけかもしれない。

ふいに、銀色のなにかが見えた。離れた木の根元に鈍く光るものが落ちている。ぼくはカササギの横を通り過ぎ、尖ったマツの葉をよけて、光るもののそばまで行った。それはいくつかの鍵で、全部ぼくの鍵だった。鍵の上にはぼくのキーリングがのっていた。心臓の鼓動が少し速くなった。間違いなくぼくの鍵だと確かめるために、ポケットを探った。それほど森の奥まで来たわけでもないのに、ぼくはポケットが空《から》なことに気づいていなかった。鍵を拾ってポケットに入れ、しっかりとジッパーを閉めた。

今いる場所から見える数本の木が図形を作っていることに、ぼくは気づいた。最初は、他の木々と同じように奇妙な角度で傾いているのかと思ったが、よく見ると、それは太い枝でできた三角形になっていた。数本の木の枝がロープで中心に向かって引っ張られ、結びあわされて三角形を作っている。まるで、宙に浮いた三角のテントのようだ。木の枝の三角形は森のなかに溶けこみ、よほど眼を凝らさなければ見えない。普通に見まわすだけでは、簡単に見逃してしまいそうだった。

隠れ家のようなその場所に向かって、ぼくは歩いていった。すぐ下まで近づくと、低い位置に足場になりそうな枝が何本かあった。昔は、よく木登りをした。木登りに最適なのはブナの木だ。もっと若い頃は、ブナの木に登っては、一日中、ときには夜まで、そこで過ごしたものだ。枝が茂る幹の近くまで登るのが、ぼくは好きだった。そこは、上からも下からも木の枝と木の葉に取り囲まれていた。時折、すっかり眠りこんで、ベッドにいるつもりで眼を覚まし、部屋の壁はどこに消えてしまったんだろうと驚くこともあった。それから長いこと木に登ったことはなかったが、ぼくは低いマツの枝に足をかけてみた。枝はたわみ、体重をかけると大きく揺れた。枝から枝へ、ぼくは登っていった。枝はしだいに細くなった。ある時点で、次の枝に足をかけたとき、それがぼくの体重を支えられないことがわかった。マツの葉をひと束つかんだ次の瞬間、ぼくは地面に落ちた。

両膝をついて着地すると、湿った地面と古い木の葉の匂いがした。立ちあがって、カササギのほうを振り返った。カササギは一部始終を見つめていた。頭を片方に傾げたまま。小さな胸は呼吸にあわせて膨らんだり萎《しぼ》んだりしているが、瞳はじっとぼくを見つめたまま微動だにしなかった。

ぼくは三角形の隠れ家のなかに頭を突っこんだ。銀色に光るきれいな包みが数個あるのが見えた。一面にマツの葉が落ちていて、古びた毛布が一枚とマグカップがひとつ置かれていた。地面には足跡ひとつついていない。隠れ家の入り口は狭かったが、体をかがめ、肩や腕を木にぶつけながら、なかに這いこんだ。入ってみると、奥のほうに、なくなったぼくのシャツのボタンとスニーカーの紐通しがあった。隅には、小さなバッジがたくさん積まれていた。

ぼくは隠れ家の真ん中で脚を組み、膝をくっつけて座りこんだ。三角形の出入り口から外を見た。ふと、火をつけるという考えが脳裏をよぎった。火をつける方法は知っている。上空から見える光景を思い浮かべた。隠れ家と、その周りの炎、森の真ん中で立ちのぼる細いひと筋の煙。だが、ぼくは火をつけなかった。ただ、そこに座っていた。ひんやりとした心地よい空気が隠れ家に流れこみ、ぼくの皮膚を撫でていった。

どれくらい時間が過ぎただろうか。ぼくの一部は、起きあがって車に戻り、家に帰りたがっていたが、別の一部は家とは反対の方角——どこだかはわからない——に行きたがっていた。その二つに挟まれて、ぼくはその場に座り続けていた。あったかもしれない別の人生を思い描いた。家のことを考えた。座ったままポケットに触って、鍵がそこにあることを確かめた。

雨が迫っていた。静かに羽を動かす音と足を引きずる音が聞こえた。カササギが隠れ家の横を通り過ぎていくのだろう。カササギの息遣いが聞こえた。手首と腕に、カササギの羽を感じた。カサギがマツの葉の上を歩いていく。しばらくすると、しだいに音が遠くなりはじめた。どれくらい離れているのか、カササギがどこまで行くのかは、音が止まるまでわからない。カササギは森の奥深くへと遠ざかっていった。ぼくはじっと耳をすませた。そうしていると、まるでカササギのあとをついていっているようだった。ぼくも森の奥深くへと入っていくような感覚を覚えた。枝や木の根に体が触れるような気がした。木々が落とす影と暗闇と静けさを感じた。

もうすぐ、ぼくは家に帰るだろう。玄関の前で一度立ち止まり、家の壁を覆う藤の蔓を眺めるだろう。温かいベッドにもぐりこみ、妻の柔らかな肌に触れるだろう。彼女は、どこに行っていたのかと尋ねるだろう。ぼくは、カササギのことは話さない。野原を横切り、森のなかまでカササギのあとを追ったことは。なぜなら、ぼくは知っているからだ。もし話せば、彼女は夢を見る。そして、明日の朝、起きたとき、彼女は奇妙なものを見る眼でぼくを見るだろう。そのとき、ぼくは知る。彼女の夢のなかで、ぼくはマツの木を引きずって家に帰ってきたのだろう。家の床は針金のようなマツの葉だらけだったろう。あるいは、彼女の夢のなかで、ぼくは半分カササギになり、首と両腕が黒と白の羽で覆われていたのだろう。そして、夢から覚めた彼女は、床一面に散らばる黒と白の羽根を眼にしたことだろう。

巨人の墓場

The Giant's Boneyard

荒れ野《ムーア》には、雨以外に動くものはなかった。雨は、窓にいきなり顔が押しつけられたように、突然、音もなく現れた。夏はもう終わりかけていた。八月のはじめの朝、低い雲がひと切れ、空に現れ、それから二度と消えなかった。薄灰色の雲は常に地平線を脅《おびや》かしていた。太陽はその背後でうろうろするばかりで、顔を出そうとはしなかった。蒸し暑さは弱まり、夜は冷えこんで、朝になるとまた暑さが蘇った。人々は空中に漂う篝火《かがりび》の匂いを嗅ぎながらアイスクリームを食べた。剝き出しの腕に、太ったアオバエが衝突した。

ゴグは防水シートの下でさらに小さく体を丸めたが、彼の〝幻の体〟はそれでもシートに収まらず、雨にさらされていた。腕と脚がびしょ濡れになり、黒い毛が束になって、べったりと肌に張りついていた。指が濡れた草に触れ、ふくらはぎは石に押しつけられた。

彼の現実の体――国民保健サービス《NHS》の統計によれば、十二歳男子の平均的体格――は、隣のサンシャインにぴったりと寄り添い、雨に濡れてはいなかった。だが、手首のあちこちが草に刺されてチクチクとむず痒く、足首にはブヨに刺された感触があった。ゴグはブヨが大嫌いだ。ブヨだけでなく、小さな虫はみんな大嫌いだった。小さな虫たちは、ゴグにより一層、幻の体の存在を感じさせるのだ。この夏、それは間違いなく、より濃厚になっていた。ゴグは常に、自分の体を取り巻く環境にそれを感じていたし、それはしだいに無視できない事実になりつつあった。

ゴグとサンシャインは、土砂降りから逃れて隠れ家にもぐりこんでいた。夏のはじめに、ここに来た頃なら、わざわざ雨宿りなどしなかっただろう。だが、最近の二人は、以前より物静かに、注意深くなっていた。二人はよりゆっくりと、より慎重に動くようになった。なにかが変わったことはわかっていたが、なにが変わったのか正確にはわからなかった。わかっているのは、ゴグとサンシャインが、雨のなかで遊ぶのではなく、雨を眺める側になったということだ。そして、二人はこの夏、どんなに疲れても退屈でも、毎日、一日中ぶらぶらしていたこと、夏が終わるまではそれを続けることも確かだった。同じ会話と同じジョークをもはや耳を傾けもせずに何度も繰り返しながら。

　二人はいつも、この墓場に来ずにはいられなかった。あちこちをぶらついて、最後には考えるより前に、ここにたどりついた。墓場は荒れ野の果てにあった。荒れ野に生い茂るハリエニシダとヘザーに半ば覆われながらも、よく見ると町から墓場へと続く小道が残っていた。なぜそこに墓場があるのかは誰も知らなかったが、それは昔からずっとそこにあり、これからもそこにあり続けるはずだ。訪れる者は、ほとんどいなかった。荒れ野や崖など、人の住まない土地をさまよっていると噂される〝迷い巨人〟たちでさえ。子供たちが遊びに来ることはあったが、近くにはスケートボード広場や噴水公園があり、そちらのほうが人気だった。ときたま訪れる大人は、たいてい骨の下で小さく縮こまり、震えていた。そして、二度と足を運ばなかった。

　墓場には何百もの巨大な骨があった。無数の骨が積み重なり、互いにもたれかかっている様子は、廃墟になったアパートの梁《はり》や木材の継ぎ手を連想させた。サッカー場二つ分ほどもある湿った荒れ野全体に骨は散らばり、なにもない平坦な土地を化石の森に変えていた。そこでは、脛骨《けいこつ》と腓骨《ひこつ》と腰骨とがひとつの山に重なっていた。地面に落ちているちぎれた肩甲骨は車のドアに似ていた。大腿骨が地面に傾いて立ち、立ったまま死んだ巨人の骨が年月を経て地面に崩れ落ちたあとのように見えた。胸骨と鎖骨が混ざりあって積み重なり、顎の骨は打ち捨てられた罠のように地面を噛んでいた。白く丸っこい膝蓋骨《しつがいこつ》が、あちこちの草の間からキノコのように顔を出していた。

ゴグは巨大な骨を恐れると同時に崇めていた。いくつもの骨に両手を滑らせ、大きさや重さを予想した。ＮＨＳのウェブサイトには、『親の身長は子に遺伝するが、親族全体のなかには例外が存在する可能性がある』と書かれていた。ゴグは荒れ野にいるとき、何度も自分にその言葉を言い聞かせた。とりわけ、胸のあたりが窮屈に感じ、すべての骨が縦にも横にも成長して体中で押しあっているように感じるときは。ゴグは今のところ、家族のなかでの例外だった。ゴグの父親は巨人だったからだ。誰もが、ゴグの身長はいつか父親に追いつくはずだと思っていた。だが、少なくとも今は、ゴグ自身を混乱させ、幻覚を見せる、〝幻の体〟があるだけだった。ときには、そのせいで自分が便器からどれくらい離れているのかわからなくなり、間違った位置に尿を飛ばしてしまうことさえあった。どの本にも、どこのウェブサイトにも、〝幻の体〟のことは出ていなかった。ゴグは、たぶん成長の第一段階なのだろうと考えていたが、はっきりとはわからなかった。父親には話していない。一度も会ったことがないからだ。母親にも話していなかった。話せば、母親はもっと期待するだろうし、ゴグとしては、現実以上に期待させて、母親をがっかりさせたくなかった。

ゴグとサンシャインが見つけた隠れ家は、誰かが乾いた枝にかけて広げておいた防水シートと、二枚の腐りかけたフェンス用の板でできた空間だった。なかに入ると奇妙な匂いがした。かび臭く、煙のような古びた匂いだ。ゴグは死人のおならのようだと思い、サンシャインに言った。「死んだやつが、おならしたみたいな匂いだよな」

サンシャインは眼玉をくるりと回してみせた。彼女の剝き出しのひんやりした腕が、ゴグの腕に触れていた。「そんなの忘れて」と言い、眼にかかった前髪をはらいのけた。それから、天井を見あげた。「雨がシートに当たる音、すてきじゃない？」

「そうだね」ゴグが足を動かすと、サンシャインが履いているサンダルに触れた。サンシャインが訊いた。「どんな風に聞こえる？　あたしには、すごく悲しいことが起きてるように聞こえる」

ゴグは尻が痺《しび》れてきたので、もぞもぞと体を動かした。〝すごく悲しいことが起きてる〟。サンシャインはいつもそんなことを言う。言わないでくれればいいと、ゴグは思った。これはただの雨だ。ゴグにとって雨は雨であり、それ以上のものであってほしくなかった。「ここって、本当は殺人犯の隠れ家なんだよ」

「ここら辺に殺人犯なんていないよ」サンシャインが言った。

「違うよ、いるんだ。この匂いも、きっとそのせいだよ。ぼくたちがいる地面の真下にさ、死体が埋まってるんだ」ゴグはいつもサンシャインを怖がらせようとした。

「死体を埋めるにはいい場所だよね」サンシャインは答えた。「あとちょっと骨が増えたって、誰も気がつかないだろうし」

ゴグは、そんなことは考えていなかった。「ほんとだね」思わず唾を飲み、周りを見まわした。去年、誰かが貯水池で死体を発見しなかったっけ？　いや、あれはただ散歩中の人が足を滑らせて池に落ちたんだっけ？　自分の膝をサンシャインの膝に横からぶつけた。サンシャインが深いため息をついた。彼女の息は、歯磨き粉とピーナッツバターが混ざったような、甘くて苦く、乾いた匂いがした。

「殺人犯なんていないよ」そう言って、サンシャインは両膝を体に引き寄せて抱きかかえた。彼女の脚から水分が蒸発していくのを、ゴグは感じた。腕にはめている時計がチクタク鳴る音が聞こえ、サンシャインにも聞こえているだろうかと思った。ゴグは、一時間後に町で母親と会う約束をしていた。
「その時計の音、ほんとイライラする」と、サンシャインは言った。防水シートの端をめくって、外をのぞいた。雨はやんでいた。サンシャインは隠れ家から這い出し、ゴグもあとに続いた。二人の周囲には見渡す限り、風に吹き倒されたシラカバのような巨大な骨が横たわっている。無秩序に重なっているものもあれば、奇妙な法則に従って並んでいるものもあった。脊椎が十二個、きれいに椎骨がそろった形で地面に丸く並んでいた。頭蓋骨でできたピラミッド形の小山があり、巧みに積みあげられた骨盤が、ゆがんだトーテムポールのように立っていた。

　サンシャインは両腕を大きく広げてバランスを取りながら、綱渡りの要領で脛骨の上を歩いた。雨のあとで骨の上は滑りやすく、サンシャインはすぐに草の上に落ちてしまった。見たところ怪我もなく、どこも強くぶつけたりはしていないようだった。

「大丈夫?」ゴグは早すぎもせず、遅すぎもしないように、そばに行った。サンシャインはゴグに助けてほしがるときもあるが、手を出させないときもあるのだ。

「大騒ぎしないで」サンシャインは短パンの汚れを手ではらった。「ほんとに〝ヒポコンドリー(心気神経症)〟だよね」はじめて、ゴグにそう言ったとき、サンシャインは〝ハイポアレルジェニック(低刺激性)〟と言ったので、ゴグは訂正しなければならなかった。だが、言い間違えたとしても、そのときサンシャインは、どっちみちゴグはアレルギー反応を起こさせる男の子じゃなさそうだと言った。それは、ゴグがそれまで女の子に言われたなかで最高のお世辞だった。サンシャインは、ピラミッドのてっぺんから落ちた頭蓋骨に近づいた。ピラミッドのなかでは一番小さい頭蓋骨だったが、テレビぐらいの大きさがあった。頭蓋骨の生え際あたりにはひび割れがあり、左頬に向かって広がっていた。ゴグは自分なりの調査で、長い年月、風雨にさらされた古い骨は、高い場所から落ちればたいてい割れてしまうという結論に達していた。ここにある骨は、ずっと昔からこの荒れ野の果てにあったのだろう。長い年月の末、すでに壊れ、浸食され、腐食が進んでいるのだ。

「これ見て」サンシャインは頭蓋骨の眼窩《がんか》に拳《こぶし》を突っこみ、穴のなかでぐるぐる回した。頭蓋骨に空いている空洞部分はどれも風に磨かれて滑らかだった。時折、骨にできた隙間を風が通り抜けるときに音をたてることがある。それは悲しげな歌のように聞こえた。ゴグは、母親がCDに合わせて口ずさむジョニ・ミッチェルの歌を思い出した。彼女の歌声はいつも高く、細く、震えていた。

サンシャインは立ちあがり、頭蓋骨を押して動かそうとしたが、びくともしなかった。「つまんないの」サンシャインはゴグの顔を見てから、頭蓋骨を蹴った。軽くだったが。それから、骨の上に這いのぼり、脚を組んで座った。「この骨、ゴグのお父さんかもね」そう言いながら、横眼でゴグを見た。時々、二人で荒れ野にいるとき、サンシャインはそういうことを言い、小さな冷たい笑いを漏らす。たぶん、ゴグを試しているのだろう。ゴグはいつも、こう答えた。

「うん、きっと、父さんだと思う。で、その太ったケツをどかしてくれないかって言ってるよ」だが、本当に言いたいことは違った。この骨は何百年も前からここにあるし、そもそも、ぼくの父さんは死んでないかもしれないじゃないか。父親が死んだという明らかな証拠はなかった。ゴグはサンシャインの足の下の地面を蹴り、小声で言った。「父さんは死んでないかもしれないじゃないか」

サンシャインは大声で鼻歌を歌っていたが、口をつぐんで、ゴグを見おろした。「なんでわかるの？」と、詰め寄った。「どうして、絶対って言えるの？」

「絶対なんて言ってないよ」ゴグは言い返した。「理由はなくてもわかることってあるだろ？」

「なにそれ」

「つまりさ、なんでかわからなくても、ただ知ってるんだってこと。言ってる意味がわかる？」自分が感じている強い想いを、それ以上うまく説明するのは無理だった。サンシャインは、もっと説明してほしいと思っているはずだ。ゴグの言葉の意味はちっとも伝わっていない。失敗だ。せっかく、心のなかを説明するチャンスだったのに、自分でそのチャンスを失ってしまった。父親が玄関に残していったジャケットの話をすればよかった。べとついたカーテンのように吊るされ、裾が床まで垂れている、あのジャケット。本当に話すべきだったのかわからないようなことではなく。「ふうん」サンシャインは、自分の足の爪を突っついた。「じゃあ、お父さんは、ゴグのお母さんにうんざりしただけかもね」

ゴグの胃袋がずしんと重くなった。空は明るい灰色に冷たく輝いている。濡れた草が運動靴のなかまで入りこんでいる。サンシャインはゴグの母親が嫌いだ。ゴグの母親は一風変わったフロイト主義者で、どんなときでも疎外されることを極度に恐れる。ゴグ自身も、母親が少々感情的すぎるとは思っていた。だが、それは単に、いい母親であろうとするからなのだ。母親が自分自身のために何かをするわけではない。母親がすることはいつも自分自身のためではなかった。いつでもなにかの〝犠牲〟になっていた。〝犠牲〟と言う言葉は、ゴグにとって子羊と血と十字架のイメージを混ぜこぜにしたものだ。今ではそのイメージと母親を切り離して考えることはできなかった。母親はゴグのために、筋肉量を増やすためのプロテイン飲料を買ってきた。それはイチゴと鉄の味がした。だが、ゴグは新陳代謝がいい体質だった。プロテインはあまり効果がなく、相変わらず痩せっぽちのままだった。あるとき、母親は、ゴグを休日の洞窟探検ツアーに送り出したが、ゴグは軽い閉所恐怖症と診断されて帰って来た。今でも、岩やポタポタと滴る水滴の悪夢を見ることがある。母親の言いつけで運動もしていた。毎日十分間、ドアの上に取りつけてある棒にぶらさがり、さらに十分間、懸垂をした。ただし、ほとんどの時間は、棒にしがみついているだけだった。

「しょっちゅう、なにかを壊したくなったりしない？」母親はゴグに訊いた。ゴグに怒りの兆候があるか、虚ろな眼つきになり、暴力の前兆である緊張が顔に表れているかどうかを、いつも注意して見ていた。

「あるよ」と、ゴグは答えた。「しょっちゅうじゃないけどね」

それを聞いた母親は、ゆっくりと考え深げにうなずいた。脇に押しやられた紅茶はすっかり冷めていた。

サンシャインは頭蓋骨の上でよろめきながら立ちあがり、骨のてっぺんでバランスを取っていた。

「ねえ、おんぶして」

ゴグはサンシャインが背中に乗ってくるのを待ちながら、意識して〝幻の体〟になった。自分の背中が実際より三フィートも高くなったように感じ、サンシャインの手が肩に届くように体をかがめたい衝動を抑えなければならなかった。「なにしてんの？」サンシャインが言った。

「別に。待ってるだけだよ」

「すごく背中を丸めてるよ。それやめて」

ゴグは背中を伸ばし、現実の体でいられるように集中した。サンシャインが背中に乗ってきた。両腕をゴグの首に、両脚を胃袋の上にまわした。ゴグはそのまま立っていた。なにをすればいいか、わからなかった。歩く？　それとも走る？　その場でぴょんぴょん跳ねる？　いや、それは小さな子供にすることだ。サンシャインの温かな胸がゴグの背中に押しつけられていた。転んだり、サンシャインを落っことすような真似をしないように集中を途切れさせないようにした。もし〝幻の体〟で立っていたら、必然的に現実の体の脚はふらついてしまうだろう。それを想像しただけで、めまいがしそうだった。それに、サンシャインは見かけよりずっと重かった。外から見れば、ほっそりした身軽そうな女の子だったが、それと背中におんぶするのはまったく違う話だ。ゴグは膝を曲げることさえできなかった。サンシャインの髪が耳と頬にかかったので、まばたきをしては視界からはらいのけた。ゴグはその場に立ちつくし、サンシャインはただ背中にしがみついていた。遠くから一羽のカラスが鳴く声が聞こえた。ハリエニシダの茂みのなかで、なにかが動いた。サンシャインがゴグの背中でごそごそ体を動かした。「そろそろ、おりようかな」最後にそう言って、片脚を下に伸ばした。サンシャインの足が頭蓋骨の歯に当たると、巨大な歯がいくつもはずれて地面に落ち、土に埋もれた。まるで、古い紙で作った紙吹雪を撒いたようだった。

ゴグとサンシャインはそれを見おろし、落ちた歯を靴の裏でこすった。辺りにはタマネギに似た汗の匂いが漂っていた。なにもかもが期待外れだった。はじめてパーティーというものに行って、がっかりしたことを思い出した。気の抜けたビールを半分飲み、コンピューターゲームをする人たちを眺めて終わった。もうすぐゴグは帰らなければならない。町まで歩くには十五分くらいかかるし、母親はきっと時間通りに来る。早めに来ていたら、息子に待たされて失望した顔で立っているだろう。母親とは教会の外で待ち合わせをして、学校で必要な物を買いにいく予定だった。それは毎年の恒例で、母親は〝デート〟と呼び、買い物のあとは必ず二人でカフェに行くと決められていた。クロックムッシュやブルスケッタといったランチを食べ、食後に母親は唇の端をナプキンで上品に軽く拭いた。たとえなにもついていなくても。それから、テーブルの下から、いくつもの紙袋を引っ張り出した。そこにはエアテックスのポロシャツや紺色のセーターが数枚ずつ入っているが、いつもスリーサイズほど大きすぎて、学期がはじまるとすぐに誰かと交換しなければならなかった。

サンシャインは、でこぼこした指関節の骨を拾って手の平にのせ、大きく腕をあげた。「ほら、いくよ！」ゴグが後ろに向かって走り出すと同時に、サンシャインは手を下げて大笑いした。ゴグは両手をポケットに突っこんで向きを変え、どこか他のところに走ろうとしただけのようなふりをした。それともジャンプしようとしただけか、ちょっと走るふりをしてみせただけか、ともかくサンシャインがすることなど最初からわかっていたようなふりをした。周囲の空気は湿っていた。ゴグは鼻の内側の皮膚に刺すような痛みを感じ、あとでそれが吹き出物に変わりそうな予感がした。

「ゴグってほんとにお馬鹿さん」と、サンシャインが言ったが、その口調には愛情がにじんでいた。少なくとも、ゴグにはそう思えた。そこで、虫眼鏡を握って、サンシャインのところに走っていき、得意のシャーロック・ホームズの物真似で足の上にかがみこんだ。サンシャインの爪先は小さく、爪は濃い紫色に塗られていた。

「簡単なことだよ、ワトスンくん」そう言いながらゴグが足をつかんだので、片足立ちになったサンシャインはよろけた。ゴグは親指と人差し指でサンシャインの足首を撫でた。サンシャインは、ぱっと足を引っこめた。少し笑っていたが、完全に笑っているわけではなかった。

「そういうコロンボ遊び、大嫌い」

間近で見ると、マニキュアが塗られているのは透明のチップだった。その下にある本物の爪は青白くてもろく見えた。数か月前、母親が着替えをしている部屋に居あわせたとき、ゴグは母親の太腿を眼にした。それは奇妙としか言いようがなかった。やけに白く、しわが寄って、ところどころに暗い紫色の痣があった。母親はなにかの病気に違いないとゴグは思ったが、調べてみても、その症状に一致する病気は見つからなかった。

サンシャインはゴグをじっと見ていた。サンシャインの眼はとても青く、ラズベリーのカクテルのようでもあり、パソコンが壊れたときのエラー画面の色のようでもあった。たぶん、ゴグはサンシャインに恋をしているのだろう。恋がこんな風に冷たく、孤独で、悲しいものだとしたら。ゴグは早く気持ちを打ち明けるべきだった。夏は少しずつ二人の前から消え去ろうとしていた。

「学校がはじまるなんて最悪だな」ゴグは言った。サンシャインは、ゴグから視線をそらした。おそらく無意識に。突然、ゴグはジャンプをして、蚊を叩こうとした。なぜか突然、そうしなければと思ったのだ。その瞬間、ゴグの身長は八フィートあり、体の幅は四フィートに及んだ。ゴグはフェンスを思い浮かべた——平らで灰色で、どこまでも続くもの。蚊は小さな茶色い塊《かたまり》になって、ゴグの手の平にへばりついていた。

「なにしたの?」サンシャインが訊いた。「蚊を殺したの?」

「殺してないよ」ゴグは手の平を見おろしてから、つぶれた蚊を振り落とした。微《かす》かに光る茶色の塵が、薄い膜のように張りついていた。ゴグは地面に落ちた蚊を足で隠した。

「見せてよ」ゴグがなにか言うより早く、サンシャインはゴグの手をつかみ、手の平に残った蚊の跡を見た。

「百科事典に書いてあったけど、ほとんどの蚊は一週間くらいしか生きられないんだよ」そう言ったゴグは嫌な気分になっていた。

「ゴグって、時々、〝嫌味なネズミ野郎〟になるよね」サンシャインはゴグの手を放した。光る茶色の塵がサンシャインの指にもついていた。

「〝嫌味なネズミ野郎〟?」ゴグは、にやっとしてサンシャインを見た。それから、二人そろって笑い出した。

サンシャインは湿った地面に仰向けに寝そべった。「雲を見ようよ」と、言った。

ゴグもサンシャインの隣に寝転がった。二人の肩が触れた。二人は荒れ野に来ると、いつも雲を眺めた。ゴグは自分が思い浮かべた雲のイメージを通してサンシャインにメッセージを送ろうとし、サンシャインも同じことを考えていると想像した。ゴグは、誰かに言われた言葉にはすべて暗号化されたメッセージが隠れていると思っている。そのうちのほとんどは解読不可能だったが。

「あれは心臓だね」と、ゴグは言った。

「心臓じゃないよ」サンシャインが言った。「アヒルじゃない？」

ゴグは、絶対に大きな心臓だと言いながら徐々に体を横向きにした。そうすると、顔のすぐ前にあるのはサンシャインのうなじだった。うなじには、細く白っぽい小さな毛束がたくさんあった。女の子の首筋がそんな風になっているなんて、ゴグは知らなかった。

「息が首にかかって、変な感じ」サンシャインは言った。「幽霊がいるみたい」

「たぶん、ぼくは幽霊なんだ」

「ゴグは幽霊じゃないよ」

ゴグは〝幻の体〟の右腕に集中して、サンシャインの肩の下に差し入れ、そっとサンシャインを抱きしめた。その体は想像よりとても弱々しく、細かった。温かな体が右腕に押しつけられ、脇の下の湿った汗を感じた。ゴグは動きたくなかった。呼吸すらしたくなかった。サンシャインが体の向きを変えて、ゴグの顔を見あげた。それから、またゆったりと仰向けになって眼を閉じた。二人共、そのままじっと動かなかった。頭上の空をカモメが横切っていった。雲は大きく広がったり、散り散りに壊れたり、またひとつになったりしながら、波のように海辺に向かって流れていた。

「夏が終わらないでほしいな」サンシャインの声は眠たげだった。

「今は夏だよ」

「でも、終わらないでほしい」

「ああ。夏の間になにかすればよかったね」

「ほんとにそう」サンシャインは眼をあけた。「今、考えるとね、もっといろんなことをしとけばよかったなって思うんだ」サンシャインはため息をつき、ゴグはしっかりとサンシャインを抱きしめた。それから、〝幻の体〟の左手を持ちあげ、サンシャインの腕をそっと撫であげた。サンシャインの肩は薄くて骨ばっていた。その肩を、ゴグは大きな親指で撫でた。「なにか起こるかもしれないけどね。学校がはじまる前に」と、サンシャインは言った。

「なにかって？」

「わかんない」サンシャインはゴグのほうを向いた。乾いた唇に、いくつもひびができていた。それをよく見るために、ゴグは眼を細めなければならなかった。サンシャインの顔はとても近くにあったからだ。ゴグの眼の前で、サンシャインはひびを舐めた。痛そうに見えた。

「ワセリンを塗るといいよ」ゴグは言った。「でないと唇が割れちゃうよ」

「なに言ってるの？　割れたりなんかしないよ」

「割れるかもしれないだろ」

「あたしは、そんなくだらないもの要らない」サンシャインはごろりと転がってから、立ちあがった。地面に置かれたゴグの〝幻の体〟の右腕を置き去りにして。ゴグから離れて、ぶらぶらと歩きながら、落ちている指の骨を蹴とばした。夏休みの最初の週、二人はその骨を気に入って、ピックアップ・スティックス（棒を積みあげて一本ずつ抜き取るゲーム）をして遊んだ。それは、最後にゲームをしたときの骨だった。

　また雨が降り出しそうだった。そろそろ町に向かったほうがいいとわかってはいたが、今はまだ帰れなかった。サンシャインがご機嫌斜めだったからだ。誰かがご機嫌斜めのときは、機嫌が直るまで帰らないほうがいい。母親が傘を持っていますようにと思った。

骨と骨がぶつかる乾いた音以外、荒れ野はしんと静まりかえっていた。ゴグは上体を起こして片肘をつき、手の平に頭をのせてサンシャインを見守った。たぶん、肋骨を見に行こうと誘うのがいいのだろう。広い墓場で、その肋骨がサンシャインの一番のお気に入りであることは知っていた。だが、ゴグは一番嫌いだった。それを見ると、なぜかぞっとした。どうしてサンシャインがそんなに気に入っているのか、ゴグは理解できなかった。

代わりにこう言った。「そういえばさ、昨日テレビでやってたアメリカの番組は見た？」

サンシャインが最近言い出した将来の計画は、できるだけ早くアメリカに移住して、マーケティングかPRの仕事をするというものだった。サンシャインは骨を蹴とばすのをやめて、周りを見まわした。「うん、ぎりぎりで見れた」

「もし、あっちに行ったら、健康保険に入らなきゃ。この国みたいに、誰でも無料で保険に入れるわけじゃないから」

「必要ないんじゃない？」サンシャインは言った。「だって、保険を使う前に死んじゃうかもしれないでしょ」

ゴグは肩をすくめた。「さあね。わかんないけど、とにかく、あっちはここことは違うんだからさ」

「そんなの知ってる。みんなが映画スターみたいなんだよね。アメリカの人って、みんな映画スターみたいだと思わない？」

「たぶん、みんなじゃないと思うよ」

「まあね。あたしも今すぐアメリカに行くわけじゃないよ。でも、昨日のテレビに出てた司会の女の人は映画スターみたいじゃなかった？」サンシャインは草の上にドスンと座り、周りの草を引き抜きはじめた。

「あの司会者は、フィッシュ・アンド・チップス屋の男の店員に似てたと思うよ」

「ほんとに？　似てるの？」

　ゴグがうなずくと、サンシャインは、にやっと笑ってゴグを見あげた。ゴグは何度もうなずいてから、箱に閉じこめられたパントマイムをはじめた。まだ完全に習得したわけではなかったが、構わなかった。頭上の見えない壁に手の平を押しつけた。〝幻の体〟は四方の壁を簡単に突き破ったが、ゴグは気づかないふりをした。サンシャインはパントマイムを見物し、拍手をしたが、思ったような拍手はできないようだった。ただ、思ったような拍手のふりをしていた。ゴグはパントマイムをやめて、だらんと両腕をおろした。

「あたしたち、なにかしなきゃ」サンシャインは数本の草の葉をパキパキと折った。「まだ、なにもしてないもん」

　ゴグは腕時計を確認した。このままでは間違いなく遅刻するだろうし、母親はひとりで待たされるのが嫌いだ。「もうすぐ行かなきゃいけないんだ」

　サンシャインは、すばやくゴグの顔を見あげた。「どうして？」

「町で母さんと待ちあわせしてる」

「へえ、だったら走って行ったほうがいいね」サンシャインはタンポポを丸ごと引き抜いた。根っこも、なにもかも。

「先に、肋骨を見に行こうよ」と、ゴグは言った。

　サンシャインは考えこんでいる顔でゴグを見あげてから、うなずき、草の上で跳ね起きた。

　そのひと揃いの肋骨は、他の骨とは離れた荒れ野の奥まった場所にあった。広い荒れ野に、そろった肋骨はそれひとつしかなかった。本来なら、もっとあってもよさそうなものだ。ゴグは、他の骨の山のなかに折れた肋骨を何本か見つけたことがあったが、それだけだった。ゴグ自身は、その肋骨を特に気に入ってはいなかった。まず、あまりにも巨大だった。それは、他の骨に比べても恐ろしく大きかった。そして、何百万年も経っているように見えた。表面はでこぼこで、ところどころがゆがみ、黄色や灰色の染みが浮いていた。他の骨とは違って、表面全体が分厚い苔《こけ》の塊に覆われて、柔らかな毛が生えているように見え、まるで生きているようだった。ゴグが嫌いなのはそこだ。その肋骨は荒れ野でもっとも死と等しいもので、どの骨よりも遠い昔に死んだはずなのに、今にも生きた皮膚が蘇りそうに見えるのだ。ゴグは、その肋骨に触れたことはなかったが、眼をそむけることもできなかった。横に立つと、静止した何本もの骨からなる巨大な肋骨の影に世界が覆い隠されているような錯覚に陥った。

サンシャインは肋骨の周りを歩きまわった。巨大な骨が頭上にそびえ立っている。歩きながら手で骨をなぞっているので、腕が骨の隙間に深く入りこんだり、骨に勢いよくぶつかったりしている。どの骨も、サンシャインが手の平を広げたくらいの太さがあった。

「どうして、この骨がそんなに好きなんだい？」と、ゴグは訊いた。ゴグは一歩下がって立ち、腕組みをしてサンシャインを見守っていた。

「ここにあった肺を想像して。ものすごく大きいよね。世界一大きな肺だよ」

「うん」と、ゴグは言ったが、そんなことを想像したことはなかった。そこにあったはずの肺！　呼吸をするたびに上下に波打つ、紫と白と赤の斑《まだら》模様になった二つの巨大な肺。それらは、つるつる滑る二つのベッドにも見えただろう。皮を剝がれて浜に横たわった二頭のクジラのように、だらりとしていたのだろう。そして、その呼吸する力は？　呼吸をするたびに、どのくらいの強さで、どのくらいの重量の息が出入りしたのだろう？　とてつもない量の酸素を貪欲に吸いこんだ肺のなかでその酸素は循環し、泡立っていただろう。肺のなかの酸素にどれくらいの圧力がかかっていたのか、ゴグには想像もつかなかった。もしかしたら、それは巨大な肺に吸いこまれたまま、永遠に囚われてしまったかもしれない。

「ねえ、この青いやつ、なに?」サンシャインが、骨の向こう側で声をあげた。

ゴグは〝幻の体〟の一歩が、どれだけ大きいかを考えた。今、なにもかもに背を向けて立ち去ることがどんなに簡単かも。それから、サンシャインに近づいた。

サンシャインは笑っていた。「ねえ、ゴグ。これ見てよ」数本の骨にまたがって、グラフィティ風の十字架の落書きがあった。インクはまだ新しく、化学物質の匂いが漂っていた。絵柄にはなにかのメッセージがあるらしかったが、骨と骨が離れすぎていて、全体が読めない。サンシャインは笑いながら、なにが書いてあると思うか訊いてきた。「あたしは男の子の〝あれ《ボーンナー》〟だと思うな」ゴグはなにも答えなかった。黙って落書きを触り、指でなぞった。こんなことをするやつがいるなんて信じられない。手の平に唾をかけて、落書きをこすり落とそうとした。ゴグの手の平は青緑色に染まったが、落書きは消えなかった。サンシャインはじっと見ているだけで、手伝おうとはしなかった。ゴグは何度も何度も落書きをこすった。そのうち、心臓が激しく鼓動しはじめた。青く染まった苔が小さな塊になって剝がれ、乾いた皮膚のようにぼろぼろと崩れた。

「なんで、そんなことしてるの?」サンシャインが訊いた。

ゴグは肩をすくめて、やめた。落書きはまったく消えていなかった。サンシャインは妙な表情を浮かべてゴグを見ていた。サンシャインはゴグに笑ってほしかったのだ。ジョークのひとつも言ってから、「〝あれ〟じゃなくて〝もの《ディック》〟だよ」と言ってほしかった。そうしたら、いつものように「きっと、この骨はゴグのお父さんのだね」と言ったはずだった。それから、もう数えきれないくらいほど聞いたセリフだが、ゴグに父親は嫌《ディック》なやつだったからと言ってほしかった。ゴグが本当はその答えを嫌がっているのはわかっていたが。だが、ゴグがまったく笑わなかったせいで、二人の間には張りつめた空気が流れた。こんなときはすばやい行動が必要だと、サンシャインは知っていた。「どこかに行こうよ」サンシャインは言った。「あたし、飽きちゃった。噴水公園に行こう」

「噴水公園?」ゴグは、のろのろと答えた。

「なんで、急に変になっちゃったの? すごく変。早く行こうよ」サンシャインは背を向けて、歩き出そうとした。

「行って、なにをするのさ」と、ゴグは訊いた。

「そんなのわかんない。行ったら、面白いことがあるかもしれないけどね」

「ないかもしれない」ゴグは言った。「ないかもしれないけどね」

肋骨の骨と骨の隙間は、ゴグの体が入るくらい広かった。そこを歩いたらどんな感じだろうと、ゴグは思った。「ぼくがこの隙間を歩けるかどうか、賭ける?」ゴグは振り向いたが、サンシャインはもう町に続く道に向かって歩き出していた。ほんの少しの間、ゴグはその後ろ姿を見送ったが、それから、頭と肩を骨の隙間に入れて、肋骨の内側に足を踏み入れた。まるで、大聖堂のなかに足を踏み入れるような気分だった。並んでいる骨は外の音を完全に遮断した。内部に閉じこめられた空気は外よりも薄く乾き、囁《ささや》き声に満ちていた。ゴグはやけに口が乾いた。本当なら背骨があったはずの隙間に、仰向けに寝そべってみた。ドームのような肋骨の天井の、骨と骨の隙間から空が見えた。

今頃、サンシャインは町に着いているだろう。歩いている姿が眼に浮かぶ。きっと鼻歌を歌っているだろう。両腕を広げて、最後のゆるい坂を駆けおりているだろう。もしかすると片手で側転をしているかもしれない。ゴグの前ではもうやってみせてくれないだろうが。本当は、もっと他にサンシャインに言うべきことがあったのだろう。だが、明日の朝になったら、またサンシャインはゴグの家の前で待っていてくれるはずだ。荒れ野は静けさに包まれていた。雲はまったく動かない。母親はもう、待つのをあきらめているだろう。ゴグはため息をつき、肋骨もため息をついたような気がした。もうすぐ家に帰らなければならない。だが、もう少しだけ、ここに寝そべっていたかった。巨大な肋骨の内側にいると、自分の体はちっぽけだと感じ、〝幻の体〟の存在を完全に忘れられた。ゴグはゆっくりと深く呼吸をした。と同時に、巨大な肋骨が動くのを感じた。それはゴグの胸が上下するのに合わせて、広がったり、また縮んだりを繰り返していた。

浜辺にて

Beachcombing

ナイフとフォーク

つまり問題は、祖母の歯は何本残っているのかということだった。オスカーは、そんなことを考えたこともなかった。祖母がどんなものを食べているのか、興味を持ったことなど一度もなかった。オスカーは錆びたナイフとフォークを撫でた。祖母と二人で、潮が引いた浜辺で見つけたものだ。二つとも、かなり重さがあり、とてもきれいだった。フォークの尖端のうちのひとつは内側に曲がっていて、オスカーの下の歯に似て見えた。オスカーは、隣で青い折り畳み椅子に座っている祖母の顔を見あげた。「おばあちゃんは、なにを食べてるの？」と、訊いた。祖母はマットレスの破れた部分を修理している最中で、中身が飛び出た部分を縫って元通りにしていた。「あれやこれやだよ」針をくわえた祖母の口から、糸が垂れていた。祖母の言葉は〝ふとっちゃったさかなだよ〟とも聞こえた。だが、祖母が魚を食べなくなっているのは事実──みんなが知っている──だ。魚の話をすることさえ嫌がる。「だけど、時々、あのなんだか馬鹿げた女の人が料理を持ってくるのよねえ」だが、その馬鹿げた女の人から、祖母はベッドの周りの雨漏りを受け止めるプラスチックの鉢をもらった。口をすぼめて針をくわえていると、祖母は歯が一本もないように見えた。だが、針を吐き出すとすぐに、祖母の歯が他のみんなと同じように全部そろっているとわかる。ただし、オスカーの歯よりだいぶ茶色い。祖母が爪楊枝《つまようじ》だけで歯を掃除し、真っ黒いマーマイトを壜から直接食べ、濃いコーヒー以外は飲まなかったからだ。実のところ、もうあまりコーヒーは飲まないのだが、オスカーは祖母に誰にも言ってはいけないと口止めされていた。

「おばあちゃんの歯は茶色いね」と、オスカーは言った。ナイフとフォークには浮彫模様が施されていた。祖母がくれたサンドペーパーの切れ端で、オスカーは大半の錆と汚れをなんとかこすり落とした。汚れなどの下から、暗い銀色の金属と、木の葉や渦巻き模様が現れた。オスカーは、そのナイフとフォークを使って夕食を食べたかったが、祖母はだめだと言った。「誰がこれをなくしたの？」突然、オスカーは訊いた。オスカーは椅子に座って、足をぶらぶらさせていた。足が前後に動くたびに、裸足の爪先が冷たく湿った砂に軽く触れた。「誰がなくしても、おかしくないさ」「人間ってのは不注意だからね」祖母は言った。「誰かがなくしたんだよね」「たまたまってこともあるけど」と、オスカーは言った。少し前に、自分もお気に入りの片手鍋をバスに置き忘れたことを思い出し、物をなくした人たちに同情した。「たまたまのときもあるよ。きっと船の上でピクニックをしたあとに難破しちゃったんだ。それで、このナイフとフォーク以外はみんな海の底に沈んじゃったんだよ」祖母はうなずいたが、なにも言わなかった。両手で糸をいじくるだけで、なにをしているわけでもなかった。祖母は物を直すのが得意だった。寒さは感じることさえないようだ。そう言えるのは、祖母が浜辺のほとんど外のような場所で暮らしているからだ。祖母はとても年を取っていた。年を取った人は死ぬのだと、オスカーは知っていた。ときには、それほど年を取っていなくても死ぬ人がいることも。だが、オスカーが知る限り、祖母は今まで病気になったことがなかった。普通、人は死ぬ前に病気になるものだ。もちろん、世のなかには本当に突然、死ぬ人もいるのだが。ナイフとフォークは、オスカーにはとても重く感じられた。「たぶん銀だよね」と、オスカーは言った。祖母は歯で糸を切った。祖母は強かった。片手でリンゴを握りつぶすこともできた。オスカーは椅子からおりてしゃがみこみ、フォークで貝殻や小石をつついた。浜辺は人影がなく、静かだった。白い砂が横に長く広がっていた。背後には高い崖がそびえ立ち、全体がスプーンの先のように、ほんの少し内側にカーブしていた。切り立った崖の根元は三ヶ月形の浜辺よりもっと静かで、風雨から守られていた。そこに祖母は住んでいた。潮が引いたあとに黒い線のように残る海草の山は、風に吹かれ、空気にさらされて、乾いていった。

祖母は針を動かしながら、オスカーを見守っていた。しゃがみこんでいるオスカーは、まるで小さなフクロウのようだ。ふわふわした羽のような髪が耳の後ろで逆立っている。横に突き出した小さな耳は母親にそっくりで、それが祖母には残念に見えた。オスカーは寒いに違いなかったが、寒くないと言い張っていた。

「さて、わたしはセーターを着よう」と、祖母は言った。オスカーは立ちあがって海に背を向け、祖母のあとについて洞穴《ほらあな》まで歩いていった。祖母はそこに自分の持ち物をすべて置いていた。オスカーはしょっちゅう洞穴に来ていたので、予備の身のまわりの物を置いていた。

「だって、おばあちゃんがここにいるなら、ぼくもいたほうがいいと思うんだ」オスカーはそう言った。オスカーはまだナイフとフォークを握りしめていた。尖端がウール地の服の余った布地に刺さって片腕が動かず、祖母がはずしてやらなければならなかった。「浜に倒れてた牛」と、オスカーは言った。「おばあちゃんは見た?」

「言っただろう。見てないよ」

「誰が見てたの?」

「さあねえ。浜にいた人みんなじゃないかね」前の年の夏、一頭の牛が崖から浜に落ち、オスカーはそれが見たくて仕方なかったのだ。誰が見ることができたのか、オスカーにはわからなかった。手に握っているナイフとフォークを見おろした。その日の午後ずっと、オスカーはそれを握りしめていたのだ。家に帰る時間になったとき、オスカーは、洞穴の隅の宝物置き場に、それをそっと並べた。

ブッカ

祖母はオスカーに、海の妖精ブッカがやってきた跡を見つける方法を教えてくれた。それはオスカーにとって、とても重要なことだった。ブッカたちは夜になると浜にやってくるんだよ、と祖母は言った。今の浜は風もないし静かだけどね、と。午前十時頃で、潮は完全に引いていた。浜辺の砂には、ブッカが通った跡がそこらじゅうに残っていた。「夜にはブッカの音が聞こえる？」オスカーが訊いた。祖母はうなずいた。実際、ブッカたちは洞穴に頭を突っこんで、祖母の顔をのぞきこむこともあるのだ。この時間には、ブッカたちは姿を消しているが、浜の砂を見れば、彼らがどこから来たのかが正確にわかる。彼らはその道順を残していくからだ。砂の上には、彼らが動いた跡を示す大きな弧が描かれている。それはまるで、誰かが大きな箒《ほうき》を引きずりながら、海から大きくカーブを描いて崖まで行き、また海へと戻っていったようだった。それとも、誰かが長くて重いスカートをはいて砂の上を走ったようにも見えた。

祖母はオスカーに、かき乱された砂粒が、どれだけ危なっかしく砂の上にのっているかを教えた。砂粒はそこで再び浜辺の砂と同化するのを待っているのだ。祖母はゆっくりと体をかがめて砂をつつき、小声でつぶやいた。「南西から」それから、「風力は四」オスカーはうなずいた。南西の方角も、風力四がどれくらいかも、オスカーは知っていた。祖母は体を起こし、黙ったまま海を見つめた。オスカーは枝を見つけて、砂の上に模様を描きはじめた。祖母は海を見つめていた。背中はぴんと伸びていたが、腰には痛みがあった。

「どうして、ぼくらはブッカを見れないの？」オスカーは祖母に訊いた。それは、オスカーがブッカについて知っている知識だった——ブッカを見ることはできない。見ることができるのは、ブッカが他のものにしたことの痕跡だけだ。浜辺の砂が渦を巻いて舞いあがるとき、波が白く泡立つとき、髪が突風に吹かれて乱れるとき、そこにはきっとブッカがいる。激しく降る雨が白い幕になって、あちらやこちらにカーテンのようになびくときも。ブッカは魚が好物だ。浜に魚を置いておけば、ブッカは船にいたずらをしないでくれる。もちろん、ブッカたちがいっせいに沖に現れ、彼らの体が波をかすめ、砂や空気が彼らの口に飛びこむときは特に。それでもオスカーは、どうして、ときたま、ブッカの声が聞こえることもある。例えば、ブッカを怒らせなければの話だが。そしてブッカを見ることができないのだろうと思っていた。それは、オスカーがどうしても知りたいことだった。どうしてブッカを見ることはできないんだろう？

「見えないわけじゃないんだよ」と、祖母は言った。

「じゃあ、どうして、ぼくらは見れないの？」

「ブッカは、わたしらのような体を持っていないからさ。だから、他の方法で見るしかないんだよ」祖母はオスカーを見おろした。オスカーは、拾った枝でまた砂をひっかきはじめていた。「前にも話しただろう？」

　オスカーは肩をすくめ、砂をひっかき続けた。お腹が空いていた。祖母の説明は、〝見えない〟と言っているようにしか聞こえなかった。そして、ブッカの姿が見えないなら、祖父やジャック叔父さんにも見えるわけがない。

「大切なのは痕跡が見えることなんだよ」と、祖母は続けた。言葉を切って、三、四回、咳をした。

咳はしだいに大きく、激しく、最後には喘鳴《ぜんめい》を伴った。祖母は、オスカーにあらゆるブッカの痕跡について教えなければと思っていた。痕跡の方向と、それがなにを意味するかについて話しはじめた。波が穏やかでも、海が暗い緑色をしていたら、よく注意しなければいけないと言ってきかせた。だが、オスカーは小さく鼻歌を歌っていた。「ちっとも話を聞いてないね?」と、祖母は言った。

オスカーはびくっとしてから、言った。「おばあちゃんが、ぼくの話を聞いてないんだ! 話を聞いてないのは、おばあちゃんだよ!」オスカーは祖母の脚の周りを闇雲にぐるぐると走った。ジーンズが砂だらけになった。

祖母はオスカーに視線を向けなかった。「帰りたかったら、帰っていいんだよ」オスカーがそんな風にするのは、退屈しているときだったからだ。オスカーは走るのをやめ、祖母の脚にもたれかかった。まだ帰りたくはなかった。祖母と一緒にブッカの跡をたどって引き潮の境目まで行き、どうなっているかを確認したかった。だが、祖母は咳をしはじめた。背中と腰の境目あたりをこすりながら、背中を丸めて、病気なのではと思うほど激しく咳きこんだ。やっと咳が止まると、痰を吐いた。

「わっ」オスカーが顔をしかめた。

「大したことじゃないよ」祖母は砂をかぶせた。それから、ブッカが浜を移動した跡に沿って線状に残っている貝殻や海草や棒をたどって歩いた。オスカーはずっと立ち止まっては突っつき、立ち止まっては突っつきを繰り返した。祖母は、その間、待っていた。潮が引いた境界線には紫や灰色の小石がたくさん散らばっていて、それらを波がさらっていこうとしていた。そのたびに、誰かがいっせいに気泡《バブルラップ》シートをつぶしているような音が聞こえた。波打ち際に浮かんだ白い泡は、できあがってからずいぶん時間が経ったオムレツの切れ端を思わせた。その泡を祖母に投げてみようかとオスカーは思いついたが、やめておいた。以前に試したとき、祖母は嫌そうだったし、祖母が投げ返してきた泡は下水溝の臭いがしたからだ。

ブッカは行ってしまったが、また戻ってくるだろう。彼らは海で気ままに過ごしながら、そのときを待っている。祖母はブッカのことをすべて知っていた。空気の匂いを嗅いだだけで、ブッカがいつやってくるのかがわかった。祖母は祖父の大きすぎるセーターを着ていた。暗い紺色で、たぶん一度も洗ったことがないため、触ると塩でごわごわしていた。鼻を近づけると、煙草の匂いも含めた二百通りくらいのいろいろな匂いがした。オスカーは、すり切れた袖に触れた。

「これは、おじいちゃんのお気に入りだったんだよ」祖母は言った。「おじいちゃんはいつもこれを着てたもんだよ。なにをするときでも……」

煙の匂いは、揚げたソーセージの煙に似た匂いだった。「お昼ご飯、なに?」オスカーは訊いた。まだ時間にはなっていなかったが、とてもお腹が空いていたのだ。祖母はため息をつき、また背中をこすった。それから、二人で海に背を向け、洞穴の家に帰っていった。

三本の羽根と眼鏡

祖母の咳はどんどんひどくなった。浜辺に出られなくなり、洞穴の出入り口で、いつも膝に毛布をかけて椅子に座っていた。時々、その毛布を投げ捨てて足で踏みつけ、「こんなもの」と口走った。それから、また拾って膝にかけた。その前の日、オスカーはミルクを持ってきた。薬とお説教も一緒に。『いい加減に馬鹿な真似はやめて家に戻らないと死んでしまいますよ』その言葉は、ほぼオスカーの両親からだった。両親は洞穴を訪ねることを拒んでいたので、何年も祖母と会っていなかった。今でも、祖母がその気になったらいつでも家に帰れるように、両親は祖母の部屋はそっくりそのまま残していた。

「医者は問題ないって言ってるよ。わたしは馬みたいに丈夫だってさ」と、祖母は言った。「誰でも咳をすることとくらいあるだろう?」オスカーと祖母はクレメンタイン(みかんに似た小さめのオレンジ)を食べていた。春のはじめで、空気はまだ冷たかった。祖母はオレンジの房を食べる前に白い筋を全部取らずにいられないため、時間がかかっていた。オスカーのほうは、筋も実もなにもかもいっぺんに食べた。祖母は見たくなくて、眼をそむけていた。しばらくしてから、オスカーは、浜で眼をつけておいた細々したガラクタの山を調べに、少し離れたところまで歩いていった。この日の海は波が不安定で、カモメたちは休みなく鳴き交わし、そわそわと落ち着きなく飛びまわっていた。カモメたちは岩の上にとまっては、またすぐ飛び立った。カモメの数はしだいに増えていた。そのことを、祖母はよく知っていた。祖母の集中力はカモメに邪魔されがちだった。しかも、この日はなにもかもが湿って冷たく、すべての音が反響するようにぼやけていた。祖母は、自分が教会のなかにいるような気がした——普段から、しょっちゅう教会のなかにいる気分だったが。冬はもう終わったと思っていたのに、この場所ではまだ、浜辺を覆う霧のように冬が居座っていた。今年の冬は特別に厳しかった。祖母は、次の冬のことは考えないようにしていた。

浜辺のかなり遠くにいるオスカーに視線を向けた。オスカーは、広々とした海にぽつんと黒くつけられた足跡のように見えた。しばらくして、両手いっぱいになにかを持って、戻ってきた。「今日はすごくいい物が見つかる日だったよ」と、厳《おごそ》かに報告した。「たぶん、最高の日に数えていいな」

「何度も言わなくていいよ」祖母は言った。「なにを見つけたんだい?」オスカーはまず全部を砂の上に置いてから、最初のひとつを手に取った。それは羽根だった。オスカーは祖母に羽根を手渡した。祖母はよくよく羽根を見てから、うなずいた。これはいいものだと太鼓判を押すように。「オオカモメだ」と、言った。「きれいだね」羽根は黒く艶々して、先端がほんの少し白かった。しかも、かなり大きな羽根だ。祖母の手の平よりも大きいくらいだった。祖母はとても大きな手をしていたのに――たぶん、足と同じくらい。祖母が羽根を返すと、オスカーは次の物を渡した。今度も羽根だ。ひとつ目より少し小さく、もっと真っ黒だった。少し羽根が不揃いで、縁がぼさぼさになっていて、あちこちにちぎれた箇所もあった。「ベニハシガラス」と、祖母は言った。「これは貴重だよ。この浜に、つがいは二組しかいないんだ。あまりきれいじゃなくて、残念だったね」オスカーは羽根を受け取り、元の状態に撫でつけようとした。羽根が抜け落ちたときに鳥は痛かっただろうか。祖母は、痛くないのだと教えてくれた。オスカーの髪が抜けるときと変わらない――髪が抜けたって、気がつきもしないだろう?

「ぼくの髪は抜けたりしないよ!」と、オスカーは言った。「ほら、見て」隙間なく髪が生えている、自分の頭を指差した。祖母は鼻を鳴らしたりはしなかったが、なにも言わなかった。オスカーは祖母の頭をじっと見つめてから、自分の髪を何回かこすっては手の平を確認した。

「他にはなにがあるんだい?」と、祖母は訊いた。さらにもう一本羽根があり、オスカーはそれが一番お気に入りだった。小さな白い羽根で、縁がふわふわしている。祖母はしばらく、じっと見た。羽根の中央には薄い灰色の筋が一本走っていた。それがなんの羽根なのか、祖母にはわからなかった。持ち主の鳥の姿は頭に浮かんでいたが、名前が思い出せなかった。以前は知っていたはずなのに。祖母は何度も羽根を撫でながら名前を思い出そうとしたが、わからなかった。「ギルモット

〔原注〕。まだ小鳥だね」それしか思い出せなかった。

オスカーはうなずき、羽根を受け取った。「ギルモット」と、繰り返した。「ギルモット」

祖母は小さく咳をしてから、咳ばらいをした。「それで全部かい？」オスカーは首を横に振ってから、別の物を手に取った。古い眼鏡だった。レンズはまったくなく、黒くて細いフレームだけだった。右のつるは外側に曲がり、左のつるは内側に曲がっている。すばらしい収穫だ。オスカーは眼鏡をかけてみた。眼鏡は鼻柱を滑り落ちた。オスカーは誰にもこの眼鏡をかけさせないと誓った。

なぜだかわからないが、祖母はその眼鏡に惹かれた。それはどことなく気味が悪く見えた。きっと、持ち主がすでに死んでいるからだろう。だが、祖母はその眼鏡をかけてみたくなった。「わたしもかけてみていいかい、オスカー？」と、言った。オスカーは聞こえないふりをした。祖母は機会を窺うことにした。しばらく経ってから、ブラックジャックをしようと誘った。一年前に、祖母はオスカーにやり方を教え、お小遣いをまきあげたこともあった。

「いいよ」とオスカーは言い、トランプと余分の椅子と板を持ってきた。二人はよく、膝の上に板をのせ、バランスを取りながらテーブルとして使っていた。祖母は、それぞれに二枚ずつカードを配った。オスカーは自分のカードを確認した。祖母が横に置いたコインを見てから、自分はカモメの羽根を置いた。もう一枚カードを要求し、それを確かめると顔をしかめた。指を折って数えてから、もう一枚カードをもらった。カードは8で、羽根は祖母が手に入れた。次の勝負はオスカーが勝ち、オスカーは一ポンド硬貨を二枚、手に入れた。その後、結局、羽根を二本失うことになったが、オスカーが数を間違えていたことがわかったので、やり直しになった。だが、結局、オスカーは続けて勝負に負け、羽根を失った。祖母が新しいカードを配ると、オスカーはにんまりした。かなりいい手札だった。オスカーは自信満々で眼鏡を置いた。「カード一枚」と、オスカーが言い、祖母は新しいカードをめくった。3だった。「もう一枚」今度は7だ。「もう一枚」また7。「ちくしょう！」と、カードを放り投げた。祖母は、たしなめるように眉をあげてみせた。オスカーはしかめっ面のまま、祖母のほうに眼鏡を押しやった。「どうせ役に立たないよ」祖母は眼鏡をかけ、その日の午後はずっとかけたままにしていた。眼鏡の大きさは祖母にぴったりだった。ただし、つるの部分が耳の後ろに食いこんで困り、しばらくすると、はずしてしまった。そのあと、祖母はもう一度オスカーをブラックジャックに誘い、オスカーを勝たせて、眼鏡を返してやった。

〔原注〕ギルモットはウミバトの仲間。

魚の骨

その魚の骨を見つけたとき、オスカーは黙ってポケットに入れ、祖母にはなにも話さなかった。二人は浜の反対側まで歩いてきていて、祖母はたまたま岩の後ろで用を足していた。最初、オスカーは、波に洗われて滑らかになった白い小石がいくつか落ちているのかと思った。だが、よく見ると、頭と背骨に似た部分があった。顔を近づけて、さらによく見ると、その正体がはっきりとわかった。華奢《きゃしゃ》な櫛のように見える小さなひれがあり、頭の部分には顎の骨がそのまま残り、眼があった場所には穴が空いていた。背骨はオスカーの中指より長くてトゲがあり、尾に向かって隆起していた。周りを見まわしたが、祖母の姿はなかった。オスカーは骨を拾い、学校の制服のズボンのポケットに入れた。

祖母は、オスカーがかがんでなにかを拾い、ポケットに入れるのを見ていた。とてもいい物を見つけたに違いないと思ったが、近づいていっても、オスカーはなにも言わなかった。たぶん、自分だけの秘密にしておきたいのだろう。欲深い小鬼だ。「なにか見つけたのかい？」と、祖母は訊いた。「なんにも」オスカーは両手をポケットに入れて、肩をすくめた。嘘をついたときのいつもの顔だ。片方の眉があがって、ぴくぴくと震え、鼻の穴が膨らんでいる。どちらにせよ、そのうちきっと、拾った物を見せるだろう。黙っていられるわけがない。

日ごとに気温が高くなっていた。ピンク色のハマカンザシが崖に沿って咲きはじめていた。薄紫のマンテマやアイスプラントも生長している。浜には以前よりも人の姿が見られるようになった。散歩をする人や、凧《たこ》を揚げている人もいた。ブッカは時折、やってきた。すぐにいなくなるときもあったし、突風のように勢いよく訪れ、服や髪をかき乱したり、砂を舞いあげるときもあった。この季節は、ブッカに気をつけなければならない。彼らは、まったく予想していないときにやってくるからだ。実際、この時期、ブッカはいつやってきてもおかしくなかった。空がしだいに暗くなり、さっきまではなかった雲がたくさんの顔のように集まって来た。「雨が降るよ」祖母が言った。

「そうなの？　どうしてわかるの？」

「匂いがするんだよ」

オスカーは鼻を鳴らした。「ほんとだ、匂いがする」

「わかるのかい？」

オスカーはもう一度、鼻を鳴らした。確かに匂いがした。「うん、わかる……なにかみたい……」

オスカーは立ち止まり、考えながら石を蹴った。「空が湿った紙になったみたいな匂い」と、最後に言った。祖母はうなずき、賛成した。それから、びしょ濡れになりたくなかったら急いだほうがいいと言った。祖母は波の上にブッカの足跡を見たのだ。それは、彼らがすぐそこにいる印だった。そして雨が降りはじめた。一瞬で着ているものがぐっしょり濡れてしまうような雨だった。祖母はその類《たぐい》の雨を〝ならず者〟と呼んでいた。洞穴にたどり着いたとたん、祖母は雨に向かって拳《こぶし》を振りあげた。注意不足だった自分たちも悪いのはわかっていたのだが。

オスカーも祖母も、乾いた服に着替えなければならなかった。オスカーはポケットから魚の骨を取り出し、スクールかばんの下に隠した。祖母はオスカーがなにかを隠すのを見たが、黙っていた。まず、祖母が着替えた。次はオスカーの番だったが、もじもじして、祖母に反対側を向いていてくれと言った。そんなことは、はじめてだった。祖母は待っている間、オスカーが着替える音に耳をすまし、洞穴の壁を静脈のように流れ落ちる水を眺めていた。着替えが終わると、祖母はやかんに水を入れ、小さなストーブに火を入れた。

「今日は外に出られそうもないね」と、祖母は言った。

洞穴のなかはしだいに冷えてくるように感じられ、オスカーは家に帰りたくなったが、その日は夕食を食べていくことになっていた。「やむかもしれないよ」と言ったが、祖母は首を横に振った。祖母はこういうことをよく知っていた。なぜなら、祖母と祖父とジャック叔父さんは漁師で、漁師というのは戸外や天候のことをなんでも知っているのだ。洞穴のなかでは、あちこちでポタポタと水が垂れ、プラスチックの鉢がそれを受け止めていた。祖母は、手巻きで芯を上げ下げするタイプのランタンを二つ、小型のストーブをひとつ、折り畳み式テーブルをひとつと、折り畳み椅子をいくつか持っていた。他にも、寝るときに使うマットレスと、衣類を入れておく革製のスーツケースがあった。片側の壁には東洋の絵付け皿が一列に並べられ、片隅に、オレンジ色のネコのようなものが描かれた岩があった。

祖母は二人分のコーヒーを淹れた。オスカーが子供だとしても、祖母はコーヒーを好きにさせようとした。誰だって濃いコーヒーが好きだし体にもいいんだよ、と祖母は言った。だが、そう言いつつ、オスカーの分にはたっぷりのミルクと、ティースプーン半杯分の砂糖を足した。それから、バーボンが入っていた箱を取り出した。なかにはバタークリームを挟んだビスケットが入っている。二人共、上側のビスケットを剝がし、バタークリームを歯でこそげとって食べた。砂の上に降る雨は、あまり音をたてなかった。時折、ブッカが雨粒を握って、洞穴めがけて投げこんできた。それは、洞穴の出入り口の周りの砂に浅い穴をいくつもあけた。

オスカーと祖母はすぐに退屈になった。夕食まではまだ何時間もある。祖母は本を読みたかったが、オスカーがたてる物音やため息を聞き、あとにしようと思った。オスカーは魚の骨で遊びたかったが、祖母の前では骨を出すことができなかった。そこで、石を高く積みあげて、ぐらぐらする柱を何本も作りはじめたが、途中で全部いっぺんに崩れてしまった。ガラガラという音に、オスカーも祖母も跳びあがった。それから、芯が折れるほど力をこめて、鉛筆で壁をひっかいた。

「もう、勘弁しとくれ！」とうとう祖母が大声で言った。「なんだか知らないけど、隠した物を出して、それで遊んだらどうだい？」

「隠した物って？」

「わかってるだろう？　さっきから、隠した場所をしょっちゅう見てるよ。〝ごうつくばり〟みたいに仕舞いこむのはおやめ」

「〝ごうつくばり〟ってなに？」

「けちん坊ってことさ」

「でも、ぼくなにも持ってないよ」

「そうかい」祖母は腕組みをした。しばらく二人は、黙って座っていた。雨の滴《しずく》が垂れる音と、ブッカの音、互いの呼吸の音を聞きながら。祖母は本をひらいて、読むふりをした。しばらく経ってから、祖母はオスカーに、外をのぞいて天気がどうなったか確かめてくれないかと頼んだ。オスカーが洞穴のすぐ外に出ていくと、祖母はスクールかばんを持ちあげ、その下になにがあるかを見た。オスカーが天気のことを報告しに戻ってきたとき、祖母はまだスクールかばんを手に持って魚の骨を見つめていた。

「嘘つき！」オスカーは駆けよった。「ぼくをだましたんだ！」祖母はなにも言わなかった。ただ、灰色の砂の上に横たわっている魚の骨を見つめ続けた。祖母の耳に、オスカーの言葉は届いていなかった。骨を見たとたん、祖母の心は遠く高く飛び立ち、気づくと、古い台所に立っていた。スープの香りと、自分で磨いたテーブルの強い松脂《まつやに》の匂いが漂っていた。こもった湿気が窓を流れ落ち、流しの水切り台の上に垂れている。ポタ、ポタ、ポタ。湿気を外に逃がそうと窓をあけた祖母は、いつのまにか風が激しくなっていることに驚いた。風はうねったり、急に方向を変えたりしながら吹き荒れ、ライムの木は葉を震わせていた。そのとき、祖母は気づいた。生まれてはじめて、夫と息子が朝の漁に出る前にブッカに供える魚を浜に置くのを忘れたと。そのあと祖母にできたのは、嵐と共に現れたブッカをただ見守り、待つことだけだった。ポタ、ポタ、ポタ。窓がバタンと閉まった。翌日、祖母は浜辺に出ていき、二度と家には戻らなかった。そして、今、洞穴に魚の骨がある！　オスカーはその骨で祖母の眼玉を突き刺し、抉り出すこともできる。

「おばあちゃん？」オスカーが呼びかけた。祖母の眼は妙な表情を浮かべ、口元はなにかをぶつぶつとつぶやいている。祖母は、魚の骨があるとは予想もしていなかった。誰も祖母にそれを教えなかった。だが、今、魚の骨を見てしまった。「おばあちゃん？」オスカーは、もう一度呼んだ。「ぼくが隠した場所を見なければよかったのに」オスカーはさらに祖母の顔を見つめてから言った。「そうだよね？」祖母は床に座りこみ、両腕で自分を抱きしめた。祖母の腕と手は弱々しく、骨ばって見えた――だけど、片手でリンゴを握りつぶせるくらい強いはずなんだ！　オスカーは祖母の隣に座り、祖母の真似をして両腕で自分を抱きしめた。「そうだよね？」と、もう一度言った。しばらくして、オスカーは祖母の腕を撫でたり、軽く叩いたりしはじめた。祖母の腕はじっと動かず、強ばっていた。祖母の眼には、洗濯物が風にあおられ、前に後ろにはためくさまが見えていた。それから、祖母は頭を左右に振り、咳をした。まるで、やっと眼を覚ましたように。祖母はオスカーの頭に手を置き、髪をくしゃくしゃにした。荒っぽく、でも優しく。オスカーの髪は箒のように逆立った。昔、それを使ってベッドから砂を掃き出したことを、祖母は思い出していた。

ドア

ロジャーズ氏が祖母と議論をしにやってくるとき、なによりも重要なのは、彼の杖が届く範囲にはいないようにすることだ。というのも、ロジャーズ氏には、議論がうまく嚙みあっていないと思うと、やたらに杖を振り回す癖があったからだ。祖母は、彼が杖で軽くオスカーを叩くのは敬意を表している印だと言ったが、オスカーは祖母よりも真実を知っていた。オスカーとロジャーズ氏の間には、静かな秘密の戦いが進行中なのだ。なぜ戦いがはじまったのかはどちらもわからなかったが、戦いが永遠に続くことはどちらも知っていた。

ロジャーズ氏が祖母に会いに来るときは、いつもこうだ。最初はまず、羽が汚れたカモメのようなロジャーズ氏が、ぜいぜいと苦しそうな息をしては胸を叩き、足を引きずりながら浜を歩いて来る。それを見るとすぐに、祖母は急いで予備の折り畳み椅子を用意し、マシュマロの箱をテーブルに置く。ロジャーズ氏はいつも山ほどマシュマロを食べる。体の内側をマシュマロでくっつけてつないでいるのだと、ロジャーズ氏は言っていた。馬鹿みたいだとオスカーは言ったが、祖母はこう答えた。「誰だって、言い訳ってもんが必要なのさ」

大事なのは、必要なものを全て用意したら、ぶらぶらと時間をつぶしながら、あたかもロジャーズ氏が来ることはいつもわかっていて、いつ彼が来てもいいように準備がしてあるふりをすることだ。ロジャーズ氏を迎える準備が整いすぎていても、彼は神経質になり、座っている間中、胸ばかり叩いてろくに話もしない。だが、まったくなんの準備もしていないと、今度は立ち寄ることもなく黙って通り過ぎるだけで、そのあとも長いこと口をきかなくなる。いったん、ロジャーズ氏がテーブルについたら、まず自分が先に話しはじめ、彼の存在をあまり気にしていないような顔をしていなければならない。しばらくすると、やっと彼もくつろいで話をはじめる気になる。こうした手順は、毎回、正確に実行しなければならなかった。世のなかにはロジャーズ氏以外にも、こうした手順を必要とする相手がいるものだ。

その日は、ロジャーズ氏がやってくるには最悪のタイミングだった。なぜなら、オスカーが浜の反対側で完全な形のドアを見つけた日だったからだ。オスカーは、昼食のあと、そのドアを見せて祖母を驚かせるつもりだった。それはたぶん、今まで見つけた物のなかで一番いい物だった。ドアはまったく欠けたところもなく、絨毯のような灰色の石の上にのっていた。白く塗られ、郵便受けもついていて、四角い金属の部分にはへこみも傷もなかった。オスカーはまだ、ドアをあけてみてもいなかった。祖母があけたいだろうと思ったからだ。そもそも、その角度のドアを、オスカーが自力であけることは不可能だった。だが、今はロジャーズ氏が来ていて、ドアを見に行くのにふさわしいときではなかった――そんなすばらしいことをするときだとは思えない。だが、そのうち、波がドアをさらってしまうかもしれず、そうなれば、二度とドアを見ることはできないかもしれない。

ロジャーズ氏は重い足取りで洞穴のほうにやってきた。彼は牛が崖から落ちたところを見たかもしれないが、オスカーは絶対にそのことを訊かなかった。オスカーは椅子に座ったまま、かがんで砂をつかみ、靴にこすりつけた。それから、プラスチックの腕木を両手でつかんで体を持ちあげ、両脚を振って前に跳んだ。その拍子に祖母の膝を蹴ってしまい、「痛いよ」と、叱られた。オスカーはしょんぼりと体を丸くして、指で唇をいじった。もうすぐ潮が満ち、波がドアをさらっていってしまうだろう。

どっちみち今日は、祖母もドアを見たくないかもしれない。祖母は怒ったような表情で、なにかを悩んでいるようだし、あまり口もきかなかった。マシュマロの箱を用意するのも忘れていたので、オスカーが用意し、折り畳み椅子をひらかなければならなかった。いつもなら、ロジャーズ氏が座って喋り出すとすぐにオスカーは浜に出ていくのだが、今日はしばらく洞穴にいて、祖母が大丈夫かどうかを見届けようとしていた。

祖母は、オスカーに出かけてほしいと思っていた。その日は疲れていた――疲れすぎていて、面白いことをしてだらだら過ごす気にもなれなかった。そもそも、面白いことなどなかったのだが。一番嫌なのは、ロジャーズ氏と議論をしなければならないことだった。ロジャーズ氏はいつも、最後にはお互いに〝この間抜け野郎〟と罵《のの》りあうような白熱した議論をしたがる。祖母が望もうと望むまいと、お構いなしに。

洞穴で座っているロジャーズ氏からは、いつもガソリンと薬用シャンプーの匂いがする。喉《のど》からは、糸くらいの細さしかないように苦しげな音が聞こえる。しょっちゅう、指の関節を鳴らし、耳の穴に指がくっついているのかと思うほど、耳に指を深く突っこんでひっかく。足の指が二本ないと聞いたが、絶対にオスカーには見せようとしなかった。祖母はロジャーズ氏のことを古い〝知人〟と呼ぶ。〝知人〟とはなんなのか、オスカーは知らなかった。ロジャーズ氏が折り畳み椅子に落ち着くまでの間、祖母は無視したりせずに、じっと見守っていた。オスカーに言わせれば、おかしな話だ。それで、オスカーはロジャーズ氏の準備ができるまで祖母の気を惹くために、脚にできたかさぶたを見せることにした。それは大したかさぶたではなく、祖母はオスカーがみせびらかしていると思っただろう。だが、まったくそうではなかった。

「その子は背が伸びないな」やっと準備ができたらしいロジャーズ氏が祖母に言った。

「この子は座ってるんだから、わかるわけないでしょう？」と、祖母は返した。

「その子のかばん置き場はどこなんだ？」最近、オスカーは洞穴に来てもかばんを持ち歩いていて、ロジャーズ氏はそれが気に入らないらしかった。

「この子は動きまわるからいいんです」

オスカーは両脚を振りながら、ドアのことを考えていた。潮がドアに指を伸ばすように忍び寄ってくるのを想像すると、オスカーの胸はしめつけられ、心臓がどきどきしてきた。

ロジャーズ氏と祖母の議論には、いつもおかしなところがあるとオスカーは思った。二人は同じようなことで議論をし、毎回、同じことを言い、最後は必ず「胸のなかを吐き出せたことがなによりよかった」と言う。議論の中身は退屈なことばかりだった。天候の変化。古い映画。昔からの共通の知り合い。だが、今日の祖母は自分の言い分にまったくこだわらず、ほとんど最初からロジャーズ氏に賛成しようとしているようだった。ロジャーズ氏は居心地が悪そうに咳ばらいをしたり、胸を叩いたりしていた。

「彼らは統計値をもてあそんでいるだけだ。統計値をもてあそぶことしかしていない」ロジャーズ氏は言った。

「きっとそうでしょうね、ええ」祖母は疲れて困ったような顔で、どの役を演じて議論をすればいいのかわからないように見えた。普段なら、さっきはもっと他のことを言ったはずだ。ロジャーズ氏は偏執病的だとか、そういうことを。オスカーは祖母を見つめた。ロジャーズ氏は、オスカーとは向き合わないように、わざと椅子の角度を変えていた。いつものことだ。オスカーはひとりでドアを見に行きたかった。祖母もロジャーズ氏も置き去りにして。だが、怖いほどの沈黙が続いていた。それはいつまでも続き、オスカーは自分でもよくわからないまま、声に出していた。「潮が満ちる前に、おばあちゃんとおじさんに見せなきゃならないものがあるんだ。すごく大事なものなんだよ」

それから、オスカーは二人をドアがあるところまで案内した。ドアは、前に見たときと同じように美しかった。オスカーは心配そうに祖母の顔を見た。祖母がドアを気に入るかどうか心配だった。ドアをただのゴミだとは思われたくなかった。祖母は慎重に、あちこちからドアを見た。オスカーは言った。「このドアをあけたら、どこに行けるのかな?」

ロジャーズ氏は鼻を鳴らした。「その下には石があるだけだと思うがね」彼はドアを価値があるものとして見ていなかったし、ドアを壊しかけていた。オスカーの予想通りだ。彼が杖でドアを叩くと、塗料がぱらぱらと剝がれ落ちた。

「海の底?」と、祖母が言うと、オスカーは肩をすくめた。

「そうかもね」と、答えた。「でも、ぼくは、たぶん元々の部屋に行けると思うんだ。ドアをあけてなかに入ったら、その部屋のなかにいるんだ」そう話しているとき、オスカーは祖母の顔だけを見ていた。祖母はうなずき、自分のよりいい考えだと言った。自分の考えはすぐに思いつくことだからと。

「だったら、あけてみようじゃないか」ロジャーズ氏はそう言って、杖の先で郵便受けをつついた。

オスカーはがっかりした。そんなことはしたくなかった。これはオスカーのドアだ。誰にもドアの向こうは見せたくなかった。もしも今、ドアをあけたら、ロジャーズ氏が正しいことがわかってしまう。なぜなら、本当はドアをあけてもどこにも行けないのだから。オスカーはドアの周りを歩きまわり、いよいよあける段になったらどこに立てばいいか考えた。

そのとき、祖母が言った。「このドアはあけられませんよ」

「どうしてだね？」ロジャーズ氏が訊いた。

「それは許されないことなんです。そうだろう？　オスカー」

オスカーは立ち止まって、うなずいた。ロジャーズ氏をまっすぐにらんで、「それは許されないことなんです」と、言った。

ちょうど、波の先がドアに届きはじめたところだった。祖母が見守っていると、オスカーは両手をポケットに入れて歩きはじめた。ドアを見せに二人を案内した本人にしては、とても寛大な行動だと祖母はわかっていた。祖母はオスカーに追いつき、歩きながら小声で言った。「わたしが知ってるなかで、一番いいドアだよ」

「わかってる」と、オスカーは言った。

クジラ

夏の嵐がやってきそうな日で、それは間違いなかった。祖母は目覚めるとすぐに、空気のなかに嵐を感じた。この数日間、嵐は何度もやってきたが、今日もまた続きそうだった。嵐はいつも突然やってきて——騒々しく、慌ただしく、無作法に——あっという間に立ち去った。祖母は洞穴の出入り口まで行き、外をのぞいた。海は暗い灰色に膨らんで見えた。本物の海を何度も見たことがあればわかるはずだが、そういうときの海はとても醜い。醜く、だが美しい。たくましい筋肉と陰影に満ち、低いつぶやきに似た音は、海中で誰かが議論をしているように聞こえる。祖母は海を憎んでもいたし、愛してもいた。二つの感情は、祖母にとって同じものだった。昔、嵐が何百、何千の泡になって現れたことがあった。白い泡は鳥の群れのように先を争って押し寄せ、小さな白いイソシギのように空中を斜めに横切って浜や崖の草の上に着陸した。時折、祖母は、もう一度同じことが起こるのを待つためだけに浜で暮らしているのかもしれないと思った。嵐が起こる原因はブッカだ。彼らは恐ろしく、同時に美しい。祖母は彼らを見ることができ、長いこと、彼らに眼を光らせてきた。それだけが、祖母にできることだった。

洞穴で暮らすためには、いくつかの日用品が必要だ。バッテリー、牛乳、カセットガス。今朝は、オスカーがそれらを持って来ることになっていた。忘れないでくれるといいが、と祖母は思った。だが、時間はまだ早かった。祖母は毎朝、とても早く起きる。七時前に起き出さないなら、いっそ一日中寝ていたほうがいいと思っているくらいだ。起きるとまず最初に、顔を洗うためのお湯を少し鍋に沸かす。いつも、そのためのガスは取ってあった。それから、籐《とう》の衝立の後ろで体を拭く。一日に半分ずつ。そうすれば、あまり寒い思いをしなくてすむ。終わると、服を重ね着する。タイツ、ズボン、靴下、肌着、肌着の上に何枚か着てから、その上にセーター。そのあと、コーヒーのためのお湯を沸かす。スプーンでコーヒーの粉と、誰も見ていないときは、さらにティースプーン一杯の砂糖という秘伝のレシピを加える。祖母の頭のなかで、古い台所の窓が風に叩きつけられ、バタンと閉まる。洗濯物が風で広がり、うなるような音と共に物干しの紐に叩きつけられる。祖母はコーヒーをひと口飲んだ。そして、いつもそうだが、風にはためく洗濯物の動きは、最後にはメロディーや音になった。それらを祖母はもう忘れてしまったと思っていたが、ベッドから砂をはらいながら、無意識のうちに鼻歌を歌っていた。

ふいに、洞穴にあるなにもかもが、古びて見えた。マットレスはまた破れ、ランタンの灯りはチカチカしている。次の冬には、もっとちゃんとした寝袋が必要になるだろう。たぶん、オスカーに頼めば、店に行って見つくろってくれるはずだ。だが、オスカーの母親はそれが自分の義務だと思っている。そして、祖母は彼女に寝袋のことを言いたくはなかった。とにかく、今はまだ夏のはじめだ。これから来る季節は夏だ。今のところ、寝袋はどうでもよかった。

それにしても、オスカーはどこにいるのだろう？　いつもなら、もう日用品を持って洞穴に来ている時間だ。でなければ、学校に遅れてしまう。祖母はベッドに座って待っていたが、しばらくして、浜に出てみた。歩いていく人を見かけたが、オスカーではなかった。バッテリーを持って来てくれなければ困ってしまう。それに、昨夜の嵐のブッカがどんな音をさせていたかを話してやるつもりだった。まるで、海の上を亡霊が渡っていくような音だったことを。

祖母は浜を歩きはじめた。先ほど見かけた速足で通り過ぎた人のあとについていくと、さらにその前を行く人のグループに加わり、さらに歩いていくと、その先の砂の上に、難破船のような巨大なクジラが横たわっていた。周りには、キャンプファイアを囲むようにたくさんの人が集まっていた。祖母は少し近寄ってみたが、崖から突き出した岩の近くより先には行かなかった。それは少なく見積もっても五十フィートはありそうなナガスクジラだった。きっと、夜の間に浜に打ちあげられたのだろう。白っぽい、ほとんど砂と同じ色をしていたが、尾びれのそばには十字の形をした黒っぽい傷があった。尾びれは驚くほど大きかった。いかにも力強く動きそうな形をしていて、そこにはもう命が宿っていないことを忘れそうになった。

オスカーがいた。母親と並んで、眼を大きく見開き、強ばった表情でクジラを見あげていた。オスカーの顔には、嬉しさと恐怖と好奇心が同時に浮かんでいた。クジラの体はオスカーの頭よりずっと上まであった。オスカーはクジラを見あげてから海を眺め、またクジラを見あげた。こんな生き物が海にいたことが信じられないというように。クジラが眼の前にいることで、突然、海の深さと広さが実感できたというように。

祖母は岩のそばから離れずにいた。オスカーは祖母の用事をすっかり忘れているのだ。今朝は洞穴に来ないだろう。当然だ。

オスカーの母親が腕時計を確かめてから、体をかがめて息子になにか言った。二人は最後にもう一度クジラを見あげ、それから急いで浜を歩きはじめた。学校に向かう道に早く着くため、砂山を斜めに横切ろうとしている。たぶん、祖母がいる場所の前を通り過ぎるだろう。祖母は身を隠した。自分でも、なぜそうしたのかわからなかった。ただ、自分のほうに近づいてくる二人を見て、反射的に隠れたのだ。祖母は昔から隠れるのが得意だった。屋根のようになっている岩の端にもぐりこみ、できるだけ膝を小さく抱えて、じっと動かずにいた。二人が通り過ぎたかどうかは見えなかったので、体を丸めて待った。妙な気分だったが、そこから這い出るところを二人に見られたりしないと確信できるまで、祖母はただ待ち続けた。

月の欠片《かけら》

それは、たぶん手が届かないほど高いところにあった。オスカーと祖母のちょうど真上、洞穴の上の崖の端にひっかかっていた。すぐ横には上下に揺れる色とりどりの帽子のようなハナカンザシが咲き乱れ、顔のように見える大きな岩があった。オスカーがそれに気づいたのは、夕方近くだった。それは厚味があって、白くぼうっと光り、まるで、どこか遠くの空から落ちてきたようだった。すっかりつぶれて小さな欠片になっていたが、それでもまだ常夜灯のように光を失わずにいた。そこには、たくさんのことが隠されているように見えた。うまく言えなかったが、なにかがあり、オスカーはどうしてもそれがなんなのかを知らなければならないと思った。オスカーにとって、物事の本質はまったく気にならないときもあれば、気になって仕方がないときもあった。ある角度から崖の上を見あげたときと、また別の角度から見あげたときでは、それはまったく違うものに見えた。

だいぶ夜も暖かくなり、オスカーはその年はじめて、洞穴に泊まろうとしていた。リュックサックには好きなシリアルを入れてきた。祖母が買っているものは好きではなかったからだ。洞穴にはオスカー用のエアーベッドと寝袋と懐中電灯もあった。そろそろ暗くなりかけていた。浜辺のどこかでパーティーがはじまっていた。キャンプファイアの火が遠くに見え、笑い声や歓声が聞こえてきた。潮は満ち、空は青黒い雲に覆われている。海は空と同じ黒っぽい青色だ。波は静かで、海面はほとんど動かなかった。

オスカーは空を見あげながら、崖の下を行ったり来たりしていた。祖母は落ち着きなさいと言ったが、効果はなかった。オスカーは崖の上までのぼって自分の眼で確かめたかったが、崖はとても高かった。あまりにも高くそびえ立って見える――のぼれるかもしれないし、のぼれないかもしれない。のぼれないと決断を下し、洞穴のなかに戻った。祖母もあとに続き、夕食に使うニンジンの皮をオスカーに剝かせた。その間も、オスカーはちっとも集中できずにいた。それはまだ崖の上にあるのに、それがなんなのかを確かめられないせいだと、自分でもわかっていた。光っているのはわかるが、触ったら熱いだろうか、それとも冷たいのだろうか。たぶん、数時間後には暗くなりはじめるだろう。夜の間にブッカはそれを盗み、オスカーが知りたいことは永遠にわからないままになるだろう。オスカーはまた外に出て、大きな岩の下を行ったり来たりしはじめた。

「なにをしてるんだい？」祖母が訊いた。

「考えてるんだ」オスカーは答えた。あの崖にのぼらなかったら、自分は臆病者だ。もちろん、自分以外は誰もそのことを知らない。だが、自分だけは知っている。オスカーにとっては、そちらのほうが大問題だった。

祖母は崖の上を見あげ、その白く光るものを見つけた。「あれはなんだろうね？」表現するのはとても難しい――それは形がないようで、ときにはひしゃげた三角形のように見え、ときには青白い腕の形をした彫刻のようにも見えた。祖母にはオスカーの悩みがわかった。それはとても高いところにあったが、完全にあきらめるには低いところにある。オスカーはのぼるしかないのだ。「あそこにのぼらなきゃ。わたしもついていくよ」

「まさか、おばあちゃんはのぼるつもりじゃないよね」

「まさか、おまえものぼるつもりじゃないよね」

祖母が先に立ってのぼった。最初のうちは楽だった。広くて平らな岩棚が上に向かって連なっていたからだ。階段をのぼるように一段のぼるたびに、二人は立ち止まり、祖母は咳をして呼吸を整えた。オスカーは待っている間、自分も咳をした。祖母が気を遣わないようにと思ったためだが、そのうち祖母が、嘘の咳をするのはやめなさいと言った。上に行くほど、のぼりは少しずつ険しくなった。二人は、一段ずつ休みながら、なんとかのぼっていった。オスカーは、岩の端から小石を蹴り落としてみた。小石は音をたてながら落ちていき、洞穴の屋根の部分に転がった。しばらくしてから、二人は最後に体を持ちあげて次の段にのぼり、そこで座った。それ以上、のぼれるところはなかった。つかまるところのない大きな岩棚が行く手を阻み、先に進むことができなかった。座っている場所からは、浜辺全体が見渡せた。パーティーをしている一団も見えた。小さな黒い点がキャンプファイアの周囲に集まっている。だが、声までは届かなかった。声も、なんの物音も。

「ここまでしかのぼれないねえ」祖母が言った。

「そうだね」しばらくして、オスカーは付け加えた。「でも、それは関係ないんだ」

「全然、関係ないことだね」祖母も言った。

「ぼくたち、牛みたいに落っこちるかな」

落ちたりはしないと、祖母は言った。

オスカーが言った。「学校でさ、リサが言ったんだ。おばあちゃんは世界一不幸だって」

「リサは〝間抜け野郎〟だね」祖母の言葉に、オスカーはうなずいた。リサは〝間抜け野郎〟だ。

「だって、わたしは世界一不幸なんかじゃないからね」

「ぼくも、そう言ったよ。おばあちゃんは不幸じゃないって。ぼく、言ってやったんだ。おばあちゃんはずっと続けてるだけで、それは不幸とは全然違うって」

「そんな言葉、どこで仕入れたんだい？」

オスカーは肩をすくめた。「わからない」祖母とオスカーは浜辺を端から端まで見渡した。大切なのは、ここまでのぼって来たことだった。

精霊たちの家

Notes from the House Spirits

ふいに静寂が訪れ、それから、なにもかもが前と同じになる。だが、空っぽの家がいつまでも静かでいることはなく、完全に空っぽになることもない。なぜなら、わたしたちがいるのだから。ふいに静寂が訪れ、それから、なにもかもが前と同じになる。いつまでも同じものはひとつとしてない。それでも、昔がどんな風だったかを懐かしみ、還《かえ》っていくことはできる。階段は小さくきしんでから動かなくなり、空気はゆっくりと揺れてから、それぞれの部屋で動かなくなる。

ブッドレア（紫色の小さな穂状に花を咲かせる低木）は屋根裏部屋で育っている。わたしたちは夢を見る。いつも夢見ていたのと同じ夢を。水底に沈んだドアと窓の夢。水底に沈んだ壁の夢。その夢に深くひきこまれてはいけないと、自分に言い聞かせながら。

部屋に漂う塵が幅木やカーテンレールに降り積もる。わたしたちはそれを見ている。小さな塵のひとつひとつを。どんなに塵が積もろうとも、その家に、はらいのけてくれる住人はいない。それらは気怠く、ひとつの場所にとどまっている。塵は少しずつ家を支配し、その家に、はらいのけてくれる住人はいない。塵をはらうのは、わたしたちの仕事ではない。

この家は、夜中に突然、取り残された。彼女はいきなりベッドで体を起こし、両脚を床におろして立ちあがり、階下におりた。誰かを抱きしめるように両腕を大きく広げたが、誰もいなかった。彼女は、わたしたちには見えない誰かに話しかけた。「ここにいたのね。ブーツも脱いでないじゃない。わたしはコートを着たほうがいい？」それから、玄関をあけっぱなしにしたまま、出ていった。


あいたままの玄関から、わたしたちは外をのぞく。

他のいくつもの部屋。

他のいくつもの家。

静かなキッチンに似た広い場所に、小さな明かりがいくつもついている。誰かが冷蔵庫をほんの少しあけておいたような細い明かりは三日月に似ている。


予告もなく突然出ていくのは無作法だ。彼女はわたしたちに、なんの予告もしなかった。荷造りのための箱もなかった。彼女は自分のものをなにひとつ持っていかなかった。この家を嫌っていたのだろうか？　自分の持ち物をすべて置いて、彼女は出ていった。わたしたちにして欲しいことがあったのだろうか？　わたしたちにできることなど、なにもないのに。彼女が残していったものを数え、彼女が残していったものをひとつずつ丁寧に調べる以外。それは、もうとっくにすませた。

わたしたちは後ずさりする。自分たちを家のなかに引き戻す。鍵穴や隙間のほうへと。ここには家があり、家のなかにはいろいろなものがある。わたしたちは引きこもる。家のなかにあるものは取り残されたものになった。無様で余分なもの、なににも属していないものに。それは定められた運命だ。


今、わたしたちは、気づいていなかったことに気づく。その絵の青い色が、本当は奇妙な青、冷たい青で、正しい選択ではなかったということに。その青い色はもう必要ない。わたしたちはその青をつまみ、ほんの少しカーペットに垂らす。そして、カーペットがすっかりすり減っていることに気づく。壁掛け時計の音が、どれほど空しく四方の壁に響いているかに。わたしたちはその空虚な響きが好きではない。それで、ひとつか二つの時計の針を止める。ひとつか二つだけ。たぶん、他の時計は、裏側についている電池を半分はずせばいいだろう。

時折、誰かが階下の明かりをつけたように、窓から明るい光が漏れることがある。時折、家のなかに声が響くことがあり、わたしたちは、階段に誰かの重みを感じたり、戸棚にコートやドレスが掛けてあるのを感じる。それらは誰かの形をした丸みを帯びている。まるで、服のなかに誰かがいるように。ドアの取っ手が、ぱっと光る。誰かがドアをあけようとして手を伸ばしたように。でも、そこには誰の手もない。そこにあるのは、わたしたちの手だけだ。


夜になると、わたしたちは記憶のなかの彼女を懐かしむ。

彼女の笑い声はボイラーのなかで点火した炎のように大きく、不意をついていた。

やかんがカタカタ、シューと音をたて、ティースプーンは窓を叩く雨のように規則正しく鳴っていた。

テレビには、明るい様々な色と様々な他の家が映っていた。

ドアの呼び鈴が鳴ると、いつも驚いて跳びあがったこと。

彼女がよろけたら、周囲の壁が受け止めてくれるかどうかを見届けなければならなかったこと。

煙の匂いがたちこめ、カーテンに移る。どこから来るのか、わたしたちにはわからない。クモの巣がひとつドアの取っ手の後ろにあり、明かりのスイッチの下にもうひとつある。わたしたちはクモが好きだ。クモは物静かで、空間をうまく使ってくれる。

ドアの下からクモが入って来ると、わたしたちは細い脚をつまみあげ、郵便受けから外に逃がす。

誰かが家のなかに入って来て、冷蔵庫と冷凍庫とボイラーの火を消す。たぶん、以前にも彼女を見たことがある。わたしたちは、顔を覚えるのが苦手だ。一瞬、あの晩、家を出ていった彼女が戻ってきたのかと思う。この新しい彼女は、冷凍庫が震え、氷が落ちはじめるのを、じっと見つめている。彼女はそこに立って、ただじっと見ている。氷が床に落ちて溶けていくのを眺める以外、なにもしない。

いまや、冷蔵庫も冷凍庫もボイラーも静まり、わたしたちには他の音が聞こえる。あちこちの壁に掛けてある絵画が傾きはじめる音も。

電話のコンセントは差しっぱなしになっている。時折、電話が鳴り、時折、わたしたちは懐かしい声を聞く。声はいつも同じことを言う。『ただいま電話に出ることができません。御用のある方は、後ほどこちらからかけ直しますのでメッセージをお願いします』その声をまた聞くのは妙な気分だ。わたしたちは、そばに誰かいるような気がして、周囲を見まわしてしまう。少なくとも、その声を聞いたことはある。わたしたちは、声を覚えるのも苦手だ。わたしたちは、すぐに忘れてしまう。

誰かが残すメッセージを聞くこともあるが、わたしたちは意味を理解することができない。
『もしもし、お久しぶり。ちょっと電話をしてみました。すっかりご無沙汰してごめんなさい。そっちは、いろいろとうまくいってますか?』
『ご注文の書籍の用意ができましたので、お電話いたしました』
『この電話番号であってる? まだそこに住んでますか?』などなど。

いくつもの箱に靴が詰めこまれ、その箱が煉瓦のように積みあげられている。いくつかの鏡がはずされ、その下にあった壁は再び壁になる。そのことに、わたしたちはほっとする。

いつも、残されたものを選り分ける誰かがいて、ボイラーの火を消す誰かがいる。彼女の足音は軽く、ゆっくりとしている。彼女は窓の外を眺める。受話器に向かって会話をする。戸棚からセーターを一枚選び、いつもそれを着ている。眠っているときも。それは、彼女には小さすぎるセーターだ。一度、彼女は荷物を箱に詰めているときに、グラスを落としてしまった。彼女は割れた欠片《かけら》を見おろしてから、残りのグラスを落としはじめた。ひとつ、またひとつ。わたしたちがそれまで見てきたなかで、一番理解できない行動だった。

彼女はソファからクッションをおろし、ソファを壁から離す。ソファがあったはずの場所には、丸いものがいくつか転がっている。バターと小麦粉でできた菓子が、埃と髪の毛にまみれている。あのとき夜中に出ていった彼女が、それに砂糖をまぶし、訪れた人に食べさせていた。ほとんどの人が食べずにソファの後ろに落としているなんて、わたしたちは知らなかった。菓子がそのまま落ちていることも、埃と髪の毛にまみれていることも。いつも軽やかにゆっくりと歩く彼女は口に手をあてて、菓子を見おろす。わたしたちは、そこにあることさえ知らなかった。それらを掃除するのは、わたしたちの仕事ではない。わたしたちが懐かしく思うのは、このことだけだ。

この家は空っぽだ。時々、誰かがやってきて、また出て行く。たいていは男女一組の二人だ。

わたしたちは、丸いバター菓子がそこにあるなんて知らなかった。わたしたちが懐かしく思うのは、そのことだけだ。

「ここをあたしたちの寝室にする？　あんまりそういう感じがしないけど」彼らは話す。「どう思う？」彼らは窓に映った自分たちを見つめる。その姿は輪郭が薄く、今にも消えそうに見える。どの部屋でも、入り口よりなかに入ろうとはしない。浴槽に腰かけて排水口を見おろしたり、壁についた薄い灰色の指紋を調べる。彼らはのけぞって天井を見あげ、両腕で眼に見えないものの寸法を測る。

彼らは毎回、屋根裏部屋に行く。どうしてなのか、わたしたちは知らない。

屋根裏部屋には、いろいろなものが置き去られている。
片眼のない揺り木馬。
プラスチック製の頭蓋骨。
レシートと割引券が詰めこまれたスーツケース。
丸めたカーペット。

クリケットのバットと、空気が抜けたサッカーボール。
釘が四本と、画鋲が六つ。
白いドライフラワーの花束。

屋根裏部屋は奇妙な場所だ。外につながる隙間や空間があちこちにある。銀色の紙魚《シミ》と草と花粉と昔の料理の匂いが染みついている。壁を破るほどの勢いでブッドレアが育っている。そこにあるのは、何人もの人たちが貯めこみ、置いていったものたちだ。

かつて、屋根裏部屋の床を踏み抜いてしまった住人がいた。彼らは不注意で、正しい場所に足をおろさなかったからだ。彼らの足は屋根裏からぶらぶらとぶらさがり、わたしたちは両手を握りしめて見守った。そこらじゅうに漆喰が飛び散った。家を守るのは、わたしたちの仕事だ。なぜ、彼らはいつも屋根裏部屋に行きたがるのだろう？　その理由を、わたしたちは知らない。

ブッドレアの花はしおれ、乾いて種になる。寒さが家にやってくると同時に、新しい誰かもやってくる。ボイラーの火がつけられ、部屋にはたくさんの箱がある。彼は誰の手も借りず、それを自分で運ぶ。ほとんどの箱は予備の寝室に押しこめられ、そのままにされる。まともなベッドはひとつもない。彼は丸めてあったマットレスを広げ、そこで眠る。毎晩、夜更かしをして、テレビやパソコンの画面に見入っている。部屋全体が青や緑に点滅する。彼は冷蔵庫の前やソファや寝室に行こうとするとき、しょっちゅう壁に肩をぶつけながら歩く。

わたしたちは夢を見る。夢のなかで、突然、水があふれる。ドアも窓も水に浸り、裂けてしまう。

枠からはずれて浮かびあがり、流れていく。ランプの笠も時計もどこかに流れていってしまう。

子供が二人、やってくる。男は二人のために料理を作り、顔の形に盛りつける。子供たちが来るまで暖炉に火は入れない。男の子は食べ物を見て嬉しそうな顔をするが、女の子は顔をしかめ、料理の眼の部分をいじくる。テーブルは三人で座るには小さすぎて、常に膝や肘がぶつかる。「なにをしようか？」男が子供たちに訊く。男はなにも食べていない。子供たちは肩をすくめる。「ネコはいないの？　ネコがいるって言ったよね」

「ネコはまだいないんだ」と、男が答える。

「ネコを飼うって言ったのに」子供たちは、空っぽの家を見まわす。

わたしたちはまだネコを見たことがない。ネコたちは、わたしたちを見つめ、背中の毛を逆立てる。わたしたちは、ネコが好きではない。子供を見たことはある。子供たちはとても早く動きまわるので、わたしたちは追いかけきれず、どの部屋にいるのかわからなくなる。だが、この二人は違う。彼らはのろのろと動き、いろいろなものの端を蹴とばす。家に興味があるようには見えない。いつも、お互いのあとを追いかけている。ソファに座るときは全体重を背もたれにあずけるので、ソファが壁にめりこみそうになる。

子供たちがいないとき、時折、女がやってきて家に泊まる。わたしたちは、彼女を知っているのかどうかわからない。わたしたちは、顔を覚えるのが苦手だ。彼女はまずテレビをつけてからバスルームに行くことがある。なぜそうするのか、わたしたちにはわからない。それに気づいているのは、たぶんわたしたちだけだ。彼女が腕時計をなくすと、わたしたちはそれを見つけて、そっとコートのポケットに入れておく。だが、彼女は、ポケットはさっき見たのにと大声で言う。わたしたちは、ただ手助けしようとしただけなのに。なくしたものを見つけるのは、わたしたちの仕事ではない。男と女はキッチンで、互いの足の上にのる。夕食のとき、ゆっくりと互いの椅子を近づける。

「あなたはどう思ってるの？」彼女は微笑《ほほえ》み、彼にもたれかかる。

彼は手に持ったフォークを見つめる。「スペイン革命の時代だ」

「わかった」と、彼女は言う。「わかったわ」

二人はフォークを持ちあげ、同時におろす。


屋根のタイルの枚数は八百七十四枚だ。元々は八百七十六枚あったのだが、二枚なくなり、誰も修理していない。

ドアの下から木の葉が舞いこみ、わたしたちはそれを郵便受けから外に返す。


新しい二人がやってくる。彼らはいつも、お互いのそばにいる。明かりはひとつしかついていない。いつも同じ部屋にいるからだ。いわゆる本格的な家具はひとつも持っていない。頑丈に見える家具はひとつもなく、どれも折り畳むことができる。冷蔵庫はなく、冷蔵庫があった場所は空いたままだ。牛乳は冷たい水を入れた鍋に保存してある。彼らがどのくらい家を大事にしてくれるか、わたしたちにはわからない。彼らは頑丈なものをなにも持っていない。

最初の晩、彼らは酒を飲み、なにもない部屋で音楽もなしに踊る。彼らは身軽だ。歩いても床板がきしまない。場所をとても広く使う。部屋のどこにでも勢いよくぶつかる。ここに座ったかと思うと、次はあそこに座る。しょっちゅう、あっちこっちを動きまわり、常にお互いに触れている。ひとりが部屋を出ると、すぐにもうひとりがあとを追いかける。寝室のドアはあけっぱなしで、夕食の皿は洗っていない。

カーテンが掛かっていない窓は、黒く巨大に見える。

彼らは棚を作ったが、うまくできなかった。しばらくしたら壊れてしまいそうだ。わたしたちには、それがわかる。ほんの少しずつ、ねじがゆるむのを、棚が傾いていくのを感じる。彼らが気づくように、わたしたちは棚から本を一冊ずつ落とす。彼らは気づかない。男は落ちた本を拾いあげ、大きな声で一節を朗読する。「これを聞いてくれよ」と、男は言う。わたしたちは耳を傾ける。女も耳を傾けている。

わたしたちは、彼らをあまり気に入っていない。彼らは家のことよりも、お互いのことを気にかけている。

ある晩、どこからかわからないが、明るい光と閃光が家を満たす。煙の匂いがする。これが起こるとき、わたしたちはいつも家の終わりを予感する。だが、完全に家の終わりだったことはまだない。彼らは窓に鼻を押しつけ、その光を眺めている。彼らは窓に息をかけて、そっと名前を書く。彼らの名前はそこに刻まれる。わたしたちは窓に刻まれているすべての名前を見ることができる。互いに絡《から》みあい、重なりあった名前たちを。わたしたちが閃光を見ることはない。わたしたちは耳を手でふさいで物陰に隠れ、ただ終わるときを待っている。

彼らはピアノを運んできて、空っぽの部屋に置く。彼がピアノを弾き、彼女は後ろに立って、眼を閉じている。温水パイプを通るように、家中に音楽が響き渡る。わたしたちは、あまりの不快さに驚く。

朝、出かける前に、彼らは一緒にシャワーを浴びる。水のなかでお互いの体が滑らかに触れあう。まるで、ひとつの体になったように。ソファに垂れた水滴は真ん中に集まり、ひとつの大きな水滴になる。彼らはひとつの明かりのもとで暮らし、ひとつの部屋でいつも一緒にいる。わたしたちは、シャワーカーテンにかびが生えないように、まっすぐに伸ばす。本当なら、そんなことをするのはわたしたちの仕事ではないのだが。

棚が落ちる。その音に、わたしたちは驚いて跳びあがる。そうなることはわかっているのに。

「その本、どうだい?」彼はキッチンで皿洗いをしながら、声をかける。

彼女は、足を体の下に敷きこんだ格好で本を読んでいる。「なに? もう牛乳は飲んだよ」と言いながら、ページをめくる。「もう牛乳は飲んだ」

彼は濡れた皿を不器用にこする。垂れた水滴が両膝で跳ねる。

シャワーの栓がひねられ、また閉じられる。男が浴室に入り、しばらくして出てきたあと、女が浴室に入っていく。シャワーの栓がひねられ、また閉じられる。これは、かなりいい兆候だ。湿気っぽい空気が冷やされ、消えてくれる。これは、かなりいい兆候だ。やっと、彼らも家を大切にしてくれるのだろう。

彼らは注意深く、ゆっくりと行動するようになる——もう跳びあがったり、踊ったりしない。そして、頑丈そうな家具を買う。明かりは早めに消されるようになり、テレビは、ほとんどいつもついている。二人共、帰りがしだいに遅くなる。別々に、遅い時間に帰宅し、時々けばけばしく飾り立てた装飾に覆われている。彼らは一本の木を家のなかに持ちこむ。わたしたちは、あちこちに落ちている釘に気づいている。

別の人間がやってきて、余分の折り畳み式ベッドを広げる。彼らは座って、家を見つめる。今まで、これほど家に注目した人たちはいなかった。新しく来た人たちのひとりは、カーテンをまっすぐに直し、クッションを叩いて膨らます。彼女は、使った皿を洗うと主張し、誰かが皿を増やすたびに唇を引き結ぶ。窓に鳥がぶつかっても、驚いて跳びあがったりしない。タオルはきちんと折り畳む。「あなたが作った棚はまっすぐじゃないわね」と、彼に言う。シャワーカーテンをまっすぐにする。かびが生えないように。わたしたちは、彼女がとても好きになり、彼女が出て行ったときはとても悲しむ。

わたしたちは、以前にもこんな光景を見たことがある。その女は、一日中、バスルームと寝室の間を行ったり来たりしている。彼女の足取りは重く、遅い。トイレを流すと、パイプのなかを水がシューッと歌うような音をたてて流れる。それから、彼女は寝室に戻り、戸口でしばらくたたずんでから、ベッドの端でしゃがみこむ。そして、再び立ちあがり、また行ったり来たりしはじめる。そのあと、ベッドで静かに横たわる。彼女はすでに昔とは違う彼女だ。わたしたちは、以前にもこんな光景を見たことがある。

男は、夜になると階下におりて来るようになる。冷蔵庫をあけ、裸足の足を照らす光を眺める。時折、玄関のドアをあけて、玄関マットの上にたたずむ。冷たい空気が家のなかに勢いよく流れこむ。わたしたちは寒さに震え、いら立つ。なぜ、ドアを閉めないのだろう？　彼はそうやって、長いこと立っている。なにかのきっかけで、ため息をついてドアを閉め、再び二階へと階段をのぼるまで。

ピアノがなくなった。彼らはピアノがあった場所に小さなベッドを置いた。ピアノとは違う騒音と騒ぎが続き、明かりがついたり消えたりし続ける。いつまでも。

屋根裏部屋に男の子がいる。ひとりで階段をのぼれるようになってからは、いつも屋根裏部屋にいる。彼は小さな男の子だ。まだ体重も軽い。それをわたしたちが知っているのは、彼が屋根裏への跳ねあげ扉を簡単にすり抜けられた上に、屋根裏を歩いてもまったく床がきしまないからだ。まるで脚が天井板を通り抜けてしまっているように。もちろん、彼の脚が天井を踏み抜く心配などない。彼は誰もいない部屋にいるのが好きだし、隙間や狭い空間が好きだ。一度、そういう場所のひとつに彼が隠れて（わたしたちは隠れ場所を知っていた）、誰も彼を見つけられなかったことがあった。たくさんの人が彼を探した。わたしたちは彼の隠れ場所——丸めたカーペットのなか——を知っていた。彼は何時間もそこにいた。

男の子は箱のなかに小さな鳥を飼っている。一日に三回、屋根裏部屋に来て、箱のなかをのぞきこむ。彼は屋根裏部屋に他にも持ち物を置いている。出かけるときは、箱の前にスーツケースを引っ張ってくる。「かわいいね、かわいいね」と、歌うように言う。「かわいい、かわいい」このことで、わたしたちは、家のなかで箱に入れて動物を飼う子供たちについて学んだ。彼らは動物に決して名前をつけない。一度も。絶対に。

男の子は長い時間、箱を見つめる。それから、箱の蓋を閉め、箱を持って出ていく。

男の子は心のなかで自分と会話をしている。または、わたしたちには見えない誰かと会話をしている。

鳥は空を飛ぶとき、眠っているの？

ぼくは幽霊で、ぼくがそうしたいとき以外、誰にも姿は見えない。

他の人がみんないなくなったら、世のなかは退屈になる？

それから、彼はまた歌い、口笛を吹き、シーッと囁《ささや》き、げっぷをし、チッと舌打ちをする。彼はまるで小さな家のようだ。

温かな光が窓から差しこむ。光は床板の上に横たわる。

ブッドレアは再び生長しはじめる。女が屋根裏部屋にやってきて、男の子に階下におりるように言う。彼女が屋根裏部屋に来たのはずいぶん久しぶりだ。男の子がいなくなると、彼女は奇妙なことをする。揺り木馬に乗って、ゆらゆらと揺らしはじめる。それでも、彼女は天井板を破って階下に落ちたりはしない。

煉瓦の上にまた煉瓦の上に煉瓦。近くにいくつも家が建てられていく。いつか、その家に行く日が来るのだろうか？　わたしたちにはわからない。それとも、わたしたちはすでにそこにいて、わたしたちを取り囲む家が建てられているのだろうか？　わたしたちにはわからない。煉瓦や屋根やガラスなしに、わたしたちは存在しないし、わたしたちなしで、煉瓦や屋根やガラスは存在しない。そのことについて、それ以上考える必要はない。だが、時々、わたしたちは、それについて少し考えたくなる。

男の子は以前より大きな音をたて、以前より床板や階段に重みをかけるようになる。ドスンドスンドスン。彼はもう屋根裏部屋には行かない。ドアもカーテンも閉めきって、寝室にこもっている。ある日、彼の姿は見えなくなるが、今度は誰も心配しないらしい。家はすぐに、なにもなかったかのように、いつも通りになる。ただ、彼がガラス壜に立てたままの歯ブラシが一本残されているだけだ。家のなかには静けさが戻る。静寂と、その反響が。一度か二度、彼がいなくなった寝室に男が足を踏み入れる。彼がもういないことを忘れたように、なにかを話しかけながら。

わたしたちには、いなくなった男の子が恋しくなるような思い出がある。

彼を訪ねて来ていた女の子。彼女は部屋の隅の壁紙の下に自分の名前を書いた。彼が髪につけていたものの香り――時々、わたしたちはそれの蓋をあけて、少しだけすくい取ってみる。

この家は空っぽだ。誰かがやってきては、また出て行く。たいていは、二人一組の人たちだ。彼らは玄関から入って来るときに、一枚か二枚の乾いた木の葉を持ちこむ。一色か二色の光も。ドアが閉まっても光はそのまま残っている。

壁のあちこちに、今はもうない家具や額の形をした黒い跡が残っている。揺り木馬は、前にばかりうなずいている。絨毯はすり切れて、ほつれている。なぜ、誰も修理しないのだろう？　わたしたちだったら、とっくに修理している。光は階段をのぼり、またおりてくる。家は再び暗くなる。

わたしたちはランプが恋しい。ランプが恋しくなる日が来るなんて考えもしなかった。それがあることが当たり前だった。夜になると、家のなかの色はまるで最初からなかったかのように消えていく。部屋の隅は暗く、廊下は狭く感じる。ドアがバタンとあき、また閉まるが、どこのドアなのか、わたしたちにはわからない。それは、わたしたちの家のドアではない。わたしたちは、そんな風に音をたててドアを開け閉めしない。ドアの音は、わたしたちをいら立たせる。ランプが恋しい。家中の窓が大きく、暗く見える。カーテンはまだ掛かっている。いつもなら、彼らは出ていくときにカーテンも持っていくのだが。ある晩、わたしたちはカーテンを閉めようと決心する。それはわたしたちの仕事ではない。だが、わたしたちは、閉まっているときのほうが好きだ。

ドアの下から強い風が吹きこみ、わたしたちを家のあちこちの隅に追いやる。戸棚の扉が半びらきになる。寝室の壁紙の角を巻きあげ、また巻きおろす。壁紙の下に誰かがなにかを書き残している。そんなことをしてはいけなかったのに。なぜなら、消すのは不可能だろうから。誰が書いたのか、わたしたちは覚えていない。

それが起こるときはいつも同じだ。あそこにも、そこにも、いくつもの足が絨毯に跡をつける。だが、今、なにもかもが動かされ、なにもかもが変えられてしまう。騒音がひどく、もっとひどくなってから、一番悪いことが起こる——壁やドアが持ち去られてしまった。ドアがあった場所は隙間のままにされ、壁があった場所の部屋はなくなり、二つの部屋の代わりにひとつの大きな部屋ができた。わたしたちは組み替えられてしまった。わたしたちはカーテンレールの後ろに隠れたり、キッチンの剥がれそうなタイルの後ろに隠れたりした。いろいろなものが取り替えられたり、ただ取り去られたりした。わたしたちにはわからない。まったくわからない。わたしたちは組み替えられてしまった。そんなことが起こるなんて考えもしなかった。壁やドアをはずしたら家が崩れるかもしれないと思わないのだろうか？　なぜ、家はまだ崩れないのだろう？　わたしたちはしだいに臆病になり、頭を両手で覆い、家が崩れる日を待っている。

その日はまだ来ない。

なにもかもを動かして、なにもかもを組み替えてしまった男は、この家に女と暮らし続けている。

彼らは新しい絨毯を敷いた。わたしたちは、古い絨毯のほうが好きだった。わたしたちは、古い絨毯が恋しい。彼らは、他の人たちがそうだったように、朝早く起きて一日中留守にしたりしない。代わりに、ずっとベッドにいて、ベッドで朝ごはんを食べ、そこらじゅうをパン屑だらけにする。わたしたちは、彼らのことがよくわからない。だが、女はよくシャワーを浴びながら歌を歌う。彼女の声は深くて、よく通って、まるでピアノのようだ。すると、階下のキッチンにいる男も、同じ歌を口ずさみはじめる。どうやら自分では気づかずに。彼らはバスルームの天井の割れ目を見あげる。彼らはそれを耳のようだと言ったり、心臓のようだと言ったりする。彼らは家になにかをする小さなきっかけを見つけるのが、とてもうまい。

わたしたちはピアノが恋しい。

彼らは家のどこを変えるか話しあっている。バスルームの割れ目を取りはらい、屋根裏部屋のブッドレアを引き抜き、ありとあらゆるものに絵を描き、さらに壁を組み替えるつもりだ。わたしたちは聞きたくない。だが、聞かなければならない。彼らは家を変える以外、なにもする気はないらしい。彼らがドリルで壁に穴をあけはじめたとき、わたしたちは壁を押し返し、ドリルを壊した。壁紙が剝がれないように、しがみついた。わたしたちは、わたしたちの仕事をした。家を守るために。

彼らは出ていった。出て行くとき、すべてをシーツで覆っていった。わたしたちは、すべてがシーツで覆われているのは好きだ。埃が積もらないし、清潔にしておける。埃をはらうのは、わたしたちの仕事ではない。

ときたま、わたしたちは丸いバター菓子のことを考える。わたしたちが今でも懐かしく思い出すのはそれだけだ。

新しい絨毯は、ぼろぼろになっていく。止まることはもうない。ブッドレアは再び生長をはじめている。それも止まることはない。

鍵穴から忍びこむ影——十二。

屋根裏部屋にたくさんの紙魚《シミ》——七。だが、ひとつは動かない。

最近、空中を舞っている埃——四百万七百四十八。家が空っぽのときほどではない。

何度も、わたしたちは壁を叩く。いろいろなことが変わってしまったことを忘れて。数えきれないほどたくさんのことが。

わたしたちは夢を見る。夢のなかで、家は水底に沈んでいる。通りも木々も沈んでいる。冷たくて静かだ。煙突から、ゆっくりと泡が立ちのぼる。

彼らが戻ってくる。以前と同じ人たちのような気もするが、そうではないかもしれない。わたしたちは、顔を覚えるのが苦手だ。彼らは以前よりずいぶん年を取って見える。以前より、ゆっくりと階段をのぼる。いくつかの家具から覆いのシーツを取る。女は朝寝坊をするというのではなく、一日中、ベッドで過ごす。男は女を優しく浴槽のお湯に沈め、スポンジで背中を流し、髪を洗ってやる。その間中、彼女がまっすぐ座っていられるように支えている。彼は黙ったまま、作業に集中している。わたしたち、家であるわたしたちは、息を止めて見守る。

それから、どれくらい時間が経ったのか、わたしたちにはわからなかった。気がついたら、家は再び空っぽだった。揺り木馬は前にばかり揺れている。空気はゆっくりと揺れてから、それぞれの部屋で動かなくなる。いつまでも同じものはひとつとしてない。それでも、昔がどんな風だったかを懐かしみ、還っていくことはできる。わたしたちはドアを眺め、誰かが入って来るのを待っている。

願いがかなう木

The Wishing Tree

二人は道に迷っていたが、テッサは周囲に見覚えがあった。たぶん、以前にもこの辺りで迷ったことがあるのだろう。

「前回も、この辺で迷ったんじゃないかな」と、テッサは言った。「なんとなく見覚えがある」

母のジューンは爪でハンドルを叩きながら、首を伸ばしてフロントガラスの向こうを見渡した。もうすぐ六十歳になろうという年齢で、しばらく前から首元に一年中スカーフを巻くようになっていた。夏用も冬用も、常にきちんとアイロンをかけ、折り目をつけて。首に年齢が出るのが嫌だからと言っていたが、本当は喉元《のどもと》にある小さな白い傷跡を隠すためでもあると、テッサは知っていた。テッサ自身も母にスカーフを贈ったことがあった――金色の地に赤いポピーの花模様。その包みを郵便ポストに入れながら、なぜか共犯者になったような気がしたものだ。

ジューンは言った。「だったら、迷ったんじゃないわよね。自分たちがどこにいるのか、わかってるんだから」道は狭く、両側に背の高い生垣が続いていた。ジューンはスピードを出していたので、角を曲がるたびにテッサは対向車が角を曲がって来るかもしれないと予想してシートに座り直し、身構えた。「それ、やめてちょうだい」と、ジューンは文句を言った。「見てるだけで緊張してくるわ」対向車とすれちがうとき、テッサたちの車は道の端ぎりぎりを走った。助手席側の窓のすぐ外をイラクサの垣根が飛ぶように過ぎ、時々、窓に押しつけられるヒルガオの花は平らにつぶれた星のようだった。

「この辺、見覚えがある」テッサはもう一度言った。二人は数年前にもジューンの古い友人を訪ねるためにここに来たことがあり、町に出ようとして迷った。そのときは母に強引に誘われて来たのだが、今回もまた同様だった。ジューンはひとりで長距離を運転するのが嫌いだった。そして、友人の家に泊まらないのは犬が嫌いだからだと言い訳していた。友人が飼っている犬は、ひと晩中、木でできた階段を騒々しくのぼったりおりたりするし、ベッドには犬の毛が落ちているのが嫌だと。「朝食付きホテル《B&B》に泊まればいいわ。二、三日ゆっくりしてもいいわね、お金はわたしが払うから」と、ジューンは言った。「割引券があるのよ」

たった今、通り過ぎた曲がり角に立っていたオークの木と、それに続いて見えた休憩所を、テッサは間違いなく見たことがあった。「あそこにちょっとだけ寄っていい？」

ジューンは面倒くさそうにため息をついたが、車を路肩に停めてエンジンを切った。母は止まることが嫌いだった。いつも動いていたがり、決してじっとしていなかった。たとえ、どこに向かっているのかわからなくても。「あなたが小さいときは、シートの上でぐらぐらして車酔いしないように、新聞紙を畳んだ上に座らせてやったものよ。そのためだけに新聞を買ったのよ」と、ジューンは言った。

テッサは助手席側のドアをあけようとしたが、車が垣根に近すぎてあけられなかった。少しできた隙間を通り抜けるのは無理があった。数年前ならすり抜けられたかもしれないが、この数年でテッサの体にはこっそりと余分な脂肪がつきはじめていた。七年間付き合っている恋人のショーンは、まったくわからないと言ってくれていた。「きみはちっとも変わらないよ。そうだろう？」ショーンの口調はいつも通り優しく、少し困ったようだった。テッサは毎日、仕事から帰るとすぐに彼の部屋履きを履き、彼のセーターを着る。ベッドでは、彼の大きすぎるTシャツを着て眠った。

ジューンが車の外に出てから、テッサは運転席を乗り越えて、やっと外に出た。おりる途中で、うっかりクラクションにぶつかり、短く鋭い音を出してしまった。八月の半ばで、細い道には熱気が流れこんでいた。地面の泥はすっかり乾いて、押し固められている。そこかしこを蜂が飛びまわっていた。垣根の低木に巻きついているハニーサックルの花は満開で、硬い緑の葉の茂みにはブラックベリーの実がつきはじめていた。

道から奥に入る、さらに細い小道があった。「前にもそこを入っていったと思う」と、テッサは言ったが、内心では自信のなさを拭えずにいた。いつものことだ。なにしろ、今来た大通りを引き返すにも、道がわからなくなるタイプなのだ。同じ店の前を通っていたとしてもだ。

ジューンはまとわりつく一匹のアブを手の甲で追い払った。「どこに行くの?」と、大声で訊いた。テッサのビーチサンダルは歩くたびにペタペタと音をたてた。テッサは、この小道を覚えていた。今は生い茂る植物に覆われて薄暗く、標識の先端は折れ、入り口の門はツタにびっしりと巻きつかれていても。地面は記憶よりも湿って、じっとりと冷たくても。

ジューンが追いついてきた。「背中にアブがとまってたら殺してね。しつこく、ついてくるのよ」

小道が突然行き止まりになると、そこは小さな空き地で、周囲を大きな木々に囲まれた浅い池が現れた。その池の向こう側にあるのが、前回来たときに二人が見つけた木だった。低く広がった細い枝は水面に垂れ、小さな黄色い葉が枝にびっしりとついている。黄色い葉の間に、なにか他のものが見え隠れしていた。鮮やかな赤い色のもの。水面に触れそうなほど重そうに枝をしならせている銀色のなにか。枝の先で揺れているいくつものリボン。もっとよく見ているうちに、様々な色や形は、枝という枝に結びつけられた数えきれないほどの物体だと認識できるようになる。靴紐、ブレスレット、持ち手付きのポリ袋、三つ編みに編んである毛糸、手袋、その他種々様々なもの。

そこにあるすべてが静かで、まったく動かないように思えた。池の水面もまったく動かず、小さなさざ波ひとつ立っていない。

「ここのこと、忘れてたわ」ジューンが言った。

テッサはうなずいた。だが、テッサ自身は忘れていなかった。前回、二人は道に迷って、たまたまここにやってきた。そのときも、半ば恐ろしく、半ば美しいものを見るように木を眺めた。木はまるで、奇妙な美しい鳥が身をかがめているようにも見えた。テッサは願いがかなう木の話を聞いたことがあったので、すぐにこれがそうだとわかった。だが、なぜか、実際に見るまでは、もっと違う見かけで違う印象のものを想像していた。たぶん、もっと控え目な見かけで、こんな風に両手をいっぱいに広げているようではないと思いこんでいたのだ。

前回来たときは、二人共願い事をした。テッサがそれを提案すると、ジューンは呆れたように眼玉をくるりと回したが、しばらく木を見つめてから、手首につけていた革のブレスレットをはずして枝に吊るした。それから、黙って車に戻り、エンジンをつけたまま、ラジオに合わせて大声で調子っぱずれの歌を歌っていた。

テッサはポニーテールを束ねていたヘアゴムをはずした。車のほうを振り向くと、低いエンジン音が聞こえてきた。テッサは願い事が思いつかなかった。心のなかは完全に空っぽだった。ただ、心臓の鼓動が聞こえ、微《かす》かに喉がしめつけられるだけだった。願い事をするなんて簡単だと思っていたが、そうではなかった。いくら考えても、頭になにも浮かばなかった。いや、本当は、突然、思い出した出来事があった。それはある朝の記憶だった。母のジューンがシャワーを浴び終わったバスルームに、テッサは足を踏み入れかけた。うっかりやってしまっただけで、テッサにしてみれば、二人で笑いあえる程度のことだった。だが、ジューンは違った。鏡についた水滴を拭き、熱心に、でも悲しげに自分の姿を見つめていたジューンは、驚いた鹿のようにぱっと振り向いた。急いでドアを閉めながら、ドアがあかないように楔《くさび》代わりのタオルを隙間に突っこみ、怒った顔でこちらをのぞいた。そのあと二人は、なにもなかったようなふりをして過ごした。

それだけだった。テッサの頭には他になにも浮かばなかった。馬鹿げた話だ。その場でやるべきことはなにもできていない。母が早く出発したくて、そわそわしながら待っているのもわかっていた。テッサは枝にヘアゴムを巻きつけ、木から離れた。あのとき、本当はなにを願えばよかったのだろう？　ある朝の記憶以外にはなにも思いつかず、なにも願うことができなかったあのとき。

テッサはそのことを忘れようとしてきた。あのときするべきだった願い事は、時々、蛾のようにふわっと頭に浮かんだが、そのたびにテッサはぴしゃりと叩きつぶしていた。そして、もう完全に忘れたはずだったのに、この場所に来て、再び記憶が蘇った。

「前回、あなたが結んだ〝願い事〟はどこにあるの？」ジューンはすでに自分が吊るした革のブレスレットを見つけていた。それは少々色褪せた以外は、まったく以前と変わらず、とてもいい〝願い事〟に見えた。頑丈で揺るぎない願いに。「効き目がなかったら情けないわ」と、ジューンは言った。「あのデザインは、もう売ってないのよ」眼の前のジューンの手首には、健康にいいとされる磁気を帯びたブレスレットがはまっていた。テッサは、はじめて見るものだった。

テッサも自分の〝願い事〟を探したが、どこにも見当たらなかった。ある枝にはクリスマスツリーに飾るトナカイが吊るしてあり、また別の枝にはキーリングが結びつけてあった。もっと細い枝は、〝願い事〟の重みで水面に向かって大きくたわんでいた。『助けて』と書いてあるリボンも見えた。ヒナギクの花輪は乾いて縮み、ひとつひとつの花が固く閉じていた。

ジューンは木の周りをぐるりと一周した。「あの手袋はかびが生えちゃったのね。指のところが全部かびだらけよ」

テッサは木の幹の近くで体をかがめ、木の中心部分を見あげた。そのとき、自分が巻きつけたヘアゴムを見つけた。それは朽ち果てる寸前に見えた。内側のゴムが露出し、全体が薄くすり切れて、今にもぼろぼろと崩れてしまいそうだ。なんの願いもこめられていない、テッサの愚かな〝願い事〟は腐りかけていた。手の平が熱く、汗ばんだ。今、一番したいのは、ヘアゴムを枝からむしり取って永久に忘れてしまうことだ。ゴムに手を伸ばした。だが、もう少しで触れそうという瞬間、ヘアゴムは壊れた。片側が完全に分離してしまったのだ。テッサは反射的に手を引っこめた。なにか見えないものがぴりっと走るのを感じた。まるで、二つの強い磁石の間に手を置いたような感覚だった。ヘアゴムはいったん枝にひっかかったが、すぐに水面に落下し、水中に消えていった。

テッサはゆっくりと体を起こした。膝をこすりながら、〝この話はおしまい〟と心のなかで言った。それは心を楽にする言葉で、解決できない問題に区切りをつけるときに、テッサはよく使っていた。それから、テッサは願いがかなう木に背を向け、車のほうに向かった。

弱い風が吹き、願いがかなう木に吊るされたすべての〝願い事〟がいっせいに揺れた。最初はある向きに。次には別の向きに。

「捕まえた」ジューンがそう言って、脚にとまったアブを叩きつぶした。


二人は前回と同じ朝食付きホテル《B&B》に泊まった。そのほうが簡単だし便利だと、ジューンが言ったのだ。つまるところ、母には他のホテルを探す暇がなかったのだろう。

ホテルのフロントは全体が紺色と濃い茶色の木目調で統一され、壁には雪山の絵がいくつか掛かっていた。床には大きな花をちりばめた模様のカーペットが敷き詰められている。子供の頃、花だけを踏んで歩く遊びをしていたような模様だ。今も、テッサは無意識のうちに、花だけをたどりながら歩いていた。

ジューンはサングラスをはずし、手で円を描くようにして、両眼とこめかみをこすった。テッサは母を見つめた。運転中も、ジューンは何度も眼をこすっていた。母は次にどんな検査を受けると言っていただろう？　ジューンは運転中に、雨の話や、どんな靴を持って来たかという話の合間に、そのことにちらっと触れただけだった。テッサは正確な用語をひとつも思い出せなかった。ただ、〝考えても仕方ないことよ〟と言われたのは覚えていた。一言一句、ジューンはその通りに言った。ただ用心のために検査を受けるだけだ。二人共、それはわかっていた。

ホテルのオーナーのマグダは電話中だった。こちらに視線を向け、キーキー音をたてる柳製の椅子に腰をおろすように身振りで伝えてきた。車のなかで、ジューンは前回の滞在でマグダと話したことを順番に再現していた。ジューンもマグダもパンにアレルギーがあること。マグダが本当は海難救助隊で働きたかったこと。遭難した人を発見し、金具で固定してヘリコプターに吊りあげるのだとマグダは言っていた。「彼女の元夫は、ちょっとおかしな人だったみたいよ」と、ジューンはテッサに話した。「電話のときはいつもオーストラリア訛《なま》りだったって言ってたわ」ジューンは、いろいろな元夫についての話を聞くのが好きだった。テッサの父親はずっと昔に家を出て行ったが、出て行く直前に、いきなりチェーンソーを買って来て、庭の奥の生垣をクマの形に刈りこんだ。クマは、後足で立ちあがり前足を空中で振り回しているポーズをしていた。そのときジューンはテッサを身籠っていることを知らないまま、クマの前に立っていた。生垣のサンザシがしだいに伸びて、クマの姿がゆっくりと消えていくまで、いつもそれを眺めていた。

マグダが受話器を置くと、ジューンはフロントのカウンターに歩み寄り、微笑《ほほえ》んだ。「こんにちは」歯が全部見えるくらいの大きな笑みだった。

マグダも、ようこそと言って礼儀正しい笑みを返し、チェックインの手続きをはじめた。

「調子はどう?」必要な箇所を埋めた書類をペンで軽く叩きながら、ジューンが訊いた。カウンターの上には、真鍮の果物をいっぱいに盛った真鍮のボウルの飾り物が置いてあった。

「元気よ、ありがとう」マグダはそう言って書類を受け取り、確認した。「そちらはどう?」

「上々よ」と、ジューンは答えた。「きわめて上々ね」ジューンは、短く切りそろえてある髪の束を指でつまんでひねった。マホガニー色に染めた髪の髪質は硬く、かっちりしたショートボブが木彫りのように見えることがある。

「朝食は七時と九時の間よ。アレルギーがある食べ物があったら他のものを用意するから、前もって教えてちょうだいね」

ジューンはマグダの顔を見つめた。

「なにかある? アレルギーがある食べ物は?」マグダがもう一度訊いた。「ちなみに、わたしはパンが食べられないから、アレルギーの大変さはわかってるつもりよ」部屋のキーに手を伸ばしながら、言った。「最近はクラッカーが食べられるようになったけど、やっぱり同じとは言えないのよね」

テッサは、母が落胆したように微かに肩を丸めるのを見た。細い背骨がシャツのなかで一瞬、盛りあがって見えた。

「いいえ」しばらくして、ジューンは答えた。「アレルギーはないわ」

マグダは二人を二階に案内した。ゆっくりと歩きながら、一度は立ち止まってクモの巣をはらい、一度は落ちていた鳥の羽根を窓から外に捨てた。「この二つのお部屋よ」と、マグダは言った。着ているTシャツには、立てた親指の絵がついていた。

「二つ？」テッサは訊き返した。

「それぞれにシングルの部屋を予約したの。前回はツインルームに泊まったからだ。わたしからのプレゼント」ジューンが説明した。

二つの部屋はどちらも狭く、それぞれに、ラッカーで塗られた引き出し付きの棚と、椅子のないデスクと、扉に木の葉の浮彫模様が施された衣装だんすが備えつけられ、赤いプラスチック製の電気ポットと、ラブラドール犬の写真がついたマグカップが置いてあった。テッサの部屋は消毒の匂いがしたが、窓からは海が見えた。ほんのちょっぴり、建物と建物の間に小さな四角い海が見えるだけだったが。壁には、鉛筆で太陽と月を描いた落書きが残っていた。

「わたしたち、それを消さないことにしたの」マグダが説明した。「厳密には公共物の破壊だけど、そこまでのことじゃないわよね？」戸口のカーペットを足で蹴ってまっすぐに直した。二人にバスルームを見せて、朝食の時間をもう一度念押ししてから、マグダは部屋を出ていった。

ジューンは、テッサのスーツケースの周りをせわしなく動きまわり、服を取り出してはベッドの上に並べ、畳み直していた。

「町はきっと混んでるわね」テッサは言った。「何百人も観光客がいるんじゃないかな」窓に近づいたが窓ガラスは埃っぽく、そこに太陽の光が当たって、外にあるのはクモの巣状の光だけのように見せていた。まるで通りも建物も、窓そのものさえも存在しないようだった。

「このパジャマはなに？」ジューンがパジャマを掲げてみせた。

「やだ」振り向いたテッサは、パジャマを見て言った。「それ、ショーンのよ」

ジューンは唇を少し引き結び、パジャマを小さく畳んでベッドの端に置いた。衣装だんすの扉をあけ、テッサのコートを掛けようとしたが、ハンガーがレールに固定されているせいでうまく掛けられなかった。「わたしたちがハンガーを盗むっていうの？」ジューンが言った。「ホテル側がそう思ってるなら、失礼な話よね」呆れたようにハンガーに向かって首を振ってから、あきらめてコートをベッドの上に放り投げた。「失礼だと思うでしょう？」と、テッサに同意を求めた。それから、ゆるんでいたスカーフに気づき、片方の端をもう片方の端にしっかりとたくし入れ、結び直した。

夕方近かったが、外はまだ暖かかった。ジューンとテッサは町まで歩いて出かけた。通り過ぎる家の大半は、嵐が多い気候に耐えるために小石《ペブルダッシュ》を混ぜた壁で建てられた平屋住宅だった。

テッサはカフェを見つけて新聞を買いたかった。新聞に出ている写真──知らない国の夜景、砂漠、人々──を見るのが好きだった。記事をまったく読まずに写真だけを眺めるときもある。そんなときは、やつれて悲しげな異国の人々の顔をただ見つめていた。普段なら、今頃は仕事を終えて、角砂糖を三つ入れた紅茶を飲んでいる時間だった。夕方五時に紅茶を飲むのは習慣になっていて、そうしないと手が震えてくる。テッサはガーデン・センターで働いていた。サボテンからシャンデリアまで、ありとあらゆるものを売っている巨大なショッピング・センターだ。袋入りの乾燥豆やシャベルや花瓶がずらりと並んでいる売り場が好きだった。「サボテンとシャンデリアが同じ屋根の下で買えるお店なんて、他にある？」と、よく口にした。もう何年も、テッサは今の職場で働いていた。

ジューンは、海沿いの道に散歩に行きたいと言った。

「ほんとにそうしたいの？」テッサは訊いた。

ジューンは立ち止まって答えた。「別にいいじゃない」

テッサはバッグから財布を取り出し、しばし見つめてから、また仕舞った。「ちょっとだけよ。

夕食まで時間はあるの？」ジューンは疲れているように見えた。そういうときにいつもするように、口元をぎゅっと引き結んでいる。数年前、二人で一日料理教室に参加して、飴細工の作り方を習ったことがあった。両手を溶けたザラメのなかに突っこむ前に、まず氷のなかに入れて冷やすように教えられた。テッサは氷の冷たさ程度で手を守れるのかどうか疑ったが、ジューンは口元を硬く引き結んで言われた通りにした。溶けたザラメを手に絡《から》めて、でこぼこした籠のなかで、ぐるぐる回した。

「どうせ、なにも計画してないんだし」と、ジューンは言った。

道は浜辺の端に沿ってカーブし、崖に向かってのぼり坂になっていた。二人は、羊が新鮮な草を食べている野原を通り過ぎた。羊たちは顔をあげ、二人の姿を見ていたが、眼の前にくる寸前に散り散りに逃げていった。野原を過ぎると、崖の上に出る門があり、その先に崖の縁ぎりぎりに沿って小道がのびていた。針状の葉一面に羊の毛が絡みついているハリエニシダが広がり、崖の縁にはハマカンザシが咲いていた。ショウドウツバメが、風向きを見ながら巣を出たり入ったりしていた。

町なかにいるよりずっと風が強かった。テッサのゆるいシルエットのパンツは風にあおられ、脚に張りついたり、テントのように膨らんだりした。崖が浸食されている場所には低い柵が設置されていたが、それ以外の場所は、小道と海の間になにも障害物はなかった。テッサは風に飛ばされる自分を想像した。崖から落ちるのではなく、海の上まで飛ばされて、永遠にどこにも着陸しない自分を。

ジューンは先に立って歩いていた。母はいつでも先にいた。テッサが子供の頃は、テッサを後ろに従えるか、混んだ道では後ろ手にテッサと手をつないで歩いていた。急にジューンが立ち止まり、崖の端から身を乗りだして下をのぞきこんだ。その姿は、一瞬、前のめりに倒れるようにも見え、テッサの心臓は喉元まで跳ねあがった。走ってジューンのそばに行き、Tシャツの裾を後ろに引っ張った。

「あれを見て」ジューンは体を戻しながら言った。テッサがのぞくと、崖の下に波が打ち寄せては、一列に並んでいる岩を破壊していた。波が岩にぶつかり、砕け散るたびに、巨大な水しぶきの柱が何本も立った。岩の列はどこまでも続き、海は魚の鱗のように光っていた。

「いつか崖が崩れるかもね」テッサは言った。崖は切り立っていて、それを形成する岩は滑らかで、暗紅色の縞模様だった。

「崖はそう簡単に崩れないわよ」ジューンが反論した。「それはわかる」

「わからないわよ。突然、崩れるかも」

「ほら、見てちょうだい」ジューンは二回ジャンプしてみせた。「こんなに硬いのよ」

「だけど、突然、崩れるかも」テッサはもう一度言った。母の腕をつかんで、崖から離れたかった。

ジューンが、またジャンプした。ポケットからティッシュが一枚はみ出し、ひらひらと落ちた。

「飛行機が近所に低く飛んで来ると、あなたはいつもテーブルの下に隠れたのを覚えてる？」ジューンは、もう一度崖の下をのぞいてから小道に戻った。「壁を壊して家に突っこんでくると思ったのね」

「その一回だけでしょ」と、テッサは言ったが、実際、今でも飛行機の音を聞くたびに、そのことを思い出していた。それくらい、すぐ近くを飛んでいたのだ！　テッサは呼吸を整え、同時に喋ろうとした。体が重く動かしづらかった。まるで、誰かに足首をつかまれているようだ。ジューンがつけているデオドラント剤の甘ったるく強い匂いが空中に漂った。

絶壁の突端はボートの先のように張り出していた。二人が歩いている小道の先はそこで二つに分かれ、より狭いほうは海に向かって下っている。ジューンは立ち止まって、その道の先を眺めた。

「ここをおりるのがいいわね」

「険しそうだけど」テッサは言った。

「おりなくちゃ。おりたら、ビーチがあるかもしれないわよ」

「ビーチなら町にもあるよ。そっちに行けばいいんじゃない?」町のビーチは通りから行くのも簡単で、たくさんの人がいた。急斜面で立ち往生することもない。

ジューンはどちらの答えともつかない言葉を低く発したが、急勾配の下り坂のほうに曲がった。よくあることだった。母はすでに答えが決まっていても、聞き取れない雑音のような声でしか返事をしないのだ。

母との話し合いはたいてい話し合いにさえならない。一番最初に病院から電話をしてきたときもそうだった。母は一度病院に入院していて、また入院しなければならないと言った。テッサはすぐに車で行って付き添うと言った。「そんな長距離の運転することないわ」と、ジューンは答えた。「そんなこと意味がないし、なんの役にも立たないわよ」テッサはそれ以外の会話を思い出せなかった。覚えているのは、メモ用紙にペンを強く押しつけながら、ぐるぐると円を描き続けている間、受話器の向こうで聞こえる母の乾いた息遣いが、冷たい雪が降る音に聞こえたことだけだ。テッサはそれ以上は主張しなかった。母に逆らわず、言いたい言葉を飲みこんだ。すぐに行くからという言葉を。

テッサは、細い下り坂に足を踏み出した。道の傾斜は急だった。地面は石だらけで、特にビーチサンダルでは滑らないようにおりるのは難しかった。テッサが一歩踏み出すと、小石がカラカラと転がり、ジューンの足元のすぐ脇を落ちていった。ジューンは体を後ろに傾けてバランスを取りながら、しっかりとした足取りで歩いている。「待ってよ」大声で母を呼んだ。ジューンを真似て体を後ろに傾けようとするが、一歩進むたびに体が前のめりになってしまう。

「膝を曲げなさい」ジューンも大声で答えた。

どうやって？　テッサの脚は曲がろうとしてくれない。どうしてもまっすぐなまま固まってしまう。足を滑らせたとたん、さらに小石が転がり落ちた。バッグの紐が肩にめりこむ。小さな白い花をたくさんつけたヘザーに覆われた崖は、低く垂れこめた白い霧のようだ。その美しい景色はテッサの気をまぎらわせてくれると同時に、眼の焦点を狂わせた。先を歩く母親の姿を見ようとしたが、顔をあげると、また足を滑らせてしまった。今回は踏みとどまることができず、派手に転んだ。腰のあたりに強い痛みが走った。

大きな音にジューンが振り向き、ちょっとためらってから引き返して来た。「どうしたの？」喉から、微かに甲高い喘鳴音《ぜんめいおん》が聞こえた。

テッサは転んだせいか、子供に戻ったような気分だった。不可思議な涙がこみあげた。転んだショックと、小石がめりこんだ手の平に感じる鋭い痛みのせいだろうか。「坂が急すぎるよ」テッサは言った。足首に痛みを感じ、体が熱く、服は埃だらけになった。

「ほら」と言いながら、ジューンは手を差し出し、テッサを立たせて、Tシャツの背中の埃をはらった。ジューンの手は力強く有能だった。テッサはいつも、三十歳になったら自分の手も力強くなり、誰かの背中の埃をはらったり、タイヤを交換したりできるようになると信じていた。だが、今のところ、テッサの手は昔と同じだった。

ジューンはテッサのバッグを拾い、自分の肩に掛けた。テッサはひねった足首に体重をかけてみた。足を踏み出すたびに、腰を片側に突き出すようにすれば歩けることがわかった。二人の歩みはゆっくりになった。海が息を吸っては吐くように、波が打ち寄せていた。ショウドウツバメが曲線を描いて飛んでいた。二人が町のビーチを通り過ぎたとき、太陽は波が引いたあとの濡れた砂を照らし、ぴかぴかした銅製の鍋のように輝かせていた。

その夜、テッサはベッドに横たわり、眠りのなかを漂いながら出たり入ったりしていた。部屋は暑く、煙草の匂いが気になった。テッサがあけ放った窓辺でカーテンが揺れるさまは、誰かが踊りながら部屋を出たり入ったりしているようだった。足首はまだ痛んだ。鎮痛薬《パラセタモール》が効いていないのだろう。部屋の外の廊下から、足音や囁《ささや》き声の端々――〝リンゴ〟、〝そうだったかもね〟、〝そうじゃなかったら〟――が聞こえていた。ドアがあき、また閉まる音が聞こえた。

テッサは枕を抱きかかえて、寝返りを打った。ショーンと付き合いはじめてから、別々に離れて眠った日は数えるほどしかなかった。眠るとき、ショーンはテッサを抱きしめる。ショーンには眠りに落ちながら舌を鳴らす癖があり、その唇はいつもテッサの耳元にあった。テッサは余分の枕を縦にして両腕をまわし、両膝で挟むようにしたが、同じとは言えなかった。枕を乱暴に叩いてから押しのけた。しばらくして、浅い眠りに漂いはじめた。眠りのなかでブレスレットやリボンや木の葉が互いに絡まりあっていた。

やっと深い眠りに落ちかけたそのとき、隣のジューンの部屋から大きな物音が聞こえた。ガシャン！　となにかが砕ける音。そして、しんとした。テッサはベッドの上で起きあがり、耳をすました。なにも聞こえない。それから、ジューンは起き出したらしく、ベッドがきしむ音が壁越しに聞こえた。バスルームの換気扇をカチリとつける音がした。横になったまま待ったが、換気扇はいつまでも音をたてて回り続け、スイッチが切れる音は聞こえなかった。

テッサは立ちあがり、壁の向こうに耳をすました。それから、部屋のドアに掛け金だけをかけてから、ジューンの部屋の前に立った。咳の音、次にもっと長い咳の音。そして、静かになった。テッサはそっとドアをノックした。返事はない。廊下にはビールの空き瓶が二本置かれていた。いくつか離れた部屋のドアから静かな笑い声が聞こえてきた。テッサはあきらめて自分の部屋に戻り、また横になった。換気扇の音は止まっていた。隣の部屋でジューンが歩きまわる足音がした。せかせかと歩きながら、なにかを手に取り、また置いているところが眼に浮かぶ。歩きまわりながら、窓をあけたりもするだろう。さらに数分後には、小さなテレビの音が聞こえてきた。

　しばらくして、テッサはやっと少しの間うとうとすることができた。朝になって目覚めたときは、冷たい汗をかいていて、頭が重かった。枕はくしゃくしゃに積み重なり、半分ベッドから落ちかかっていた。上掛けは完全に床に落ちていた。


　朝食時、ジューンは半分に切られたグレープフルーツにスプーンを刺して、ひとつひとつの房を取り出しながら食べていた。食堂全体に、皿やナイフがカチャカチャという音が響いていた。テッサはトーストを紅茶に浸して食べていたので、ティーカップにふやけたパン屑が浮いていた。隣のテーブルのカップルは、顔を近づけて小声で言い争いをしているようだった。「あなたが消すって言ったじゃない」と、女は繰り返している。会話は同じところをぐるぐる回っている。

　テッサたちはホテルにぐずぐず残っていたりはしなかった。すぐに出かけて、本屋や土産屋を見てまわった。暑い日で、風はなく、途中でにわか雨が降った。観光客は雨の匂いを連れて店に飛びこみ、肩の水滴をはらったり、濡れた髪を振ったりした。

　テッサは、プラスチック製の〝歌う魚《シンギング・フィッシュ》〟のおもちゃを手に取った。作り物の魚が皿の上で歌を歌い出す仕掛けだ。「ショーンが大好きなの」

「なんだか安っぽいわね」ジューンは言った。

「これは、舟歌を歌うって書いてある」テッサは〝歌う魚〟を買い、贈り物用に包んでもらった。

ジューンは冬に備えてセーターを買いたがった。何事も用意万端にしておくのが好きなのだ。テッサが子供の頃、ジューンは前の年に半額セールでイースターエッグを買っていた。

ジューンはセーターを試着して、テッサにも見せようと、試着室のカーテンをあけた。セーターは薄い黄色で、それを着ると、ジューンの肌は漂白したように白く見えた。眼の下の薄い皮膚には痣と見間違うほど濃い隈が目立ち、頰はこけて影ができていた。まるで、二十ポンド以上体重が落ちてしまったようだ。テッサが首を横に振ったのを見て、ジューンは心のなかで色がよくないだけだと自分に言い聞かせた。黄色のセーターが似合う人なんてどこにもいない。それに、更衣室の照明もよくない。更衣室の照明の下に立つと不健康な顔に見える。それは誰もが知っている事実だ。

ジューンの学校時代からの友人アリスは、町はずれの緑あふれる大通り沿いに住んでいた。通りに建つどの家にも大きな張り出し窓があり、通りすがりに家のなかの光景――昼食を囲む家族や、壁際で光るテレビ画面――を眼にすることができた。

呼び鈴に応えて玄関口に出て来たアリスは、ジューンの両頰にキスをしてから後ずさって顔を眺めた。アリスは背が高く、十本の指すべてに太い指輪をしていた。部屋のなかに入ると、ジューンの足に犬がまとわりついてきた。ジューンは半分しかめ面のまま弱々しく微笑んだが、体をかがめて撫ではしなかった。

キッチンに、頰に青い縦縞のフェイス・ペイントをした女の子がいた。

「ホリーが仕事の間、エイミーをうちで預かってるの」と、アリスは言った。「お湯を沸かすわね」

テッサはテーブルの周りの椅子に座ったが、テーブルの上は新聞紙で覆われ、奇妙な青や黄色の人間たちを描いた絵でいっぱいだった。絵の人間は両腕が紙からはみ出すほど長く、頭はカボチャのようだ。女の子が近づいて来て向かい側の椅子に座り、テッサの顔をじっと見た。ジューンとアリスはすでに、テッサが一度も会ったことのない古い共通の友人の噂話に花を咲かせていた。

「彼女がどうなってるか知ってるわよね」と、アリスが喋っている。「完全に、自宅に閉じこもってるらしいわ。最近は、わたしにもほとんど連絡がないのよ」アリスは冷蔵庫をあけてのぞきこんでから、また閉めた。アリスは気が散りやすい性格だ。やかんのお湯も、いつも沸かしては忘れ、また沸かす。前回来たときもそうだったと、テッサは思い出した。

「絵葉書をくれたから、バカンスに行ってるのかと思ってたわ」ジューンが答えた。「彼女が育った村からだったけどね。ガーゴイルだらけの教会が写ってたから、わかったのよ」

テッサは絵の上に斜めに肘をついていた。指に唾をつけ、テーブルにはみ出した部分をこすって消そうとした。

エイミーはまだテッサを見ていた。「あたしのお城を見に来ない?」と、言った。

テッサはエイミーに微笑みかけたが、立ちあがろうとはしなかった。テーブルの上の絵をまじまじと見ていた。

「エイミーはいつも、自分の物を見せたくて仕方ないの」アリスが言った。「紅茶を淹れたら二階に持って行くわね、テッサ」それから、またお湯を沸かしはじめた。

テッサは否応なしに、エイミーのあとについて二階に行くことになった。連れられていったのは、低く斜めになった天井の屋根裏部屋で、蝶々の形をしたベッドが置かれていた。テッサは棚に飾ってあったプラスチック製のドラゴンにぶつかり、危うく棚から落ちる寸前に手で押さえた。それから、脚を組んで床に座った。

「緑茶をお願いできる?」階下から母の声が聞こえた。

「いいですとも」と、アリスが答えている。「コーヒーは全然飲まないの?」

二人の話し声は二階まで漏れ聞こえてきた。時々は大きく、時々は聞こえないくらい小さく。

「お城は好き?」エイミーが訊いた。「好きって言ったよね」すぐに疑い深げな表情になり、テッサをにらんだ。

「うん」テッサはそう答えながら、階下の会話を聞き取ろうとしていた。「お城は好きだよ」子供の扱いはいつも苦手だった。子供にいきなり質問をされても厄介なだけだし、黙って肩をすくめてやり過ごすこともできない。子供は決してあきらめず、答えを期待する顔で見つめてくる。仕事中に、「どうしてここにいるの?」と、ダッフルコートを着た小さな男の子にいきなり訊かれたことがあった。「どうしてここにいるの?」

「あたしのお城は幽霊が出るの」と、エイミーが言った。階下から笑い声が響いた。

「あたしたち、テディ・ベアを幽霊から救い出さなきゃならないの」突然、エイミーは悲鳴をあげて、城を揺すった。

「助けて」と、テッサは言いながら、半分上の空で馬のおもちゃを振った。「助けて、助けて」馬のいななきを真似しようとしたが、うまくいかなかった。

「大変だったわね」と、アリスが言っている。「他にもよさそうなことが……」

「原因を見つけるために……」というジューンの声。「……なんでもやってみるといいって言うのよ……病院の先生は……」

エイミーがまた悲鳴をあげた。

「別の週に読んだ記事だけどね……雑誌に……」アリスの声は階段の半分までで立ち消えてしまう。テッサは馬のおもちゃを置き、痺《しび》れた脚を伸ばして立ちあがった。階下の話をちゃんと聞きたかった。ビー玉や、子供用の編み針や、空気を入れて膨らます丸い地球儀をよけてドアに向かった。

「なにしてるの？」エイミーは、値踏みするような冷ややかな眼でテッサをじろじろと見た。

「幽霊は部屋の外にいるかもしれないでしょ、廊下とか」とテッサは言い、屋根裏部屋を出て階段の一番上に立った。

「馬鹿じゃないの」エイミーは言った。「あたしが考えた幽霊なんだよ」

「その女の人はね」と、アリスの声。「正真正銘、裸で海に入って……水泳を……冷たい海水がショック療法になってね。驚くべき変化が起きたのよ」

ジューンが声をあげて笑い、続いてアリスも笑った。水音と、シンクで陶器を洗っているらしい音がした。

「とにかく、あなたも試してみるべきよ」アリスが言った。「真面目な話よ」

「あたし、おばあちゃんになにか見せる」エイミーがテッサを押しのけて階下に駆けおりて行き、テッサもあとに続いた。

エイミーとテッサが階下に着くと同時に、ジューンが言った。「そうね、いいんじゃない？　なんでもやってみるって言ったでしょ？」テッサたちが部屋に入っていくと、アリスとジューンはさっと振り向いた。

「紅茶をどうぞ、テッサ」アリスはポットにお湯を入れた。「この前、あなたのことを考えてたの。ヒヤシンスを買ったときにね。植木鉢にもう球根が植えてある種類なの」

「うちの店でも、そういうのをたくさん扱ってます」テッサの頭のなかで様々な思考が駆け巡った。

「わたしはヒヤシンスの匂いが耐えられないのよ」ジューンが言った。「お墓のなかでなにかが腐ってるみたいな臭いがするわよね」キッチンは絵の具に似た匂いに満ち、降り出した雨の粒が窓を叩いていた。

「一緒にやればいいじゃない」いきなり、テッサは大声で言った。強く異議を唱えるような口調だった。

「やるってなにを?」ジューンが訊いた。

「泳ぐこと。水泳」

ジューンはテッサを見つめた。「聞いてたの?」

「あら、ジューン。完璧よ!」アリスは叫んだ。「いいこと言うわね、テッサ」

ジューンはテーブルに近づき、絵を眺めた。「聞いてるとは思わなかったわ」

「一緒に行ってあげる」テッサはもう一度言った。なぜだか、海のそばにいる今、すぐに実行しなければならない気がした。先延ばしはできない。テッサは波と冷たい水を思い浮かべた。

ジューンは押し黙り、しばらくして、やっと口をひらいてひと言だけ言った。「よく考えて」

テッサは夕食の間、よく考えた。ジューンはラザニアをつつきながら、喋り続けていた。どんなパブが好きか、家を何色のペンキで塗りたいと思っているか、数年前に経験した洪水のときはどんな風だったかなど、次々と話題を変えて話し続けた。それから、デザートのプディングを注文し、一時間ほどかけて食べた。

部屋に戻ったときには、すっかり遅い時間になっていた。テッサはジューンのベッドに腰かけ、さらに考えた。今夜が最後の夜だ。すでにジューンは、翌朝、渋滞と強い日差しを避けるために、なるべく早く出発したいと言っていた。ジューンの右腕は、来る道中で真っ赤に日焼けしていた。

テッサはまだ靴を履いたままだったが、ジューンはとっくに脱ぎ捨てていた。ジューンはテレビをつけた。空は暗い紺色に変わり、街灯の灯りが部屋に差しこんでいた。

「わたしはやるつもりよ」テッサは言った。ジューンが部屋のなかを休みなく歩きまわっている間、ベッドに寝そべって壁の向こうの物音に耳をすましながら、考えていたのだ。「わたしたち、やらなくちゃ」

ジューンはテレビから視線を離さずに言った。「本当はやりたくないでしょう」

「二、三マイル行ったところに小さなビーチがある」テッサは言った。「地図で見たの。車でそこに行けばいいよ」

「そんな必要ないわ」ジューンはそう言い、テレビに映っている、普段は大嫌いなコメディアンを見て笑った。

テッサは立ちあがり、バッグに荷物を詰めはじめた。タオルと部屋のキーと日焼け止め。それから、日焼け止めは取り出した。

「ねえ、そんな必要ないわよ」ジューンはもう一度言った。「他にも人がいたらどうするの？　それでもやりたいと思う？」

「わからない」テッサは、母に尻ごみしてほしくなかった。「行ってみるしかないでしょ」実のところ、他にも人がいることは考えていなかった。考えていたのは、とにかく行ってみようということだけだった。とはいえ、テッサの心のなかには、母の抵抗に負けてバッグを投げ出しドアに背を向けようとする、もうひとりの自分もいたのだが。

ジューンはベッドカバーをまっすぐに直し、靴を履いた。それから、テッサとジューンは静かにホテルを出て、ビーチに向かった。

潮はちょうど引いていて、砂浜は薄い灰色の翼のようにカーブしながら張り出していた。駐車場から見おろすと、風に吹かれてさざ波が立っている海は黒っぽい布のように見えた。

「浜まではだいぶ歩かなきゃね」テッサが言った。

「潮が満ちていたら、駐車場でも泳げたのにね」と、ジューンが返した。

駐車場には誰もいないことをテッサは祈っていた。そして、結局のところ、時刻は午前一時なのだから気にすることもなかった。午前一時！　こんな時間に外にいるなんて何年ぶりだろう。駐車場には他に二台の車が停まっていた。近くに誰かがいると思うだけでテッサは不安だった。ジューンは、若者が砂山の陰に隠れてマリファナでもやっているのだろうと言ったが、それを裏付けるものは見当たらなかった。テッサはずっと、小さな動きを感じるたびに周囲を慎重に見まわしていた。

外は寒くなかった。少なくとも、テッサが予想していたほど寒くはなかった。実際、夜中の海辺は奇妙に美しかった。強い風で雨の名残りは跡形もなく吹き飛ばされていた。空気は夜の匂い――温度が下がっていく舗装道路の匂い、海から漂ってくる潮の香り、煙の匂い、自分自身の肌と服の匂い――に満ちていた。そして、辺りはとても静かだった。聞こえるのは遠くの波の音と、細長いマラムグラスの葉が微かな風にサラサラとこすれあい、声を殺して囁きあう音だけだった。空にかかった月は、その骨ばった体を雲の後ろからのぞかせていた。

ジューンはぶるっと震え、上着をきつく体に引き寄せた。「こんなに寒いと思わなかったわ」と、言った。「たしか、もうすぐ夏だと思ったけど」

浜に着くと、テッサは砂山の陰まで歩いていった。歩くたびにスニーカーが白っぽい砂をジーンズの裾に跳ねあげた。砂で作られたカメをうっかり踏んでしまったテッサは、急いで元通りにした。呼吸が弾み、心臓の鼓動が早くなっているのを感じた。顔をあげると、浜に打ち寄せる波の境界線が視界に入った。それはまるで黒いネックレスのようだが、近づいていくと、砂の上に広がる無数の物だとわかる。眼の前で海藻やプラスチックや小枝や鳥の羽根に姿を変える。

さらに歩いていくと、大きな岩が並んでいる場所があった。テッサは岩陰で立ち止まり、そこにバッグを置いた。月の上を雲がひと切れ横切っていった。

テッサは上着を脱ぎ、バッグに仕舞った。ジューンはひと房の髪を頬に張りつかせたまま、海を眺めていた。浜に人影はなかったが、テッサは何度も周囲を見まわした。

ジューンはやっと海から視線をそらし、振り向いた。テッサを見て声をあげた。「なにをしてるの？」

テッサはシャツとパンティだけの姿で、体を暖めようとスキップをしていた。「どういう意味？」太腿に鳥肌が立っているのが、自分で見なくてもわかった。

「どうして服を脱いでいるの？」

テッサはスキップをやめた。「これからやることのために決まってるじゃない」

「本当にやるとは思わなかったわ」ジューンは、テッサの剝き出しの脚を見つめた。「本気なの？」

「もちろん、やるわよ」テッサは答えながら、傷ついていた。「もちろん、わたしはやる」

ジューンがうまく腕時計をはずせなかったので、テッサが代わりに留め金をはずし、バッグに仕舞った。ジューンはカーディガンのボタンをはずし、スカートのファスナーをおろした。それから、ゆっくりとスカーフをはずした。ちらりとだが、母の首元がはっきりと見えた。そこには唇と同じカーブを描く小さな青白い傷跡があった。

テッサはすばやく下着を脱ぎ、バッグに詰めこんだ。ジューンも下着を脱いだが、それは着古した粗末な布地だった。二人はひと言も喋らなかった。テッサは海に向かって歩きはじめた。

そのとき、こちらに向かって歩いて来る人影が見えた。テッサは母の腕をつかみ、急いで岩陰まで戻って、そこで裸のまましゃがんで身を隠した。それは間違いなく人影だった。だが、もしかしたら、海に立つ石像だったのかもしれない。

ジューンは片方の腕で胸を隠し、膝をついていた。裸の肌は青白く、弱々しかった。腕に浮いた血管と、乳首の周囲に浮いている色褪せた筋のような血管が見えた。胃袋が少し下がっているのが見て取れ、肋骨の形がくっきりと浮き出ていた。肩の皮膚にはしわが寄り、全体にほくろが散っていた。ジューンは以前より痩せていた。まるで崖が崩れるように、彼女のなにかが崩れ落ちてしまったようだった。

テッサとジューンは、岩陰でできるだけ頭を低くしてしゃがんでいた。「最悪ね」ジューンが小声で言った。

テッサはうなずいた。テッサは全身砂だらけだった——両方の耳も、足の指の間も。だが、見渡せば、すばらしい光景だった。いまや空にほとんど雲はなく、一面に星が瞬《またた》いていた。「もう大丈夫だと思う」テッサは言った。

ジューンはもうしばらく経ってからゆっくり立ちあがり、膝と手の平の砂をこすって落とした。手の平には砂粒がめりこんだ跡がついていた。子供の頃、テッサは、こんな風に母と一緒にいる夜に想像したことがあった。母と自分の体が暗い秘密の影に溶けこみ、暗闇のなかで混ざりあうことを。だが、今、夜の浜にいる二人は信号灯《ビーコン》のように青白く光り輝いていた。

海はさっきとは違い、ただの黒い布ではなかった。呼吸をする生き物——脚も腕も肺もある——

に生まれ変わっていた。それは小石をつかんで投げたり、また引きずり戻したりした。海に引きずられた砂は濡れて固まり、砂というより粘土のようになっていた。一歩足を踏み出すごとに足が一インチずつ沈み、その周りに水がたまった。二人共、生まれてはじめて海に来たような気分だった。

水に近づくにつれて寒くなってきた。テッサの皮膚の細胞すべてが、海に背を向けて、暖かい車内に走って帰りたいと叫んでいた。だが、テッサは深く息を吸いこみ、水に足を踏み入れた。氷のような海の水が足首の周りで跳ねる。テッサはさらに深い場所へと、どんどん足を進めた。水が冷たくて感覚がなくなりそうになったら、早くお腹のあたりまで浸かってしまうのがいいと聞いたことがあったからだ。後ろから母がついて来る水音が聞こえ、両脚に海藻が巻きついて毒づく声もした。

しだいにテッサは水の冷たさに慣れてきた。小さな波が胸や腕に当たった。水をかきわけて進むと、すぐに肩まで水に浸かるようになった。テッサは水中に頭を沈め、泳いだ。顔が波のなかを流れ、髪が黒い滑らかなロープのようになびいた。体は水を薄く切り取るように軽々と進んだ。

ひと波分を泳ぎきると、テッサは波間に浮かびあがり、周囲に眼を凝らした。少しの間、完全にジューンのことを忘れていたのだ。海面に顔を出したまま、かなりの範囲を漂ってみたが、どこにも母の姿は見えない。風が次々と海を捉えて持ちあげ、いくつもの尖った山に似た波を作る。あきらめずに海面を見つめているうちに、テッサはやっと波間でもがいているジューンを見つけた。ジューンはまだ深い場所まで来ていなかった。だが、まるで足が水底に届かないというように、両腕を振りまわしていた。そのうちに転んだらしい。水面に尻が浮かんだ様子はクラゲのようだった。テッサは泳いで引き返し、途中からは水をかきわけて歩いた。ジューンのそばまでたどりつくと、体を支えて、まっすぐ立てるようにしてやった。

「つまり、わたしは泳ぎがうまくないってことよね」ジューンはテッサの眼を見ずに言った。その声は細く、かすれていた。鼻からも口からも、泡になった水が垂れていた。テッサもジューンも、全身に鳥肌が立っていた。震えているジューンの体が立っていられるように、テッサはしっかり抱きしめた。波が次々と二人の体に打ち寄せた。小さな波だったが、それでも衝撃はあり、ジューンは後ろによろけた。「これが体にいいとは思えないけど？」と、ジューンは言った。化粧が波に洗われ、顔の骨格が表面に現れまいと最後の悪あがきをしているように見えた。「わたしって泳げなかったのね」

テッサは母の海水で濡れた顔を見おろした。「さあ、どうかな」ジューンの体に手を添えて、半分は歩きながら、半分は前に向かってジューンの体を浮かすようにした。水はジューンの体重の大半を支えた。波をかぶるたびに、ジューンはぎゅっと眼を閉じ、テッサの腕を強くつかんだ。海はしだいに深くなり、しばらくして、二人は立ち止まった。テッサの腕をつかみながらも、ジューンは体を浮かそうとはしていた。波が押し寄せ、ジューンはむせて咳きこみ、海水を吐き出した。両腕は弱々しく海面を叩いている。テッサは母を助けながら泳いでいた。母の小さな体には重さがなく、寄る辺ないものに感じられた。そんな母をテッサはしっかりと抱え、決して放さずにいた。

ミセス・ティボリ

Blue Moon

　わたしは両手と両膝をついてミセス・ティボリと同じ目線になり、彼女を捕まえようとした。だが、もう少しというところで彼女は本棚の下に跳びこんでしまった。その場で小さく縮こまり、お尻を床につけて座りこんだまま、壁に体を押しつけて震えている。彼女の眼玉がくるりと回り、あえぐような悲鳴が空気を切り裂き、張りつめた冷たい空気の波がわたしの皮膚を上下に走った。「出てきてくださいな、ミセス・ティボリ。大丈夫ですから。どうか安心してください」ミセス・ティボリは、ますますきつく体を壁に押しつけた。着ている服の毛羽立った表面が壁の漆喰にこすれている。部屋のなかを見まわすと、寝室に通じるドアがほんの少しあいていた。さっきまで部屋にいた彼女の訪問客が、三階分の階段を一階の受付までゆっくりとおりる足音が小さく聞こえてくる。「大丈夫ですよ」わたしは、なんとか彼女をなだめようとした。「そこにいていいですからね、ミセス・ティボリ。その場所にいてください。わたしはここに座って、待ってますから」と言い終わるなり、寝室のドアに突進し、バタンと閉めた。それは間一髪とも言えた。なぜなら、すでにミセス・ティボリもドアに向かってあと半分という距離だったからだ——長くて筋肉質な彼女の脚が床を蹴った。彼女は立ち止まり、せわしなく周囲を見まわしてから、今は後ろ足にあたる激しく震える手で耳の後ろを掻いた。わたしは壁にもたれ、次にどう行動を起こせばいいかを忙しく考えた。

　こうした場合に踏むべき細かい手順はあるのだが、正直に言うと、そのとき、わたしの頭からは吹き飛んでしまっていた。思い出せるのは、ドアと窓をすべて閉めるということだけだった。〝変身妄想〟が起きた場合、すべての過程を日誌に記録するのはスタッフの決まりになっていた。症状がはじまる直前の出来事、予想される原因、変身妄想が続いた時間など——余分の事務仕事は面倒だったが、昨今、官僚主義的ではない仕事など、どこにあるだろうか？

ミセス・ティボリがノウサギに変身した（と思いこんでいる）のを見たのは、これがはじめてだった。ただし、日誌にも、彼女がそうなったという記録はどこにもなかった。例えば、キッチンのケチャップがなくなっていることがわかったとき、誰かに〝変身妄想〟が起こる。または、お気に入りのテレビ番組を見逃した誰かに。だが、普段のミセス・ティボリに、まったくその兆候はなかった。いつも落ち着いて、今の環境に満足しているようだった。彼女が混乱することなどありえないように見えた。

〈ブルー・ムーン〉は、四年前に開業したばかりの老人ホームだ。通常の施設には入所を断られるような一定の層の高齢者に食事と身のまわりの世話を提供する特別なホームで、当時は、はじめての試みだった。〈ブルー・ムーン〉設立のニュースはすぐに広まり、世界中——フィジーやキューバからウラル山脈まで——から申し込みが殺到した。もちろん、地元からの申し込みが優先されたのは言うまでもない。常識的な管轄区域内であるほうが、なにかと便利に決まっている。ホームは初日から満員で、キャンセル待ちリストも三回分まで埋まっていた。できたばかりの施設には、あらゆる最新機器が備わっていた。古い建築物は住人に悪い影響を及ぼすのではないかという研究結果がある。建物の壁に染みついたかつての住人の声や感情、そこで起きた出来事が住人の感性に影響を与えるというのだ。それに引き換え、新しい塗料や建築ボード、新しいカーペットのゴムに似た匂いなどは、住人の精神を落ち着かせる効果があるらしい。それも〈ブルー・ムーン〉の人気が高かった理由のひとつだった。

どんな新しい施設でもそうだが、入所者全員が落ち着くまでにはしばらく時間がかかった。最初のうち、施設は文字通り混乱の坩堝《るつぼ》だった。紅茶を淹れるたびに、誰かがそれは血液だとか油だとか大騒ぎをした。誰もかれもが、いつも部屋を間違えて別の入所者の部屋に入っては、レコードや処方箋を盗んだ。スタッフは、港まで入所者を捜しに行っては、結び目のあるロープのように長いほら話を地元の漁師に披露している彼らを見つけ、連れて帰った。掃除機のゴミ袋は、いつも土と小枝と指の爪でいっぱいだった。入所者が浴槽のなかで混ぜ合わせたなにかを掃除するのは悪夢だった。漂白剤を使っても、それは完全には落ちなかった。仕方なく、スタッフが何時間もかけてゴシゴシこすった。ゴム手袋を六組も駄目にし、染みがこすれる小さな甲高い音を聞きながら。

ほとんどの入所者は、この施設で引退生活を送るためにやってきたが、具体的にどうしていいかは誰もわかっていないようだった。最初の数か月間は、不安に駆られた人や、親しい人を亡くしたばかりの入所者が施設のあちこちをあてもなく歩きまわっていた。彼らは誰にともなく助けを求めたり、花壇に古くなった牛肉の切れ端を埋めたりした。面会時間は毎週木曜日の午後だけに絞り、その時間に誰かがジャガイモや塩をくすねないようにキッチンを見まわらなければならなかった。訪問客に関する基本的な規則さえまだ決まっていなかった。スタッフ全員がどうしていいかわからず、途方にくれた。訪問客は勝手に廊下を歩きまわり、どこに陣取るかで喧嘩が起きたりもした。その後、訪問客は入所者の部屋にいること、さもなければ帰ってもらうという決まりができ、ほとんどの場合、彼らは決まりに従った。

わたしは受付係だが、様々な仕事を少しずつ手伝っている――掃除や食事の準備、入所者の世話全般。入所者が病気にかかったことはほとんどない。それはかなり幸運なことだ。夜のシフトが終わって施設中を見てまわるのは、一日を締めくくる心安らぐ仕事だった。わたしは煙探知機を作動させ、火災避難設備を点検してまわった。施設での仕事の大半は楽なものだった。誰もが日々のルーティーンに沿って生活しているからだ。毎月の給料は、たまに起こるちょっとした困難――食器棚の裏で見つけた死んだ男の腐敗した両手とか、喉《のど》の奥にまとわりつくキツネやアナグマの糞の臭いとか――を充分埋めあわせてくれた。この施設の仕事に応募したとき、以前の職場の人たちは口をそろえてやめておけと言った。だが、今は彼らも、自分たちにもあったチャンスをなぜ生かさなかったのだろうと後悔している。

普段、ホームの受付カウンターはとても静かだ。訪問客がやってきては名前を記帳する木曜の面会日は別だが。だが、最近はその訪問客さえまばらになってきている。最初のうち、何人かの入所者には定期的な訪問客がいたが、いったん入所者が落ち着いてしまうと、訪問客は彼らのことを忘れがちになったらしい。個人的な間柄の訪問客は滅多に訪れなくなった。わたしの印象では、平均して年に二回くらいだ。それ以外は施設に好意的な地元住民や近所のお年寄り、またはいらだった表情の親戚だけだった。誰かの訪問客が受付で名前を書いていると、入所者の個室のドアの下から嫉妬が滲《にじ》み出し、カーペットに浸《し》みこんでいくのが感じられた。

ミセス・ティボリは、一年ほど前に3Bの部屋に入所した。マリアという名前のナマズも一緒だった。最初から自分のことは〝ミセス〟と呼んでほしいと主張した。彼女に夫がいた証拠はなかったし、彼女自身もそれについてはひと言も触れなかったが。入所者たちはみんな、それぞれ奇妙な主張を持っていて、わたしはそれを信じたいと思うほうだった。それでミセス・ティボリの孤独がまぎらわされるならそれでいい。どちらにせよ、わたしたちは誰もが孤独と向き合わなければならないのだ。別にどちらでも構わないではないか。それに、質問するのは、わたしたちの仕事ではなかった。ミセス・ティボリの瞳の色は、焦げ茶色と緑と灰色の間を行ったり来たりする。背は低い。

背が低いわたしよりもっと低いくらいだ。そして、わたしよりほっそりしている。豊かな濃い栗色の髪はボブヘアに切りそろえられている。耳につけた銀のイヤリングはその切りそろえられたラインより下がるデザインだ。外見だけで言えば三十七歳くらいに見えた。だが、断言できるが、少なくとも七十歳は超えているだろう。〈ブルー・ムーン〉に入所する際、入所者は年齢を明らかにする決まりだったが、わたしはいつも無駄な規則だと思っていた。彼らが口にする年齢が本当かどうか、確かめる術《すべ》はないのだから。その証拠に、今まで正規の身分証明書を提出した入所者はひとりもいない。彼らは、それぞれの体力が許す限りの外見を保っている。キッチンで働く若い女の子たちが、あの人たちはヘアカラーとか整形手術をしなくてもイケてるよね、と冗談まじりに話していた。だが、どんなに若く見えたとしても、彼らの体と心は高齢者特有の症状に悩まされていた。一見健康そうな人が、用心しながらゆっくりと椅子に腰をおろし、手すりにしっかりつかまって歩き、言葉や顔を次々と忘れてしまうのを見ると、見ている側が不安になる。だが、施設で働いていると、そういうことにもすぐに慣れてしまう。ミセス・ティボリは入所の直前に転んで腰の骨を折ってしまった。そのため、今でも両脚が震え、足元が覚束ない。杖をつき、昼食後はいつも椅子に座ったまま、胸の谷間に顔をうずめそうなくらいがっくりと頭を落として眠りこむ。

ミセス・ティボリは、なぜか最初からわたしを気に入ってくれたようだった。わたしのお茶休憩の時間に、一緒にクロスワードパズルをしたり、ときにはマリアの餌やりを任されて、色とりどりの乾燥した餌を水槽に撒いたりした。わたしが口腔カンジダ症にかかれば、彼女は大した病気ではないと安心させてくれる。施設スタッフに配られるガイドブックには、入所者と親密になりすぎないことという項目があり、〝入所者は簡単にスタッフを利用したり、操ることができる〟と書かれていた。だが、ほとんどのスタッフは、その注意事項は馬鹿げていると思っている。入所者の半数は自分がどこにいるかもわかっていないのだから。ミセス・ティボリは滅多に自分の部屋から出なかった。部屋のなかには、彼女の古い持ち物――分厚い黒いガラス製の手鏡、しわの寄ったトチの実を紐に通したもの、端が乾燥しかけたいくつもの粘土の塊《かたまり》――が入所したときのまま放置されている。だが、それらは徐々に他の物――マジパンの包み紙、表紙がつやつやした雑誌、テレビのリモコン、ビスケットの空き缶――の下に埋もれつつあった。

　数か月前、ミセス・ティボリが階下に朝食を取りに行っている間に寝室を片付けていたときのことだ。クロゼットの下にある引き出しのひとつがあいていることに気づいた。わたしたちは入所者の家具のなかには手を出さない。外に出ている物を整理するだけだ。だが、そのときは、引き出しのなかを整頓してもいいだろうと思った。もしかしたら、受付のカウンターに戻って、鳴らない電話と、自分でアクロスティック（各行のはじめの文字をつなげると、ある言葉になるようにした詩）を書いたメモ用紙を前に座り続けるのが嫌だったのかもしれない。わたしはすばやく部屋を見まわした。マリアが水槽のなかからこちらをじっと見つめていた。マリアは不思議な見ための魚だ。鱗はなく、分厚い皮膚は粘液に覆われている。マリアを見るまで、わたしは鱗がない魚がいるということさえ知らなかった。彼女はここに来てからずいぶん年を取り、今では口髭《くちひげ》が水槽の底の小石に届くほど垂れ下がっている。皮膚の表面は柔らかなかさぶたのように剝がれ落ちて、水面に浮いている。ミセス・ティボリはそれを紅茶の茶漉しですくって、ジャムの空き壜に貯めていた。

「ちょっと埃を取るだけよ」と、わたしはマリアに言った。「やきもきするようなことは、なにもないからね」ほんの少し、引き出しを手前に引いた。マリアが激しく尾をばたつかせた。引き出しのなかには、新聞紙の上に何列もずらりと壜が並んでいた。きれいに洗った牛乳壜や、首の部分が細いブラウンソースの壜、バニラエッセンスや着色料など、パンやお菓子作りに使う材料の、金色のキャップがついた小さな壜。ひとつひとつの壜には白いラベルが貼ってあった。埃はなさそうだったが、わたしは埃取りで壜をはたいた。ほとんどのラベルには日付だけが書かれていたが、なかには『ミシェル聖堂の墓場』とか、『R・タヴェ』とか、『秘密の情報』とか、『母』とか書いてあるものもあった。この施設で働くようになってから、ありとあらゆる細々とした物を眼にしてきた。例えば、ミセス・ティボリが棚に並べている壜の中身なら、ほとんどの名前――クズウコン、ノコギリソウ、マンドレーク、カールドミント――を知っていた。だが、この引き出しのなかにある壜の中身がなにかは見当もつかなかった。なかに入っている物は灰色で、羽毛のようにふわふわしている。たき火のあとに残った灰に似ているが、灰よりほんの少し重そうで灰よりは液体のようでもあった。ちらっとマリアのほうを振り返った。マリアはもの言いたげな視線をじっとこちらに向けていた。わたしは静かに引き出しを閉めた。

午後の休憩時間になり、再び3Bの部屋に行った。ミセス・ティボリはテレビ通販番組を見ていた。「こんなガラクタに五十ポンドですって?」と、声をあげた。「泥棒もいいところね。白昼堂々の泥棒よ」ミセス・ティボリが数日前から疲れた様子だったことを思い出した。食欲もないようだったし、真ん中で分けている髪の分け目に縮れた白髪がのぞいていた。「これを見て」ミセス・ティボリは身振りで画面を示した。褐色の肌の男性がプラスチック製の泡立て器を掲げている。「いくらで売ろうとしているか、わかる?」

わたしは首を横に振った。

「適正価格の倍よ!　それでも電話をする人はいるわよ、まあ見ててごらんなさい」

わたしはいつも座る椅子に腰を落ち着け、折り畳んだ紙を広げた。「ヨコ一」と読みあげた。「八文字。ヒント、極端な空腹」

ミセス・ティボリはちらっとわたしを見た。「マリアに聞いたんだけど、今朝、わたしの引き出しを整理したんですってね」マリアは吸いつくような形の口を水槽に押しつけて、茶色く丸いキスマークを残した。

密告者め。わたしは大きな声で「飢餓（starving）」と言い、横のマスに書きこんだ。あとになって、正解は〝極度に空腹な（ravenous）〟だとわかるのだが。「たまたま、あけっぱなしになってたんです。さっと埃をはらっただけですよ」

ミセス・ティボリは画面に見入ったまま、うなずいた。「指をどうしたの？」

その日の朝、わたしは仕事の前に、うっかりトーストを真っ黒に焦がしてしまっていた。「なんでもないです」と、わたしは答えた。

ミセス・ティボリは窓枠の上に置いてある白鳥の羽をかたどった花瓶を指差した。わたしはそれを手に取り、冷たいガラスでやけどを三回撫でた。

「どっちみち、あなたにはそのうち見せるつもりだったのよ」前の話題に戻って、ミセス・ティボリは言った。テレビから大きな拍手が聞こえ、電話をかけて泡立て器を買った客の名前が画面に映った。ミセス・ティボリは唇をへの字に引き結び、リモコンでテレビのスイッチを切った。それから、椅子の座面に両手をついて、ゆっくりと立ちあがった。今までの経験で、手伝いましょうかと言い出さないほうがいいのはわかっていた。引き出しに歩み寄ったミセス・ティボリは、慎重な手つきでなかをいじった。壜と壜がぶつかる音は、誰かが舌打ちをしているようだった。ミセス・ティボリは小さく独り言を言った。「これじゃない、これでもない。これは多すぎるわね。これも刺激が強そう。こっちは時間がかかりすぎる」あれこれ悩んだ末に、やっとひとつの壜を選び出して、わたしに手渡した。それは中位《くらい》の大きさのビネガーの壜で、触ると妙に温かかった。まるで壜が脈打っているようだったが、実際は、わたしの手の血管が脈打っていたのだろう。壜を渡されたとたん、わたしは急に緊張していた。ラベルには『リタ・アダムス』と書かれていた。「蓋をあけて」と、ミセス・ティボリが言った。わたしは両手を蓋にかけたまま、ためらった。「入所者様の作業を手助けするのはスタッフの規則に反するんです。ご存知ですよね」

ミセス・ティボリはため息をつき、痛む腰を片手でこすった。「あなたはなにも手助けしなくていいのよ。ただ見てればいいだけ」ミセス・ティボリが手を動かすと、重ねづけしているブレスレットが音をたてた。「だけど、もし途中で嫌になったら、階下に行けばいいわ」

わたしは蓋をあけた。その瞬間、空気が収縮し、微《かす》かに動いたような感覚を覚えた。まるで、巨大な物干し紐が風で膨らんでから、また反対側にぴんと張ったようだった。ミセス・ティボリは小声でなにかをつぶやいている。壜はますます温かくなった。わたしは待った。不思議な匂いが漂ってきた。たしかに、さっきまではなかった匂いだ。湿った土のような、古いセーターの上に濡れた落ち葉が重なっているような匂い。熟れすぎた果物にも似ていたが、どこかに苦い風味も感じられて、記憶のなかのどこにも見当たらない匂いだった。手に持った壜の熱は冷めてきた。と思うと、見知らぬ女性が立っていた。彼女の姿は靄《もや》がかかったようにかすんで見えた。体の輪郭は淡い茶色で、まるでセピア色の写真から抜け出してきたようだ。壁にある小さな毛玉のようなでっぱりやへこみを人差し指でなぞりながら、虚ろな笑みを浮かべている。わたしは、きっと〝リタ・アダムス〟だと思った。かつては美しかったのだろうが、今の姿はどこかバランスが悪く、ゆがんで見える。彼女は頭を片側に傾け、焦点の合わない視線をあちこちに向けながら部屋を歩きまわった。わたしの椅子につまずくと、声もなく笑い、眼にかかった髪をはらいのけた。

数分後、ミセス・ティボリが先ほどとは違う言葉をつぶやくと、彼女の姿は消えた。わたしは壜の蓋を閉め、大きく息を吸いこんだ。もし、ミセス・ティボリが施設に亡霊を呼び出せるというなら、なにか措置を講じなければならない。

「リタはまだ死んでいないのよ」ミセス・ティボリは椅子の背に頭をもたれさせながら、言った。

　スタッフのガイドブックには、入所者との会話が不確実な領域に踏みこみそうになったら中断すべしとある。だが、わたしは訊いた。「じゃあ、今のはなんだったんですか？」

「彼女は、昔、わたしが知っていた人なの」ミセス・ティボリは言った。「わたしの家の近所に住んでいてね。彼女に会った人はみんな彼女に恋したものよ。たまたま、わたしのお客のひとりも、自分の夫がリタに恋してるんじゃないかって疑ってた。リタはわたしに相談してきたの。だけど、その頃、わたしはとても忙しかった。やることは山ほどあって、仕事もあまりうまくいってなかった。そのあと、そのお客とリタは大揉めだったけど、結局、どうなったのかはわからずじまい。リタはなにも言ってこなかったしね。最初から言うつもりもなかったんでしょうけど」ミセス・ティボリは肩をすくめた。「まあ、〝これぞ人生《セ・ラ・ヴィ》〟よ。元々、わたしとリタはお互いをあまり好きじゃなかったの」ミセス・ティボリは普段より少しだけ苦しげな息遣いをしながら、黒い眉毛を何度も撫でつけた。正直に言うと、彼女がなにを言っているのかわからなかったが、わたしは微笑《ほほえ》み、安心させるようにうなずいた。彼女を興奮させたくなかった。ミセス・ティボリは顔をしかめて、言った。「誰だって、心につきまとって離れないことを持っているはずよ」鋭い口調で続けた。「間違いや後悔。すればよかったと思ったり、しなければよかったと思うこと。そういうものは、いつでも記憶をたどれるように、どこかに仕舞っておくほうがずっと気楽よ。そのほうが知らないうちに心に忍びこんできたりしないから。そう思わない？」

「そうですねえ」と答えながら、突然、自分の胸のあたりにまとわりついている記憶は滅多に心に忍びこんでこないことに気づいた。

　ミセス・ティボリは車輪付きのテーブルに手を伸ばし、果物の形をしたマジパンが入っている箱を取りあげた。マジパンを選んでいる間、両手は二匹の蛾のように箱の上をさまよった。彼女は砂糖に依存していると言ってもいいくらいだったが、完璧そのものの歯を持っていた。マジパンをひとつつまむと、わたしにも箱を差し出したが、わたしは首を横に振った。休憩時間はとっくに過ぎていたし、マネージャーに注意されるのは嫌だった。

　なにかがはじまったのは、その午後からだったのだろう。その後の数週間、ミセス・ティボリはわたしを部屋に呼ぶたびに、壜をひとつ選んでくれた。部屋に行くと、それはもうテーブルの上でわたしを待っていた。ミセス・ティボリはいつもわたしを待っていて、突発的な事故かなにかでわたしのシフトが延びていると、内線で受付に電話をかけてきた。ミセス・ティボリはいつもさりげなく訊く。「そろそろ休憩時間じゃないかしら？」

「グロリアがまた職場離脱《AWOL》してるんです」と、わたしは答える。「おかげで、全員、手が離せなくて」

「グロリアなら、地下の備品クロゼットに閉じこめられてるわよ」と、ミセス・ティボリは教えてくれる。「彼女、砒素を探してたのよ」そのあと、わたしは解放されて、ミセス・ティボリの部屋に行くことができる。

　ひとつずつ壜の蓋をあけるたびに、わたしは見た。ミセス・ティボリが乗らなかった飛行機が寝室の天井を抜けて飛び立つのを。大切な宝物（死海で見つけた、珍しい海藻の束）のひとつを、その価値を認めなかった人にあげてしまうミセス・ティボリの姿を。銀のブレスレットを盗むために、四つ辻にある浅い墓を掘り返すミセス・ティボリを見たときは、猛烈な死臭が部屋にたちこめた。

ミセス・ティボリは、大きな鍬《くわ》と格闘する若い頃の自分の姿に呆れ顔で首を振った。「二度と死人から盗んだりしないわ。あれは厄介な商売で、思うほど割はよくないのよ」ミセス・ティボリが、遠く離れて暮らす母親と短く気まずい再会を果たすのも見た。ある日は、庭に立ったミセス・ティボリがボウルに入った金色の液体を庭に撒くと、草や木が黒く色を変え、湯気があがった。牛乳壜の蓋をあけた日は、白黒の映画が、ちかちか光りながら壁に映し出された。結局、その『市民ケーン』を、ミセス・ティボリは最初の半分だけ見てやめてしまった。たとえそれが世間では名画と言われていてもだ。「マリアは前から、あの映画が大嫌いだったわ」と、彼女は話した。「マリアに言わせれば、あんなのは男たちが背中を叩きあってるだけの代物ですって」

わたしはしだいに、壜が小さければ小さいほど中身の刺激は強く、激しい感情が閉じこめられていることを悟った。ミセス・ティボリはたいてい大きめの壜を用意していて、小さな壜は引き出しのなかに仕舞いこまれたままだった。わたしにしてみれば、そのほうが嬉しかったし、ほっとしてもいた。一度、ミセス・ティボリは思い切って今までで一番小さい壜の蓋をあけたが、そこに閉じこめられていた光景に、わたしたち二人は憔悴しきってしまった。眼の前に、ミセス・ティボリが両手で少女の腹部を覆う姿が現れた。少女はぎゅっと両眼を閉じて、なにかに耐えていた。わたしは身震いしながら肘掛椅子に座りこんだ。ミセス・ティボリは、介護士を呼ぼうかと思うほど疲れ果てていた。

その一件のあと、ミセス・ティボリが用意する壜は中位のものに戻った。だが、一度、ちらっと引き出しをのぞくと、大きめの壜はほとんどなくなっていた。あのときの少女の表情は、わたしの心に焼きついていた。もう壜の中身を見せないでほしいと言おうかと思いはじめて、数日が過ぎたときだ。テーブルの上で待っていたのは、小さなマニキュアの壜だった。壜の蓋は深紅で、ラベルにはなにも書かれていない。ミセス・ティボリもマリアも、その壜をじっと見つめていた。どちらも、わたしにはまったく視線を向けなかった。わたしはいつもの椅子に近寄らなかった。「今日はゆっくりできないんです」戸口で立ち止まったまま、言った。「階下でやらなきゃいけない仕事があるので」

ミセス・ティボリは壜から視線を離さずに言った。「お願い」彼女が自分で壜の蓋をあけたとたん、強烈な匂いが広がった。その匂いはあまりにも圧倒的で、それ自体が埃よけシートのように部屋全体を覆うのが眼に見えるようだった。あれ以来、何度も何度も記憶をたどってみても、あの匂いを表す唯一の表現はこれだ——ホームシック。空気を満たす強い匂いに、わたしの眼は焼けるように痛んだ。

気づくと、部屋には男がいた。今回、男の姿は色も輪郭もくっきりとしていた。体には奥行きがあり、靄もかかっていない。着ている緑のセーターは、編み目のひとつひとつまで数えることができた。

見たところ、男は三十代後半で、焦げ茶色の髪は後ろ側が無造作に突っ立っていた。片方の頬のあたりに、なにかわからない痕のようなものがあった——切り傷かもしれないし、ただの影かもしれない。男は少しの間、ミセス・ティボリを見つめてから、悲しげに微笑み、ドアに向かって歩いていった。最後に一度振り向き、ドアの取っ手を手探りしてあけると、部屋から出て行った。すべてはあっという間で、よくわからないまま終わってしまった。男がいなくなったあと、ミセス・ティボリは身動きひとつしなかった。代わりに壜の蓋を閉めようと、かがんで手を伸ばしたが、どうしても壜に触れる気になれなかった。そのうちに、また男の姿が現れた。その日、わたしたちは、男がドアから出て行くところを三回見た。それからやっと、ミセス・ティボリは手を動かし、壜の蓋を閉めた。

　その後の数週間は、再び、わたしの休憩時間にクロスワードパズルをしたり、一緒にテレビの料理番組を見たりして過ごす毎日が戻った。ただ、そうしているときも、ミセス・ティボリの視線はテレビからそれて、部屋の一点――ドア、わたしが座っている椅子、窓のそばのどこか――に向けられていた。前回見せてくれた壜の男について、ミセス・ティボリと話をする心の準備はできていた。だが、ミセス・ティボリのほうはなにも言わなかった。「この部屋は寒いわね。寒いと思わない？」代わりにそう言って、両脚の太腿の下に毛布の端をたくしこんだ。だが、部屋はまったく寒くなかった。施設のセントラルヒーティングが動いていて、ラジエーターからはゴポゴポという音がずっと聞こえていた。他の入所者は、たいてい自分の部屋の温度を下げていた。

「少し冷えますね」と、わたしは答えた。ミセス・ティボリはうなずき、いつものホット・チョコレートを作ってほしいと言った。濃厚で、歯が痛むほど甘いホット・チョコレートを。

　わたしが受付で過ごす時間は、ますます少なくなっていった。電話が鳴る日は滅多にないため、余分な清掃作業に駆り出された。休憩室のカーペットのあちこちには塩で描かれた星があり、掃除機で吸い取らなければならなかった。塩の粒はカーペットの繊維と一体になって固まっているため、剝がすのはひと苦労だった。もしかすると、舌にのせて溶かさない限り取れないのかもしれない。そんなことをしたら、作業が終わる頃には喉が渇ききってしまうだろうが。

　受付カウンターを離れている間になにかが起こることは滅多にない。だが、昨日は違った。受付に戻ると、訪問客の予約ノートがカウンターの上に置いてあった。わたしがいない間に施設の用務員か介護士が代わりに電話を受けたに違いない。どの入所者に訪問客の予約があったのか、ノートをめくってみた。予約表に書かれていた名前はミセス・ティボリで、翌日にミスター・ウェブの訪問が予定されていた。

その晩、わたしはよく眠れなかった。夜通し、緑の毛織物に包まれた飛行機や、クモの巣にひっかかった白鳥の羽根の夢を見ていた。翌日、わたしは朝から受付を離れないようにした。ミセス・ティボリの元に誰かが訪ねてくるのは、はじめてだった。ミスター・ウェブなる男がどんな人物なのか、見逃すわけにはいかない。だが、彼は時間までは指定していなかった。本来、時間が決まっていないのは大問題だ。それではいい仕事ができない。あらかじめ正確に時間が決まっていてこそ、こちらもいい準備ができるというものだ。わたしは受付カウンターを離れずにサンドイッチを食べ、トイレにすら行かなかった。時間が経つにつれ、歯を食いしばり、ミスター・ウェブのことは考えないようにした。午後もかなり過ぎた頃には、ミスター・ウェブは来ないかもしれないと思いはじめ、そのうちにシフト時間も終わりかけてきた。だが、わたしの膀胱が限界を迎えかけたとき、ついに彼がロビーに入ってきた。その顔も焦げ茶色の髪も、わたしはすでに知っていた。数週間前にミセス・ティボリの部屋のドアから出ていった男と瓜二つだったからだ。ミスター・ウェブはカウンターまで歩いてきた。わたしは懸命に落ち着いた態度を保ち、訪問客のリストに名前を書いて下さいと言った。その間中、彼が着ている緑色のセーターと、髭剃りのときにでもついたらしい頬の小さな傷痕をじろじろと見つめそうになる自分を抑えていた。

わたしは彼をミセス・ティボリの部屋まで案内し、ドアをノックした。ドアの前で待っている間、膝が緊張でガクガクしながらも、彼に微笑みかけた。元来、わたしは顔を突きあわせるより電話越しのほうが緊張しない質《たち》だが、このときは彼があまりにも不安そうだったので、落ち着かせてあげたいと思ったのだ。彼は背が高く、痩せていた。そして、わたしが〝痩せている〟と言うとき、それは相手の顔がやつれて幽霊のように見えるという意味だ。痩せた顔に黒く濃い眉毛が目立っていたが、両方の眉尻はぼさぼさに伸びていた。そのせいで、常に眉根をしかめているように見える一方で、眼尻には笑いじわが刻まれていた。わたしは並んで立ちながら、手の平の汗をブラウスにこすりつけた。何時間も経ったように思われた頃、やっとミセス・ティボリがドアをあけ、彼を部屋に招き入れた。

部屋のなかは整頓され、すっかり変わっていた。部屋履きと毛布は片付けられ、テレビには覆いが掛けられていた。いつもは仕舞ってある望遠鏡が引っ張り出されて窓のそばに飾ってあり、いつも雑誌が散らばっている場所に、今日は天体暦が積み重ねてあった。部屋には椅子が三つあった。ミセス・ティボリが三つ目の椅子をどこから持って来たのかは、見当もつかなかった。わたしはその椅子をじっと見つめてから、ミセス・ティボリの顔に視線を移した。「わたしは戻ったほうがいいですよね」

「シフトはもう終わったんでしょう?」ミセス・ティボリが言った。

わたしは腰をおろした。スカートのベルトに下げた重い鍵束がガチャガチャと音をたてた。ミスター・ウェブは、ちらりとこちらを見たが、なにも言わなかった。わたしは部屋の隅まで静かに椅子を動かし、そこで小さく体を丸めて座った。

ミスター・ウェブはミセス・ティボリの椅子の前に行き、身をかがめた。彼の唇が髪に触れ、一瞬、とどまっていたとき、ミセス・ティボリは眼を閉じていた。それから、彼はゆっくりと体を起こし、部屋のなかを歩きまわった。いろいろなものを手に取っては、また元の場所に戻した。しわの寄ったジャガイモにこれでもかとピンを刺したものを並べた棚に近寄り、眺めた。

「これはなにに使うんだい?」

「なにに使うか知ってるでしょう?」

彼はジャガイモをひとつ手に取り、引っくり返した。「こういうことは、もうしないのかと思ってたよ」

ミセス・ティボリは肩をすくめた。「時々はね」

彼はすばやくジャガイモを棚に戻した。「すてきな部屋だね」隣の部屋のトイレに水が流れる音がした。くぐもった足音と、誰かがベッドをきしませながら腰をおろす音が聞こえた。

「マリアは、この部屋は湿っぽいって言ってるわ」

「マリアに訊いたら、どこだって湿っぽいさ。なんたって、彼女が住んでるのは水槽だからな！」

そう言って、彼は大きく息を飲むように笑ってから、咳ばらいをした。「で、彼女は元気かい？」

「あなたは昔からマリアが好きじゃなかったものね」

「ぼくたちは、昔から考え方が違うんだ」ミスター・ウェブは水槽を手振りで示した。マリアは小石を口にくわえ、また吐き出した。「今思えば、もっと彼女と仲良くなっておけばよかったよ。そうだろう？」彼が着ている緑のセーターの袖口は、ほつれていた。飛び出した毛糸を彼がしょっちゅう引っ張るせいで、ますますほつれてしまっている。「マリアもさすがに、昔ほど若々しくは見えないな」

「時は経つものよ」

「きみには当てはまらないみたいだけどね」彼は、熱のこもった眼でミセス・ティボリを見つめた。ミスター・ウェブの横顔は痩せこけて頬骨が突き出していたが、どことなく美しさが感じられた。

「すぐに、ぼくがあなたを追い越すよ」ミセス・ティボリは背中をまっすぐに伸ばし、女王のような威厳をもって肘掛椅子に座っていた。杖も痛み止めの薬もどこかに隠されて、テーブルの上は、ルーン文字がひとつ書かれているだけになっていた。

ミスター・ウェブはまた部屋のなかを歩きまわりはじめた。少しの間、二人ともなにも言わなかった。「転勤することになったんだ」彼が先に口をひらいた。

ミセス・ティボリはゆっくりと首を巡らせて窓の外に視線を向けた。剝き出しの両腕に鳥肌が立っていた。「そう」とだけ、答えた。

「新しい研究センターができてね。そこを指揮してほしいって言われたんだ」そう言ってから椅子に腰をおろし、身を乗り出した。

「なにを研究しているの？」

「気象システムだよ」二人は互いの眼を見つめあった。

ミセス・ティボリは頭を片側に傾げて、微かに顔をしかめた。「あなたはもう、気象のすべてを知ってるんじゃないの？」

「気象学は常に変化し続けてるんだよ」と、ミスター・ウェブは答えた。「きみだって知ってるじゃないか。それに、気象は多様なものなんだ。この国での研究はやり尽くされたとしても、もっと広い範囲に研究を広げていく必要がある」彼はさらに言葉を続けそうな勢いだったが、自分を押しとどめたようだった。「とにかく、返事をするまでに、まだ二、三日あるんだ」

「転勤先はスコットランドのどこかよね？」

「ああ。雨が多い地域での研究が必要でね」ミセス・ティボリが次の職場の場所を知っていても、ミスター・ウェブは驚いていないようだった。

「ここだって雨は多いわよ。荒れ野《ムーア》にも近いんだし」

ミスター・ウェブはため息をついた。「今度の研究は山地と関係しているんだ。具体的な量と濃度をチャートにして……」説明する声はしだいに小さくなった。彼は眼をこすった。

「スコットランドの雨は絶望に満ちているのよ」ミセス・ティボリは言った。

ミスター・ウェブは椅子から体を起こし、立ちあがった。「だから、ぼくは……だから、きみに会いに来たんだ。もし、ぼくがスコットランドに行かなかったら……ぼくが来た理由は……」

ミセス・ティボリはすばやく首を横に振って、彼の言葉を遮った。「左手に小さなイボができているわよね。それを取ってほしくて来たんでしょう」

ミスター・ウェブは自分の手を見おろし、手の平をこすった。ミセス・ティボリに手招きされるまで、顔をあげてはまた手の平を見おろしていた。彼は命じられるまま、ミセス・ティボリの前に膝をつき、ゆっくりと息を吐いた。ミセス・ティボリは耳の後ろから小さな針を取り出し、ミスター・ウェブに、近くにあったガラス壜の上に手をかざすように言った。そして、針にフッと息を吹きかけてから、その針を彼の手の平にすっと刺した。彼は顔をしかめた。ミセス・ティボリは落ち着きはらって彼の顔を見ながら、ゆっくりと針先で円を描くように針を回した。マリアはくるりと尾を回し、壁のほうを向いた。水槽のなかで大量の泡が浮きあがり、水面ではじけた。

「あの窓は隙間風が入りそうだな」ミスター・ウェブはミセス・ティボリの太腿に頬をのせた。

「寒くならないかい？」

「たまにね」ミセス・ティボリは針を回し続けた。

「どんな具合だか見てあげるよ。二、三日中に来て、きみのために見てあげる」

ミセス・ティボリはため息をついた。「用務員がいるから大丈夫よ」ミスター・ウェブの手の平に刺さった針は、時計の針と同じように回り続けていた。彼の手を握っているミセス・ティボリの手はふっくらとして滑らかだが、実際は眼に見えない関節炎に冒されていた。長い時間、手の平のピン以外、部屋のなかに動くものはなかった。それから、ミセス・ティボリがまばたきをした。ふいに正気に戻ったかのように。ピンを抜き、ミスター・ウェブが手をかざしていた壜に息を吹きこんでから、なかにピンを落とした。彼女の息が、壜のなかに囚われた嵐のように渦を巻くのが見えるような気がした。ミスター・ウェブは渋々という様子で顔をあげ、ミセス・ティボリはわずかに体を動かして座り直した。痛む脚に彼の体重が重かったことだろう。

「なにをしたか覚えてる？」と訊かれたミスター・ウェブは、覚えていると答えた。「二、三日中には忘れてしまうわ。なにをしたか、あなたはなにも知らないのよ」

ミスター・ウェブは自分の椅子に戻った。ミセス・ティボリはちらっと彼の顔を見てから眼を閉じ、頭を少し後ろにそらした。

二人はしばらく黙ったままだったので、わたしはそのまま部屋を抜け出そうかと思った。ほとんど息を止めているような気分だった。誰も口をきかないまま時間が過ぎていく間、何度も部屋を抜け出す自分を想像した。しばらく経って我に返り、自分がまだ部屋にいると気づいたときは驚いたくらいだ。

「きみに訊かなきゃならないことがあるんだ」とうとう、ミスター・ウェブが口をひらいた。「大切なことだよ。すごく大切なことだと思うんだ」

「あなたが思うほど大切だとは思えないわ」

「でも、そうなんだ」

「スコットランドに発つとき、あなたになにかが起こるわ。なにかいいことよ」

彼は首を横に振った。

「わたしには見えたの」

彼は黒いガラス製の手鏡をちらっと見た。「そんなことありえないって言っただろう。そんなもの、なんの意味もないんだって」

「いいえ、なにかを意味しているの」

「だとしても関係ない。ぼくを見てごらん。なにも変わっていないはずだよ」

今度はミセス・ティボリが首を横に振った。

ミスター・ウェブは膝の上に肘をつき、両手で顔を覆った。「そんなもの、なんの意味もないんだ」もう一度繰り返した。今度は小さな声だったが。ドアに取り付けられた木製のウィンドチャイムがわずかな隙間風を受けて揺れ、細長い空洞の棒がぶつかってカラカラと音をたてた。他に動く物はなにもなく、しばらく時間が過ぎた。とうとうミスター・ウェブは立ちあがり、ミセス・ティボリの青白い額にさよならのキスをした。彼女は眼をあけて、決して首を傾けたりしなかった。

「これでいいのよ」と言ったが、誰に向かって言ったのかは、はっきりとしなかった。

ミスター・ウェブはポケットに両手を突っこんだ。ミセス・ティボリに微笑みかけてから、ドアのほうに歩いて行った。最後に一度振り向き、しばらく取っ手を手探りしてからドアをあけ、外の廊下に足を踏み出した。白く曇ったガラス壜を床に置いて。

ミセス・ティボリはわたしがいることを忘れているかもしれないと思い、彼女を独りにしてあげるのがいいのか迷った。わたしとミセス・ティボリは廊下を歩いていく彼の足音に耳をすました。ミセス・ティボリは身じろぎもせずに座っていた。とても疲れた様子で、今まで見てきたなかで一番年老いていた。まるで、皮膚の下から別の年老いた体が現れたようだった。それから、わたしに続いて立ちあがり、スカートを撫でつけた。その手が激しく震えていることに、わたしは気づいた。彼女の眼は大きく見開かれ、呼吸は苦しげだった。胸も肩も大きく上下している。カーペットの上で何歩か小刻みに足が動いた次の瞬間、わたしがなにをする間もなく、それは起こった。彼女の肩が前にがくっと落ち、その拍子に両腕がぶらんと肩からぶらさがった。そのまま前に倒れこみ、両手を床について四つん這いになった。胸が強ばり、落ち窪みそうに見えたが、次にはまた膨らみ、硬く丸いドラムのような形になった。突然、茶色い毛皮が彼女の服や肌をぴったりと覆いはじめた。まるで、鉄屑を重ねて作った毛皮が彼女の形をした磁石にぴったりと張りついたようだった。髪から銀色のクリップが飛び散り、頭の真ん中で半分に分かれたと思うと、二つのぴんと立った黒い耳が現れた。同時に体はひとまわり縮み、床の上でじっと動かなくなった。そして、今度は弾かれたように、異常な興奮状態で走りまわりはじめた。本棚やベッドに突進して前足で本を引っくり返したり、ベッドの木枠に白っぽい傷跡をつけたりした。最初に聞いた悲鳴は、この世のものとも思えなかった。生き物がそんな声を出せるなんて——彼女の胃袋を切り裂き、喉を粉々に破壊してしまうような声。わたしの背骨をねじり、眼の奥に刺さるような声。そして、彼女が本棚の下にもぐりこんだとき、わたしはドアがあいていることに気づいた。

ドアをバタンと閉めると、ミセス・ティボリは少し落ち着いた。カーペットの真ん中に座りこみ、繊維をいじくった。まだ体を震わせ、低く苦しそうにうめきながら息をしていたが。ドアを閉めたら逆のことが起きると、わたしは予想していた。予想したものの、もし予想通りになっていたら途方にくれていただろう。さっきからヘルプボタンを押そうとしていたが、それは部屋の反対側にあり、ミセス・ティボリが見えない位置にあった。ミセス・ティボリがその隙に二重ガラスの窓から逃げようとして、弱っている体に傷を負ったり、痣だらけになったりするのではないかと不安だった。だが、そんなことは起こらなかった。彼女は頭を下げてうずくまり、自分を取り戻そうとしているように見えた。ふと、わたしと彼女の眼が合った。その眼は茶色から緑へと色を変えようとしていた。そのとき、わたしは悟った。彼女はわたしにいてほしかったのだ。彼女は、ミスター・ウエブがドアをあけたまま出ていくことを知っていた。その光景をわたしに見せる前にも、何千回も繰り返し同じ光景を見ていたに違いない。そして、今日、自分自身を抑えられなくなることも知っていた。だから、わたしにいてほしかった。ドアを閉めて、自分をこの部屋に閉じこめてほしかったのだ。わたしは重苦しい気持ちになり、微かな吐き気さえ覚えた。ドアにもたれ、ミセス・ティボリが鼻を持ちあげて空気の匂いを嗅ぐのを眺めた。きっと、わたしには想像もつかないやり方で地図を作っているのだろう。彼女の部屋、彼女の世界の地図を。

魔犬
<ruby>魔<rt>ウィ</rt></ruby>犬

ウ
ィ
シ
ッ
ト

魔
犬

Wisht

(形容詞）憂鬱な。青白い。孤独な。
魔犬《ウイシツト》は荒れ野《ムーア》を走る
喪失と死を狩りながら

家に続く道を照らす松明《たいまつ》の灯りは見えない。松明の後ろに見えてくるはずの腕も体もない。前庭の門をあける音も、砂利を踏む足音もまだ聞こえない。父親が出かけた晩はいつもこうでしかも、よくあった。彼女はいつも窓枠にもたれて外を見つめ、父親の帰りを待っていた。部屋の電気をつけているると、薄青く染まった部屋——部屋の壁も時計も机も——がガラス窓の向こうに浮かんでいた。透けているが、馴染みのある部屋だった。向こう側の部屋のなかから、自分の小さな顔が窓越しにこちらをのぞきこんでいる。電気を消すと、最初は窓のすぐ外も見えない。それから、しばらくすると形が現れる。柵。低い垣根。木々。その先に野原があり、さらに先には荒れ野《ムーア》が奇妙な毛布のように広がっている。その荒れ野から、父親の松明は帰ってくるのだ。そろそろ、その時間だ。だが、今のところは、暗い形の向こうにもっと暗い形があるだけだった。

父親が部屋をのぞきに来ると、彼女はいつも寝たふりをした。寝たふりだとわからせないために大事なのは、じっとしすぎないことだ。寝返りを打ったり、片足をばたつかせたり、枕に顔を押しつけて寝言をつぶやいたりする。それでも、父親は彼女が起きているかのように言う。「出かけてくるよ」いつも戸口に立ったまま。「鍵をかけていくからな」しばらくして、また。「そんなに長くはかからないよ」父親が家を出ていくと、彼女はベッドを出て、階下におりる。空《から》になった父親のグラスが、底に小さな氷の塊《かたまり》が二個残ったまま水切り板に置いてある。暗いキッチンで、冷蔵庫のスイッチが緑色に光っている。音が出ないようにしたテレビがついていることもある。そんなときは、父親がソファに残したくぼみに座って、画面に映る番組を眺める。

しばらくしたら二階に戻り、窓辺で父親の帰りを待ちはじめる。魚の水槽で飼っているナナフシたちは眠っている。水槽を横から叩くと、ナナフシの前脚と触角がゆっくりと持ちあがる。光に向かって伸びる木の葉のように。彼女はナナフシを三匹飼っていた。一番のお気に入りはキャット・スティーヴンスと名付けたナナフシで、脱走癖があった。しょっちゅう、食卓の椅子の背もたれの上にいて、父親が寄りかかった拍子に押しつぶされそうになる。「ストップ!」と、彼女は怒鳴る。「キャット・スティーヴンスがいる!」父親は急いで体を戻し、脱走犯がつまみあげられるのを待つ。「無事だった」と、彼女は言う。「見て。この子、無事だったよ」

「キャット・スティーヴンスは天才だな」父親は新聞の上にかがみこんだり、コーヒーカップに顔をうずめたりしながら、そう言う。

「ほら、この子は大丈夫」

「天才だ」父親はまた言う。それから、呆れたようにゆっくりと首を振り、背もたれに体を預ける。

父親の帰りを待っているとき、つやつやしたトランプのカードに頬をのせたり、窓ガラスに頬をつけたまま、知らないうちに寝入ってしまうこともある。ときには、歯が抜けた隙間を舌で触れながら数える。一、二、三……。それから、ぐらぐらしている歯を数え、次にメリーゴーランドの馬のようにしっかりと生えている歯も数えた。

たいていの晩、彼女は荒れ野を渡る魔犬《ウイシット》の遠吠えを耳にした。たぶん、父親のあとを追っているのだろう。たぶん、父親は思っているよりずっと遠くにいるのだろう。魔犬の遠吠えに一番よく似ている音はなんだろう？　濡れた窓を布で拭くときの、誰かが泣き叫ぶような音だろうか。ずっと前に、父親が魔犬の話をしてくれた。魔犬がどんな風に荒れ野をさまようのか。そして今は毎晩、その吠え声を聞いている。彼らは父親のあとを追っていて、もうすぐ追いつこうとしているのだ。

「きっと風の音さ」最初の頃、父親はそう言った。「荒れ野は風が強いんだ。魔犬なんて作り話に出てくるだけだよ」だが、一度話してしまった以上、取り消すことはできない。彼女は魔犬がいることを知ってしまった。名前も形もわからなくても存在を知っている他のものたちと同じように。父親が話してくれた物語をすべて信じているわけではない。だが、重要なのはそのことではない。ベッドに横になって、夜が終わりのない遙か彼方まで続いていると感じるとき、荒れ野の果てにはノウサギの骨さえなく、背の高い草の間に弧を描いて細い道がどこまでも延びていく景色を思い浮かべるとき、父親が話してくれた物語は本当に思えるのだ。

「作り話だったって知ってるよ。ちゃんと知ってる」

「そうだとも。ただのお話なんだ」

　彼女は黙って父親をにらみつけた。眼を細めて父親を見つめ、魔犬の遠吠えを聞いたことを言わなかった。庭の門の根元に、動物が深くひっかいた跡が残っていたことも。

　父親を待ちながら眠ってしまった彼女の頭が前に倒れて窓にもたれかかると、短い髪が口の隅に触れる。いくら耳の後ろにかけても落ちてくる髪の房だ。彼女は何度も耳の後ろにかける《タック》。時計の針が奇妙なリズムで時をきざむ《ティック》。帰ってきた父親が二階にあがって来たことが何度かあった。父親は濡れた服――太腿までびしょ濡れのズボンと、川の水がぽたぽた垂れている靴――をバスルームの浴槽にかけた。時計の針の音は、そのときの水滴の音に似ていた。

髪を耳の後ろにかけて《タック》、時計の針が時をきざむ《ティック》音を聞きながら、疲れきってしまうときもある。そんなときは仕方なくベッドにもぐりこみ、父親が帰って来るまで眠りこんだ。だが、ほとんどの夜は、ひと晩中、眼の前に広がる真っ暗な世界を前にして、父親が持つ松明が遠くで輝くのを待っていた。その光のきらめきは一瞬で、ネコかカワセミの眼に似ているため、最初は本当に松明なのか不安になる。それから、もっと近づいて来ると光は弾むように動いて、しだいに大きくなり、やっと光の後ろから野原を歩いて来る父親の姿が見える。それから、彼女はベッドに入り、父親が戸口にやってくる頃には、ほとんど眠りに落ちている。父親はよろけながら階下で歩きまわり、戸棚や窓ガラスを叩いたり、疲れきって小声で毒づいたりする。

だが、今夜は違った。帰宅した父親は玄関を入るとすぐに二階にあがってきて、寝室のドアを軽くノックした。彼女はほとんど眠っていたが、ノックの音は夢のなかに忍びこんだ。夢のなかで、誰かが壁に釘を打っていると思った。「どの絵を掛けるの?」と、訊いた。

「起きているかい?」父親が寝室に入ってきて、ベッドの横に腰をおろした。「起きてるのかい?」

彼女は眼をあけ、父親の顔を見あげた。父親はまだ上着を着て、靴を履いていた。「外においで。見せたいものがあるんだ」そう言って、自分の頬をこすった。口元にのぞく白い歯の間に一本だけ灰色の歯がのぞいていた。きっと、この先もっと黒っぽくなるのだろう。死にかけている歯だ。

「なに?」彼女は訊いた。父親から、酸っぱく煙臭い匂いと、汗の匂いがした。「なに?」もう一度、訊いた。父親はベッドから立ちあがった。寝室を歩きまわり、なにかを手に取ってはしげしげと見つめた。ハーモニカ、サボテン。オジギソウの葉に触れると、その葉が下に垂れてオジギをした。前の週に学校の旅行に行ったとき、父親に水をやってくれるように頼んだが、忘れたに違いない。今あるオジギソウは新しいものだ。それがわかったのは、根元にあった黄色い葉がなくなり、前は蕾《つぼみ》もなかったのにピンクの花が一輪咲いていたからだ。

「花が咲いてるじゃないか」

彼女はうなずき、ベッドから脚をおろした。ベッドの外は寒かった。パジャマが短すぎるせいでズボンから足首が突き出し、胸の前が窮屈なせいで下腹がのぞいていた。ベッドから掛け布団が落ち、父親は拾ってベッドの上に戻した。彼女はまだ半分眠っていて、立ったまま体が揺れていた。父親は彼女を抱きあげて、運んでやった。それはずいぶん久しぶりのことだった。二人はゆっくりと階段をおりた。その最中、時々、彼女の頭や背中が壁をかすめた。顔は父親の首に押しつけられていた。父親の肌は床屋で使ったへアワックスの匂いがした。髪は後ろに撫でつけてあり、触ると乾いた粘土のように感じるくらい固められていた。ひと筋の髪もはみ出ていなかったし、表面に柔らかい部分はどこにもない。元々薄茶色で、今はほとんど白くなるほど色褪せた髪は、蠟燭のような匂いを漂わせていた。彼女は運んでもらいながら、父親の髪の後頭部に指でまっすぐな線を引いて割れ目をつけた。そっと触れたので、たぶん父親は気づきもしなかっただろう。父親の頬には何本ものしわがあり、額には白っぽい水疱瘡《みずぼうそう》の痕が横一列に並んでいた。それほど背は高くなく、痩せているが、針金のように頑丈な体つきをしていた。父親の親指の爪は真っ二つに割れていて、ずっと治らなかった。いつも手を水に浸けているか、濡れた髪を触っているか、髪にワックスをつけているせいで、父親の両手はひどく荒れていた。

父親は、彼女の髪も切っていて、いざ切るときには他の客と同じように彼女のフルネームを予約ノートに書きこんだ。予約するのは、たいてい学校から帰ったときか日曜日の朝のどちらかだった。

父親が経営する床屋の店内は狭い部屋で、鏡とシンクの前に椅子が一脚置かれていた。店内の照明は明るく、電球のひとつはいつもジジジと小さな音をたてているが、決して交換されることはなかった。床には白と黒のタイルが市松模様に敷き詰められていた。だが、部屋の一角だけは、工事のミスで白いタイルの隣にもうひとつ白いタイルが並んでいた。父親の店に髪を切りに来る客は男ばかりだ。店内にはさらに椅子が二脚と低いテーブルがあった。テーブルには山積みの新聞と雑誌、ポットと、コーヒーを入れたガラスの水差し、それにマグカップが三つ置いてあった。彼女が店に行くと、男たちは熱心に見ていた雑誌を慌てて膝におろし、テーブルの上に伏せて上半身裸の女の写真を隠そうとした。それから、もぞもぞと動きまわりながら、にやっとしたり、自分の首の後ろを触ったり、彼女にあれこれ質問したりした。大人になったらなにをしたいかとか、好きな食べ物はなにかとか、よほど親しい人にしかしてはいけないような重大な質問まで。「シェフになりたい」彼女は小さな声で答えた。「チーズサンドを焼いたやつ」と答えながら、かばんとコートをフックに掛けた。

父親は彼女を階段の一番下でおろした。靴や傘が散らばっていて、壁には三枚続きの木製の浮彫りが飾られていた。それぞれの絵に彫られた木の枝には、それぞれ鳥が一羽ずつとまっていた。絵は、元々この家にあったものだ。父親は、壁にあった浅いくぼみを隠すために、それを元かけてあった場所から移した。彼女がスニーカーを履いている間、父親は浮彫りを眺めていた。腕時計をチェックして、コートを着なさいと言った。彼女はフックに並べて掛けてあるコートに視線を向けてから、父親を見あげた。そして、父親のコートのなかから灰色のウールのコートを選び、それを着た。丈は彼女の膝まで届き、手は袖のなかにすっぽりと隠れた。玄関のドアをあけ、二人は外に出た。父親が鍵をかけている間に、彼女はコートの袖をまくりあげた。二人は門を通り、道路を横切って野原に出た。父親の歩くスピードは速く、彼女は二、三歩走らないと追いつけなかった。父親は両手をポケットに入れていた。彼女も両手を父親のコートのポケットに入れた。ポケットのなかにあった二枚のコインに手が触れた。どうして出かけるのと訊いてみた。明日も学校だってわかってる？　課題だってあるのに。「ちょっとしたことが起きるんだよ」と、父親は答えた。「パブでリッチが教えてくれたんだ。それが今日だってこと、おれは忘れてたんだ」

野原の空気はひんやりと湿っていて、風はまったく吹いていなかった。至る所に風が残した爪痕が残っていた。様々なものの端がちぎれたり裂けたりしていたし、枝という枝が大きく曲がっていた。野原の地面は穴だらけで、彼女は下を見ながらゆっくりと歩かなければならなかった。もっと進むと、突然、父親が立ち止まり、罵《のの》しりながら足を振り回した。「牛の糞に気をつけろよ」と、言った。彼女は父親に追いつき、すぐ後ろについて、父親が踏んだ同じ場所を自分も踏みながら歩いた。野原の地面はじめじめして、時々、浅く湿った父親の足跡が地面に残った。足跡は幅が狭かった。父親の足は痩せて幅が狭かったからだ。

「父さんって痩せてるよね」父親が痩せていることは、前から気にかかっていた。父親が食べているところを滅多に見たことがなかった。父親の片方の肩がすくめるようにあがったが、言葉はなにも返ってこなかった。

暗闇に眼が慣れてきて、周りの景色がだいぶ見えるようになった——もう、暗闇には見えない。それは不思議な感覚だった。夜というのは、もっと暗いものだと思っていた。たしかに、家のなかから見ていたよりは暗かったが。夜とはこういうものだったのだ——青白い輪郭と黒い輪郭が入り混じったもの。野原に延びた小道は他より白く際立っている。草のなかに青白い小石が散らばっている。だが、自分たちが歩いていく先には、真っ黒い境界線が見える。草の間を縫って浅い水の流れが幾筋も走り、それらは青白く輝いている。あるところで水が勢いよくあふれ出していた。あふれた水のなかにいくつかの星が見えた。頭上を見あげると、そこにはもっとたくさんの、何千もの星が輝き、夜空に模様を描いていた。彼女は足を止め、じっと見あげた。

「おいで」父親が言った。

「こんなの、はじめて見た」

「いつもと変わらないさ」

彼女は空を見つめ続けた。夜空全体に散らばった星は荒れ野全体を覆っているようだった。

「さあ、行くぞ」

父親は野原のはずれに向かって歩き出した。彼女もあとを追った。

「星はいくつあるの？」

「さあな」

「百万個くらい？」

父親は横に進んでなにかをよけてから、腕時計を確かめた。

「たぶん、何百万個もあるよね」

「たぶんな」

彼女は父親に追いつき、隣に並んで歩いた。二人の脚はまったく同じように動いた。左、右、左、右。しばらくすると、野原のはずれにあるひらいた門に着いた。

姿を消す人がいるという噂がある。去年は女がひとり、その前の年は男がひとり。彼らの名前も、どんな外見だったかも、誰も覚えていないが、知り合いの知り合いが彼らを知っていると誰もが話した。「骨も見つからないんだってさ」と、子供たちは学校でひそひそ話をした。「だから、あいつら食べちゃうわけじゃないいんだぜ」「じゃあ、どうするの？」「知るもんか。とにかく、人間を食べたりしないんだよ。そういうんじゃないんだ」

父親は、いなくなった人たちは、彼女には理解できないような理由でこの土地を離れたんだと言っていた。そのあと彼女は何日も、そのことを訊き続けたが、父親はひと言も答えようとしなかった。それからしばらくした頃に、やっとこう言った。時々、人は突然どこかに行ってしまうことがあるんだ。おまえにはまだわからないだろうがね。それは納得のいく説明ではなかった——どうして、その人たちは行ってしまうのだろう？　父親がその話をしたのは夜だった。部屋の電気はついていて、カーテンがあいていた。ふいに彼女は、外から自分たちの家を見たところを思い浮かべた。小さくて不安定で、窓から漏れる明かりは外の暗闇までは届かない。まるで果てのない海に浮かぶ小さな船のようだ。

父親の店に客がひとりもいないときが、彼女は一番好きだ。聞こえないぐらい小さな音でラジオがかかっていて、ときたま、急に音楽が流れだしてくる。髪を切ってもらう番になると、父親はうなずきかけてから畳んであった黒いケープを広げて、彼女の首に二回巻きつける。ケープの内側はカサカサ音がして、静電気を感じる。鏡の前の椅子に座ると、父親が椅子の高さをあげていく。鏡のなかで二人の顔はしだいに近づいていく。似ているだろうか、と彼女は思う。父親はプラスチックのスプレーボトルで髪にたっぷりと水をかけ、切りやすくする。水は温かくもなく、冷たくもない。天井の塗料はぶつぶつ盛りあがっていて、その模様が女の顔の片側のようにも見える。女の髪は低い位置で束ねてあり、まぶたは重く眠たげで、口元は微《かす》かに微笑《ほほえ》んでいる。

野原のはずれにある門は、何年も前に来たときと変わっていなかった。よく通る別の道は気楽だ――道の先には町や川があり、なにも気にせず歩いていくことができる。だが、眼の前にある門は、何年も通り抜けたことがなかった。地面に濡れている部分があり、ぐちゃぐちゃした泥が野原と荒れ野の外周との境界線になっていた。父親は濡れた部分をよけ、大きく迂回しながら端に残った乾いた地面を歩きはじめた。そのとき、彼女は遠吠えを聞いた――草の間を転がっていく、か細い耳障りな音。

「ほら、あの声」と、彼女は言った。

父親は地面の乾いた部分を歩き続けている。足を踏み出した瞬間に、もう一度、微かな遠吠えが聞こえ、父親は足を止めた。それからまた、泥を踏まないようにまたぎながら歩きはじめた。

「ほら、また」彼女はもう一度言った。「聞こえたよね」彼女はまだ門を通らずに待っていた。遠吠えがまだ肌に残っている気がした。

コートをしっかりと体に引き寄せた。まくりあげた袖口は元通りにおりていたが、そのままにしておいた。両手は袖のなかに隠れていた。そろそろ引き返す頃だろうと思い、彼女は待ったが、父親は歩き続けていた。夜の闇は、父親の痩せた体をすばやく覆い隠してしまったため、彼女はあっという間にその姿を見失った。彼女は待った。雲が地面に落とす影のように荒れ野を駆けてくる魔犬を思い浮かべた。

「あれは存在しないものよ」と、声に出して言ってみた。喉《のど》から出たのは囁《ささや》くような声だった。でも、もし本当にいたら？　父親がいつものようにひとりで歩きまわるのは危ない。ちゃんと食べてもいないのに――だから、父親の頬骨の下はえぐれている。ちゃんと食べないと、急にエネルギーがなくなって歩けなくなると聞いたことがある。時々、父親にもっと食べさせようとしたが、父親はただ首を横に振り、彼女の顔を通り越してテレビの画面を見つめていた。手に食べ物を持ち、片足を休みなく小刻みに揺らしながら。

彼女は待った。父親が向きを変えて戻ってきてくれるのを。昔、父親に、祖母に電話をして学校や育てている植物のことを話しなさいと言われた。電話をかけるのは大嫌いだった。ダイヤルを急いで回しすぎて、「もしもし、おばあちゃん？」と言ったとき、受話器の向こうの声はイエスと言ったが、すぐにかけ間違えたことに気づいた。相手は自分の〝おばあちゃん〟ではなく、誰か別の人の〝おばあちゃん〟だった。父親は彼女が祖母と話をするのを見守った。学校のこと、植物のこと、ナナフシのことを話しながら、受話器の向こうの祖母がさよならと言うのを待っていた。そのときと、今、門のそばに立っている彼女は同じ気持ちだった。自分でもなぜなのかはわからなかった。

家のほうを振り返った。部屋の明かりは消えていたが、バスルームの小さな窓だけが明るく輝いていた。時折、車のヘッドライトが道路を通り過ぎていった。今すぐUターンして来た道を戻り、家の戸口で待っていることもできるのだ。だが、彼女は辺りを見まわした。周囲は思っていたほど暗くはない。ここまで来た二人分の足跡が模様を描くように残っていた。魔犬が吠える荒れ野で父親をひとりにはしたくない。彼女は門を通り抜け、父親の足跡をたどっていった。たどりながら、できるだけ大きな石を拾って握りしめた。

門を抜けてまっすぐ歩きはじめ、それほど経たないうちに声が聞こえた。それは誰かの笑い声だった。声は二種類あり、そのうちのひとつは父親のものだった。彼女は手のなかの石をぎゅっと握った。力をこめると石の先端が歯のように尖っているのがわかった。彼女は、声がする場所からほんの少し離れて立ち止まった。しばらくして、父親ではないほうの男がこちらに気づいた。じっとこちらを見つめたが、また話しはじめた。二人の男は低い声で話しては大笑いをしていた。だが、面白い話をして笑っている雰囲気ではなかった。彼女は男を父親の床屋で見たことがあった。そのとき、男は新聞を読みながら、床に落ちている髪の束を足で踏んでぐるぐる回していた。髪を切った直後、彼の耳は切る前よりもっと突っ立って見え、耳の後ろと回りには、くっきりとした帯状の青白い肌がのぞいていた。〝あいつの女房が浮気をした〟それが、彼女が床屋で聞いた男の言葉だった。〝あいつの女房が浮気をした〟だが、それは大したことではないらしかった。

「今まで、どこにいたんだ?」父親が訊いたが、返事を期待している口調ではなかった。

「きっと、小便がしたくなったんじゃないか?」男はそう言って、持っている壜からなにかを飲んでから父親に渡した。彼女は二人に近寄らなかった。

「違います」とだけ、言った。

男は構わず話を続けた。「だから、やつに言ってやったんだよ。あの錆びた鉄の山に価値があるなんて思ってるなら考え直したほうがいいって」

「スクラップにするべきだよ。スクラップにすればいいだけだ」

「おれも、そう言ったよ。だけど、聞く耳なんてありゃしない。すっかり感傷的になっちまってるんだ。自分は何者だろう、なんてさ」

「違います」彼女はもう一度二人に言った。

二人の男の間を壜が行ったり来たりした。「スクラップにしなきゃだめなんだ。あれは鉄屑の山なんだから」

「その通りのことを、やつに言ったよ」

男は足元の石をどかそうと、足で蹴り飛ばした。石は泥のなかから飛んでいったが、男の白い靴には泥の線がついた。

「やつは馬を殴ったんだろう？　殴っちまった馬は処分するべきなのに、やつはそうしなかったんだ」

「馬の話は忘れてたよ」

「ああ、馬だ。聞いた話じゃ、馬の膝は物干しのラックを畳んだみたいに折れ曲がったらしいぜ。やつは時々、それを思い出さずにはいられないってさ」

彼女は父親を見つめた。「あたしたち、先を急がなきゃ」と、言った。空気は冷たく湿って、風はまったく吹いていなかった。父親は彼女をちらっと見てから、男に壜を返した。

「あんたがべろべろに酔っぱらってないのが驚きだな」男が言った。

彼女は父親のそばまで行って、袖に顔がつくほど近くに立った。父親が困惑することを知っていて、わざとそうした。

「その地点まで行きたいんでね」父親が言った。

「おれも一緒に行こうか」

彼女は父親の袖を引っ張った。父親はさっと腕をあげて彼女から離し、さりげなく自分の髪を撫でつけた。

「ああ」と、父親は答えた。

「子連れもいいもんだな」男は言った。

彼女は一瞬、男に対して激しい憎しみを感じた。父親と男の両方に対して。男たちは歩きはじめたが、彼女は逆の方向に引き返したくなった。二人のあとをついていった。引き返すにはもう遅すぎる。周りの風景はすべて同じに見えた。どこまで行っても、まったく同じ地面が続いていた。だが、父親は、自分たちがどこに向かっているのか正確にわかっているようだった。男たちは彼女が後ろにいることを知らないかのように歩いた。彼女は急いで追いついた。ひとりで歩きたくはなかったからだ。父親と並んで、でも今度は歩調を合わせずに歩いたが、父親が気づいているのかいないのかはわからなかった。男は下手な口笛を吹きながら歩いていた。荒れ野のあちこちには巨大な花崗岩がいくつもあり、丈の高い草が点々と固まって生えていた。空気は湿った匂いを含んでいた。大きくて冷たくて孤独な匂い。もしも月の匂いを嗅げたら、こんな匂いなのかもしれない。坂の傾斜がだんだん急になった。父親は男に、もう少し先にある沼地には近寄りたくないと言った。

「くそっ！」男は急に怒鳴って、自分の顔を叩いた。「くそったれコウモリめ、顔なんかに……くそっ……」男は両手を引っくり返して、手の平に残った痕跡を見せた。

「コウモリは人間になにもしないんだよ」と、彼女は教えた。

「おれの好みからしたら近づきすぎるんだ」男は、壜からもうひと飲みした。

「コウモリのことでほんとの話を聞いたんだけど」と、彼女は言った。「コウモリって自分が生まれた家とか納屋の匂いを覚えてて、そこに戻ろうとするんだって。それで、入り口になる煙突とか窓が板でふさがれてたら、そこを叩いたり、体当たりしたりするんだって。そこに戻らなきゃならないから」

「どうしてだ？」父親が訊いた。

「わかんない。それしか聞いてないから。蛾が明かりに寄ってくるみたいなことかな」コウモリが納屋に帰ろうとして、窓に体当たりするところを想像した。

「たしかに蛾みたいだな」男が言った。父親は黙っていた。

足元がしだいにゴツゴツしてきた。地面のそこここが盛りあがり、瘤《こぶ》になっている。父親は瘤につまずき、転んで地面に両手をついたが、汚い言葉を吐いたりはしなかった。ただ、足元に気をつけろよと彼女に注意した。自分が転んだばかりだというのに。


父親が彼女の髪を切ると、幾筋もの髪の束が足の周りに落ちた。最初は黒い髪の束。しばらく経つと、乾いた、もう少し明るい色の髪が、塩の粒や星屑のように数えきれないほどの細かい切れ端になって散らばった。耳の周りを切るとき、父親は特に慎重になった。耳の上を櫛で梳《と》かすときに、痛いと抗議されたことがあったからだ。父親は一インチの幅の髪を二本の指で挟んでまっすぐに引っ張り、髪を切りそろえた。彼女は、頭皮を引っ張られているのを感じて、髪が切られている最中らしいとわかるだけだった。髪自体に感覚があればいいのにと思った。どうして、髪には感覚がないんだろう？　きっと、髪を切るときに痛くて我慢できないからだろう。父親はいつも短く切りすぎるので、髪を耳にかけられなかった。学校には、男の子みたいだと言ってくる女の子たちもいる。そこで、スクールバッグに銀色のクリップを挟んで持っていくようにした。バスルームの隅の、ずれたカーペットの下に見つけて、他のいろいろな物――戸棚の奥で見つけたケーキ型、父親は絶対に買わなそうなマンダリン・オレンジの古い空き缶、何年も期限を過ぎたスイートピーの種――と一緒に仕舞っておいたのだ。朝、学校に行くとき、家を出る直前に髪を耳の後ろにかけてクリップではさみ、帰りは家に入る前にはずした。

時々、父親は髪を切りながら、彼女の知らない歌を鼻歌で歌ったが、ほとんどのときは黙っていた。

彼女も黙って自分の髪が落ちるのを眺めた。父親が握ったハサミがコオロギの鳴き声のような音をたてた。「大丈夫か?」時々、父親が訊いた。

「大丈夫」コオロギに似た音を聞きながら、彼女は答えた。


一緒に歩いている男がいなくなればいいのに、と彼女は思った。転んで、暗闇のなかに転げ落ちてしまえばいい。男はぜいぜいと呼吸をし、徐々に歩く速度が落ちて遅れがちになった。自分たちがどこに向かっているのか、彼女は知らなかった。いまや先頭を歩きながら下を向き、正しい方向に歩くために、父親がどちらのほうに歩いていくのか耳をすました。耳をすましていると、時々、父親が止まれと言うのが聞こえ、彼女は足を止めて、待った。「こっちであってるかどうか、確かめないとな」父親は男に言い、周囲をよく見まわしてからうなずいた。彼女には、どこも同じに見えるだけだったが。もし、本当は迷っていて、父親が道を知っているふりをしているだけだったら? 父親が方角を見失ったら、自分も男も、なにもできないに違いない。斜面と岩が続く荒れ野には、時折、肩を丸めた人間のような形をした巨大な岩が転がっていた。「はじまるまで時間がないな」と、父親が言った。

遠くで、また遠吠えが聞こえた。父親と男が視線を交わし、男は両手をポケットに突っこんで、また口笛を吹きはじめた。彼女は腹を立てた——二人は隠してる。なにを隠してるか知らないけど。なにかを、なにもかもを隠してる。荒れ野になんて来てはいけなかったのだ。「おれたち、ここにいてもいいいんじゃないかな」男が言った。「大して変わらないだろ」

「おれは、あそこまで行きたいんだ」父親が言った。

男たちと彼女は、さらに斜面をのぼった。

「もっと安かったら、おれがあの馬を買い取ってやるのにな」男は言った。

「そんなにひどい怪我をした馬なんて欲しくないだろうに」

「やつは誰かに金を払って、引き取ってもらってもいいくらいだよ」

彼女は口を挟んだ。「その馬になにがあったの？」

「実際に怪我をしたのはやつのほうだと、おれは思ったんだけどさ」男が言った。

「まあ、ちょっとはな。だけど化粧で隠してるんだ。化粧の下に傷跡があるんだよ」父親が答えた。

「その馬は元気になったの？」彼女は、また訊いた。

しばらくして、父親が言った。「さあ、わからないな」それから、空を見あげた。「ここで待つのがいいかもしれない」

「なにを？」

「そこまで行く時間があるかどうかが問題なんだ」と、父親は言った。

「ここからだって同じだよ」男が言った。男はすでに座りこみ、あっという間に、頭の下に両手を敷いて仰向けに寝転んでいた。

「おれは、もうちょっと先までのぼりたい」父親が言った。「頂上まで行きたいんだよ」男たちは岩だらけではない場所を探しているのか、周りを見まわした。父親は空を見あげ、その場に腰をおろそうとはしなかった。そのうち、男は眼を閉じて小さないびきをかきはじめた。いびきの合間には口笛のような高い音をたてた。夜の静けさのなかで、それはとても騒々しく聞こえた。彼女はその騒々しさのそばにいたくなかった。静けさのなかで唯一の騒音のそばにいるのが恥ずかしく思えた。

父親は男を見おろしてから、のぼり坂を見あげた。ついておいでと彼女に身振りで伝え、急いで前を向いて、よろけながら頂上をめざしてのぼりはじめた。頂上に着くと、空を指差した人差し指のような形の岩があり、もう少し先には、小さめの平らな岩があった。二人は平らな岩に並んで横たわり、夜空に瞬《またた》く星を見あげた。それらは、ずっと昔からそこにあったのだ。星はどれも、まるで遙か彼方で燃える松明のように小さく光っていた。「そろそろだな」父親が言った。「いい眺めだろう?」

彼女はうなずいた。父親が寝てしまいませんようにと祈った。父親は眼を閉じた。ほんの少しの間、彼女はひとりきりで取り残されたような気がした。家も自分の寝室も父親も、どこか遠くにあるような。それから、父親は再び眼をあけた。この広い荒れ野で、父親が進む方角を見つけて歩いてきたなんておかしな話だ。家では、父親は落としたハサミやゴミ袋も見つけられず、腹立ちまぎれに地面を叩いていたりするというのに。

彼女は寒さを感じ、父親に少し体を寄せた。頭の下に手を敷いている父親の肘は、頭から突き出ているように見えた。

「学校でね」と、彼女は話しはじめた。「課題で勉強したんだけど」すぐに先を続けた。「星って、本当はそこにないんでしょう?」

「どういう意味だ?」

「今、そこにあるわけじゃないっていう意味。昔、そこにいただけなんだって」

「ああ、そのことか。そうだな。光が届くには長い時間がかかる。だから、今、おれたちが見てる星の光はずっと昔の星の光なんだよ」

彼女はうなずいた。「実は本当じゃないって、どんな感じなのかな」

「さあな。たぶん、どっちでも同じなんじゃないかな」

父親の体は細かった。髪も細く、肩も痩せていた。二人は黙って空を見あげた。しばらくして、父親が言った。「ほら、オリオン座だ。あれが北斗七星。あっちがカシオペア座」

彼女は父親の顔を見た。

「いろんな星座が見える。図形みたいだな。獅子座。おおいぬ座。竜座」

「獅子座、おおいぬ座、竜座」彼女も言った。

父親は星座を指差して、彼女に教えた。星の名前は半分忘れられた古い言葉のように、父親のなかから自然とあふれ出てくるようだった。父親の顔を見た。なにかが彼女抜きで進んでいるような感覚を覚えた。二人は空に浮かぶ形をなぞった。ひとつひとつの星と、その星が作る形は空全体にまき散らされていた。彼女は父親が教えてくれる通りに、それらの名前を繰り返し声に出した。

「ひとつ」父親がふいに言った。「ひとつ見えたかな」

彼女もそれを見た。それから、二ついっぺんに空を落ちていくのが見えた。その後ろを、短い銀色の線がまたひとつ。それから、もっとたくさんの星が流れはじめた。クモの脚のようにいっせいに、空から地面へと線を描きながら落ちていった。インクが紙に吸収されるように、いくつもの銀色の線が黒い空を落ちていきながら、ゆっくりと消えていった。まるで空全体が編み物になり、光る編み目をふりまきながら毛布のように広がっているようだ。彼女は横たわり、空を見あげている。星はひとつ、またひとつと落ちてくるたびに、どんどん近づいてくる。彼女は思う。これが今までで一番の星だ。次にまた思う。きっとこの星だ。


違う、今度こそ。

きっとこの星だ。
きっとこの星だ。

語り部《ドロール・テラー》の物語

Some Drolls Are Like That and Some Are Like This

九月半ば、ガンの群れが帰ってきた。語り部《ドロール・テラー》がそれを見たのは、毎朝の短い散歩コースの途中で通りをゆっくりと歩いているときだった。ガンたちはハーモニカに似た鳴き声で互いに呼びあいながら、崖の上空を飛び交っていた。ドロール・テラーは何百年も生きてきた。これまで何百回もガンの群れが帰って来る光景を見てきたが、それでも毎年、思わず足を止めて見あげてしまう。彼らがこの同じ土地に戻ってくるために飛んできた膨大な距離や、羽に頭を埋めて寒さに耐えた北極の凍土、彼らが生まれたときから骨と羽に秘めている不可思議な地図について思いを巡らせながら。

〝凍土〟という言葉を思い出したのは久しぶりだった。ガンと北極を結びつけて考えることができたのも。理由はわからないが、今年はなにかひとつのことを考えると、もうひとつのことが浮かんだ。それに、ぼんやりとだが、ガンが帰って来るのが例年より早いような気がして落ち着かなかった。だからといって、普段いつ頃帰ってきていたのかは思い出せなかったが。ドロール・テラーは、しばらくの間、半ばぼうっとしたまま、ただガンの群れを見つめていた。

通りの向こうからハリーが歩いて来るのが見えた。ハリーが起きて動きまわるには、まだかなり早い時間だ。つまり、たぶん昨夜もうっかり自分で自分を閉め出して、港で船を眺めながら夜を明かす羽目になったのだろう。運がよければ、誰かがサンドイッチをくれたり、毛布を投げてくれたりしたかもしれない。

「また、自分を閉め出したのか？」ドロール・テラーは、ハリーに訊いた。最近まで、ハリーは自分の鍵というものを持ったことがなかった。以前は、数年前に見つけた半分つぶれたテントに寝泊まりしていた。それでも物置小屋や外のベンチで寝るよりはずっとましだった。やっと自分のねぐらを見つけた人間を怒って追い出そうとするものは、そうそういなかったからだ。

「鍵はなくしちまったんだよ」ハリーは答えた。彼はいつも相手の近くに立ちすぎるため、着ている服の酸っぱい臭いがつんと鼻をついた。最近になってやっと、公共機関が彼にアパートを提供した。テレビと電気コンロが備えつけられていて、客を呼ぶことは禁じられていた。

「ジャックに窓の鍵をあけてもらわないとな。ジャックを見つけられればだが」と、ドロール・テラーは言った。

ハリーは歩いて来たほうを振り返った。それから、またこちらを向いて体を寄せ、「あそこにいる人たち」と言いながら、後ろを指差した。

ドロール・テラーは、ハリーが示す方向に視線を向けた。通りの突き当たりにひと組の男女が立っている。年齢は五十代くらい。おそらく旅行者だろう。誰かを待っているように、きょろきょろしている。旅行者がいれば、ドロール・テラーはすぐにそれとわかった。この地域の住人は全員把握しているからだ。何百年もの間、多くの人たちがこの地域に住み、誰もが彼を名前で呼んだ。彼はこの地域の中心にいた。彼自身は、それがなにを意味するかを正確にはわかっていないとしてもだ。名前。ドロール・テラーの名前。長いこと、誰にも名前を呼ばれていない。彼はそれをつかもうと手を伸ばしたが、手にはなにも残らなかった。

「あの人たちがどうした?」ドロール・テラーはハリーに訊いた。ハリーはどんどん疑わしげな表情になっていた。たぶん、彼らが自分の鍵を盗んだと思っているのだろう。アパートに監視カメラがあって自分を見張っていると、ハリーは言っていた。

ドロール・テラーはハリーをずっと昔から知っていた。子供時代の彼の姿が頭に浮かぶ。骨と皮ばかりの体で、いつもお腹を空かせていた。一緒にジャックのボートを借りて、夜釣りに出かけたこともあった。時々、いくつかの光景が頭に浮かぶことがある——網に絡《から》まっている魚の体、静かに眼を閉じる男の顔、火の周りで服を乾かす人たち、木々の間を近づいてくる松明《たいまつ》、古い車の屋根に落ちる雨粒、藁《わら》の山をひっかきまわしてなにかを探し、いくつものドアがバタンと音をたてて閉まり、門がガチャンとおろされる。だが、そうした光景を思い浮かべたとき、本当にすべての場面にハリーがいたのかどうかはわからなくなる。ドロール・テラーは、ハリー以外にも多くの人を知っていた。彼らは、来ては去って行った。誰かと誰かを区別するのは難しかった。たくさんの顔は、また別のたくさんの顔になった。そして、どの顔もみんな同じように消えていった。忘れてしまったり、病気になったり、弱ったり、飽きてしまったり、あがくことをやめてしまったりして。その一方で、ドロール・テラーは大まかな点では変わらなかった。彼はすべてを見届け、すべてに取り残されていった。だが、たぶん違ったのだろう。たぶん、すべてに見届けられてきたのは彼自身だったのだろう。

「メグが上物を手に入れたらしいぜ」ハリーが言った。「木箱二、三個分。で、早くそれを移動させたいらしい」

「だから？」ドロール・テラーは言った。「なにが言いたい？」急に、いら立ちを感じた。それほど強くはなく、生まれたと同時に燃えかすになっているくらいのものだったが。ドロール・テラーは早く出かけて、食べ物にありつきたかった。ホーバンは作業場を見まわったあと、毎朝テレビを見ると言っていた。今頃はちょうど、ドロール・テラーがお気に入りの番組をやっているはずだ。しかも、ホーバンはかなりの確率で肉やパイナップルがのったピザをテーブルに並べている。ドロール・テラーは、なにをするともなく時間をつぶすのが得意だった。

「あそこの人たちはさ」ハリーが言った。「物語ツアーをしてくれる人を探してるんだよ」

「そりゃ、かなり待つ羽目になるだろうよ」と、ドロール・テラーは答えた。

ハリーはうなずいた。「かなり待つ羽目になるね」

「かなり、な」ドロール・テラーは、もう一度言った。ホーバンのところに寄ったあと、と考えてからわからなくなった。寄ったあと、なにをすればいい？

「観光シーズンは終わってるのにさ。物語ツアーをやる飲んだくれ野郎も休暇中だよ」ハリーは言った。ハリーの眼は、長年強い太陽光にさらされた結果、いつも半ば閉じていた。

「そいつは、よかったじゃないか」ドロール・テラーも、ハリーが言う男を見かけたことが数回あった。緑色のシルクハットをかぶり、薄い唇に笑みを浮かべて、話しながら腕時計を確認していた。

「ひとり十ポンドって聞いたよ。現金で手渡し」

ドロール・テラーは顔をあげた。

「古い物語ばっかり話すんだってさ」ハリーはいきなり着ているシャツを脱ぎはじめた。「おれのシャツを着ていいよ。あんたのよりきれいだから」

ドロール・テラーは、ハリーが脱いだシャツをよく見た。誰かにもらったのだろう。前の晩に食べたチップスのような匂いがして、袖口はほつれていた。シャツを脱いだハリーの肌は乾燥しきって、木でできているくらい硬そうに見えた。体全体の皮膚に粗いひびと、しわがある。腕と手に走るいくつもの腱はぴんと張りつめ、木の枝のように太い——ドロール・テラーが覚えている限り、昔からそうだった。前腕のタトゥーはかすれて、ぼんやりとした汚れのように見える。かつては人魚の絵だったのかもしれないし、誰かの名前だったのかもしれないが、今はいくつかの薄い染みに過ぎなかった。

「古い物語ばかりだって?」ドロール・テラーは訊き返した。

「簡単すぎて、むかつくよな」ハリーは言った。「あとでメグの店に行こうぜ」ハリーはシャツを差し出しながら、ぶるぶる震えていた。ちっとも寒くない朝だというのに。もはや天気のことなど忘れているのだろう。ハリーの皮膚はますます薄く、青白くなっている。イバラも有刺鉄線も気にしない生活のせいだ。

通りの向こうにいる男女の、男のほうが腕時計を確かめながら行ったり来たりしはじめた。ドロール・テラーが古い物語のことを考えたのは、ずいぶん昔のことだ。ましてや、誰かに語って聞かせたとなると、もっと昔だった。「ここで話してやれば?」そう言って、ハリーはまたシャツを着た。メグは上物を手に入れた。すでに味見をすませていたハリーは何本かあけて時間をつぶせばいいいと思った。

「一時間で帰って来いよ」歩きはじめたドロール・テラーに、ハリーは声をかけた。

一時間で、なにができるというのだろう? かつて、ドロール・テラーは何週間もかけて物語を語ったものだ。幾晩も幾晩もかけて物語の糸を紡ぎ、ひとつに織りあげていった。誰もがもっと物語を語ってくれと彼に懇願し、パブは朝まで店をあけて物語を語る場所を提供した。ドロール・テラーは物語を語る代わりに、温かいベッドと食べきれないほどの食事を得た。

通りの突き当たりの男女のほうに向かって歩いていくと、彼らもこちらに視線を向けた。ドロール・テラーは通り沿いの店のショーウィンドウに映った自分の姿を横眼で見た。自分の風貌が、どことなくカカシに似ているのは知っていた。女と共に過ごしたのはずいぶん昔のことだ。彼女はバスルームを使わせてくれた。優しい手をした女で、バスルームの石鹼は夏のような香りがした。ドロール・テラーは、しだいに自分の秘密を漏らすようになり、気づけば次々と打ち明けていた。なにかが終わりつつあるような予感を覚えながら。そして、結局、理由もわからないまま、その関係は終わりを告げたのだ。ドロール・テラーはウィンドウを見ながら、髪と顎髭《あごひげ》を撫でつけ、丸石を踏みしめて歩いた。

旅行者というのは、たいてい退屈そうに見えるものだ。するべきことや見るべきものはあるが、結局のところ、それらが終わるのをただ待っているのだと感じているように。だが、通りに立っている二人は、旅行自体をはじめられずに途方にくれているらしい。ドロール・テラーは三十分ほど待たせたらしい。たいていの旅行者なら、とっくに立ち去り、内心では喜びながら土産物屋をのぞいてまわるはずだ。ドロール・テラーが近づくと、女のほうがもたれていた壁から体を起こした。

「物語ツアーに参加したいのかね?」ドロール・テラーは訊いた。

女はうなずき、ほっとした表情になった。「わたしたち、ツアーがまだやっているかどうかわからなくて」と、言った。「一緒に参加したいという人は少なかったですし」

彼女の髪はトチの実に似た赤褐色だった。ドロール・テラーに微笑《ほほえ》みかけると、眼の周りにクモの巣のようなしわができた。男の髪は黒く硬そうで、下腹の上でシャツが窮屈そうだった。二人共、バターとコーヒーがたっぷりのおいしい朝食を腹いっぱい食べてきたのだろう。女がバッグに手を伸ばすと同時に、男はポケットに手を入れ、二人同時に財布を取り出した。

「ツアーはまだやっとるよ」ドロール・テラーは言った。

「今、払ったほうがいいですか?」男は紙幣を差し出しながら言った。「それとも、終わったとき?」

「今、もらっておくとしよう」ドロール・テラーは受け取った紙幣を折り畳んで注意深くポケットに入れ、底のほうまで押しこんだ。以前に、風に飛ばされてメモ書きをなくしたことがあったからだ。

「領収書をもらえますか？」男が訊いた。

「そんなもの必要ないわよ」横から女が言った。

「もらえます？」男は繰り返した。

「領収書はない」ドロール・テラーは答えた。早くも、このやり取りにうんざりしていた。

「忘れてください」女が言った。「必要ありませんから」男の顔を見て微《かす》かに首を横に振った。それから、自分のコートの袖のなにかをはらうような身振りをした。二人は夫婦だということだった。二人とも小綺麗な身なりをしている。香水の強い香りが港の匂いと混ざりあっていた。男の靴は爪先が長く、磨きたての車のようにぴかぴかだった。だが、二人は心地よさそうには見えなかった。ドロール・テラーが履いているブーツの履き心地とは正反対だ。それは何マイルも何マイルも歩いた末に、ぼろぼろにくたびれていたが。ドロール・テラーは遠い昔のある冬、海岸でそれを拾ったのだ。


歩き出したドロール・テラーはすぐに通りから細い路地に入り、夫婦もあとに続いた。白く塗られた小さな別荘が何列も背中合わせに並んで建ち、それぞれの間には細い隙間しかない。裏口にガラス壜が出してある家はほんの数軒だった。ほとんどの家は、夏の数週間以外、誰も住んでいないのだ。ドロール・テラーは何軒かに無断で住んだことがあったが、どこも氷のように寒く、嫌な匂いがした。一軒だけ、青いガスの炎が見える窓があった。ドロール・テラーはいつも暖炉や炎に惹かれる。昔は、パブや誰かの家を訪ねると、物語が語り尽くされるまで、ひと晩中、暖炉の炎が消えることはなかった。たとえ最後の一本まで薪を燃やすことになっても。昔、ドロール・テラーはキャンプ用コンロを手に入れたが、誰かに盗まれてしまった。どうせ盗まれるなら、また別のものを探す意味もない。ブーツは歩くたびに、錆びた門がひらくときのような音をたてた。ドロール・テラーはゆっくりと歩き、時々、鼻から長い息を吐いた。弱い風が門を通り抜けるような、ヒューという小さな音がした。

「最後は鉱山の跡に行くのはどうかしら?」女が言った。「そこで最後の物語を聞かせてもらえます?」

「最後の物語」ドロール・テラーはつぶやいた。一匹の黒ネコが煉瓦塀の上に飛び乗った。ネコの体は液体のようだった。水が集まって大きな水の塊《かたまり》になったように見えた。黒ネコ。ドロール・テラーは無意識に自分の手の平を見つめた。そこには元々たくさんのしわが刻まれていたが、今は多すぎるような気がした。何千本もの線が互いに交差し、さらにまた交差しあっていた。

「錫《すず》の鉱山の跡なんですよね。ポスターにはそう書いてあったわ」

たしか鉱山にはなにかの物語があったはずだ。「夜に鉱山に行くときは注意しないと……」ドロール・テラーはゆっくりと話した。「そう言ったのは誰だったろう?」

夫婦は顔を見合わせた。

「さあ、知りませんね」男が言った。

「話はもっと続くんだがね」ドロール・テラーは言った。彼には言葉たちが見えたが、それを順序立てて並べることができなかった。頭のなかで、お気に入りのテレビ番組の歌が響きはじめた。〝人生は厳しいけど、あなたがそばにいる――〟ドロール・テラーは夫婦を従えて、網の目のような路地を進んだ。

しばらくして、女が口をひらいた。「ここは美しい土地ですね」

「とにかく、南に来なきゃいけなかったんですよ」男が言った。「あと数日いられると思ったんですけど、どうかな」

「空っぽの家に帰るのに、急いでどうするのよ」女が笑うと、笑い声が煉瓦塀に響いた。

なぜ、あんなことを言うのだろう？　ドロール・テラーは思った。誰かがよく知りもしないのに、この土地について話すのは嫌でたまらない。何時間も教会の庭に座って、雨に濡れたヤシの木を眺めたことがあるのか？　間違った地区に迷いこんだとき、どうやって蹴られたり杖で殴られたりしないようにするか、知っているのか？　今の道は自動車が行き交い、建物では多くの人々が動きまわる。そこから聞こえる様々な音と、昔の通りで聞こえていた音の違いを知っているのか？　動かない体を無理矢理起こす辛さを知っているか？　来る日も来る日も来る日も。

「来る日も来る日も」ドロール・テラーはつぶやいた。「来る日も来る日も来る日も」

九月の空はいつもそうであるように澄み渡り、うろこ雲が広々とした模様を作っている。洗濯物を干す紐から冷たく湿った布の匂いが漂い、家のなかからは、誰かが名前を呼ぶ声や皿がカチャカチャと触れあう音、戸棚がバタンと閉まる音が聞こえてきた。ドロール・テラーは自分たちがどこにいるのかわからなくなっていた。今いる場所の方角を知らなければ。最近は、こういうことがだんだん増えていた。中央の広場からどのくらい離れているのかもわからない。ふと、地下室におりる階段が眼に入った。それはなにかを連想させた――なんだろう？　足を止めると、夫婦も足を止め、三人で階段を見つめた。この階段にまつわる物語があることは確かだった。この路地をうろつく亡霊かなにか。

「階段の下が見えるかね？」ドロール・テラーは問いかけた。「百年前の暗い嵐の夜、そこで殺人が起きた」細かい部分を考えた。夫婦は短くてわかりやすい話を望むだろう。嵐はいい舞台だ。

「ジェーン・ライアンズという女がいた。彼女は夫を裏切り、機会さえあれば別の通りにある家にひとめを忍んで通い、恋人と逢瀬を重ねていた」やっと、頭のなかに物語が浮かびはじめた。「だが、夫は妻を疑っていた。彼は酒をあおっては妻に暴力を振るう男だった。ある晩、こっそり出かけた妻のあとを、夫はつけていった。事実を知った夫は妻を責めた。言い争った末に妻を階段から突き落とし、一番下まで落ちた妻はそこで息絶えた」夫婦は血痕を期待するような表情で現場を見おろした。「それから、今日《こんにち》になっても、ジェーン・ライアンズはこの辺りをさまよっている。背骨が折れたまま恋人を探しているのだよ」

結末を語りながら、ドロール・テラーは気づいた。これは、ホーバンが数週間前にテレビで見ていたメロドラマの筋立てだ。妻の浮気現場を発見した夫が、彼女を階段から突き落として殺す話で、なかなか面白いメロドラマだった。ホーバンがドラマを見ながら椅子の背にもたれるたびに、椅子が音をたててきしんでいた。見終わったあと、ドロール・テラーは眠ってしまった。眼が覚めると、誰かがコートを掛けてくれていた。

ドロール・テラーは階段を見おろし、あきらめたように首を横に振った。小声で屋根や靴のことをつぶやいた。靴はいつも重要だ。どこかのサンザシの茂みに靴が片方だけひっかかっているのを見たことがある。数えきれないほどのリボンが結ばれた、小さな黄色い葉がついた木も見た。だが、そこにあるはずの物語が浮かばない。きれぎれの言葉は結びつかず、物語が頭のなかから滑り落ちてしまう。そして、物語はどこにも埋もれてはいない。どこかに埋もれていやしないかと思ったときもあったが。今ではドロール・テラーも、世界がこんなに退屈で空っぽになってしまった理由《わけ》を知っている。物事が終わりかけているからだ。彼は感じた。いったいなにを？　物事が分散され、薄く引き伸ばされ、取り除かれてしまうのを。

三人は路地を出た。ドロール・テラーは爪をいじった。爪の下にはなにかが層になって重なっている。それは湿って、暗い緑色をしていた。たぶん、苔《こけ》か藻のたぐいなのだろう。爪の下にそれができはじめてから五十年ほど経つが、しだいに悪化しているに違いないと感じた。ほじくり出そうとしても、それは爪の下にしっかりと根付いていた。

「ここは最初にスタートした場所じゃないですか?」男が言った。

ドロール・テラーは周囲を見まわした。確かに、最初に夫婦と出会った場所にまた戻ってしまっていた。前方には港の防波堤が見え、水平線に汽船が浮かんでいる。「これが物語ツアーの道順なのでね」ドロール・テラーは言った。

夫婦はちらっと眼を合わせたが、肩をすくめただけだった。二人は手をつながず、並んで歩いてさえいなかった。二人の間には常に空間があった。まるで、誰かがそこに入る余地を残しているように。かつて、ドロール・テラーは、大切な人を失った人間にはすぐに気づいたものだ。彼らが失った人のためにあけてある隙間に立てば、必ずそのことに思い至った。だが、今はほとんど気づいていなかった。

ドロール・テラーと夫婦は、住宅街のなかの道を延々と歩いた。町は港とは反対側に広がっていた。道はしだいに広くなり、そこに建ち並ぶ家はしだいに大きくなった。家の前で車をいじっていたルーベン・グレイが、通りかかったドロール・テラーに声をかけた。だが、ドロール・テラーは振り向かず、聞こえないふりをした。誰からも施しなど欲しくなかったし、多くの人間には繊細な気遣いなどなかった。ドロール・テラーはルーベンの祖父と知り合いだった。ルーベンの祖父は町で一番最初に車を手に入れた男だった。ドロール・テラーと彼は二人でドライブに行き、車に乗ったまま絶壁から落下した。ルーベンの祖父は両手の指の骨をそれぞれ一本ずつ骨折したものの、窓から這い出て助かった。崖を転がり落ちたとき、たった二つの出来事が脳裏に浮かんだと、ルーベンの祖父は言っていた。予想もしないことだったと。ただし、それがなんだったかは決して話そうとしなかった。ドロール・テラーに関して言えば、崖から落ちるときも、まったくなにも起こらなかった。ただ、突然の静けさと沈黙に包まれただけだった。

女が腕時計を確かめた。「今頃はもう着陸したはずね」

男はうなずいた。「ああ、着陸しているはずだな」

女はドロール・テラーの顔を見た。「娘のリリーのことです」質問されたから答えたかのように、言った。「娘はインドネシアに行ったんです。教えたり、旅行をしたりするために」

「妻は危険だと思ってるんですよ」男が言った。「ちっとも危険じゃないのに」

「一年もですよ。丸々一年間も」

「今は、みんながやってることじゃないか。危険じゃないよ」

突然、夫婦の口から言葉があふれ出て、使い古された言い争いが続いた。

「飛行機事故なんかより、ロバに蹴り殺される確率のほうが高いかもしれないがね」と、ドロール・テラーは言った。ハリーが教えてくれたジョークだ。ドロール・テラーは立ち止まり、立派な家の裏側にあるわずかな荒れ地を見つめた。〝売地〟と書かれた看板があり、その上で大きなカモメが羽を休めていた。カモメたちはいつでも注意散漫な人間の隙を狙って舞い降りては、めぼしい物をかすめ取る。でこぼこの地面にイラクサが生え、両端に履き古した靴が落ちていた。ドロール・テラーは口のなかに鉄錆と石英《フリント》の味を感じた。肩の後ろに突き刺すような痛みがあった。どこか遠く離れた場所の、おそらく彼自身のものでさえない古い痛み。彼は記憶の水底をさらってなにかをすくいあげようとしたが、そこにはなにもなかった。

夫婦はドロール・テラーの後ろにたたずんでいた。彼が見つめる先を見つめながら、物語が語られるのを待ち構えている。二人は手がかりを求めて地面をつついたり、ひっかいたりした。いまや、二人は重苦しい沈黙に包まれていた。男は妻の背中に触れるかのように腕をあげたが、そのまま腕をおろした。それから、ポケットに手を突っこんで、妻の背中をただ見つめていた。

「ここにはなにもない」ドロール・テラーは重い足取りで歩きはじめた。ひどい疲れを感じた。どこか静かな場所で横になって休みたかった。それも長い時間。口のなかはまだ鉄錆の味がして、出血を疑うほどだった。鋭い痛みもまだ肩の間にあった。彼の痛みではない痛み。そんなものは欲しくなかった。ふるい落としてしまいたかった。

いつのまに、こんなにたくさんの家が建ったのだろう？　まるで、たったひと晩のうちに数えきれないほどの家と道路ができあがったようだ。ドロール・テラーは、家も通りもずっと前からそこにあったと想像しようとしたが、できなかった。たくさんの家が建つ前、そこでは様々なことが起きたのだ。その頃、ドロール・テラーは物事の中心にいた――だが今はどこにいる？　開発地域を迂回し、今いる場所を把握しようとしながら歩いた。迷いながら何度も角を曲がって小さな広場にたどりついたところで、やっと自分がいる地点を再び把握した。

広場の真ん中に、馬に乗った男の彫像が立っていた。ここに来たのは久しぶりだった。広場の周りの商店はすっかり変わってしまっていた。鍛冶屋は一軒もない。ビデオ店もない――店を営んでいたミックはいなくなってしまった。ミックは海に入っていくところを誰かに見られたきりいなくなったと言われていた。アパートの賃貸料がもっと安い町に引っ越しただけだとも言われていたが。ホームセンターがあり、そのそばに中華料理のテイクアウト店があった。ドロール・テラーは中華のテイクアウトに眼がなかった。炒飯《チャーハン》や、甘酸っぱいソース。どれも心臓の鼓動のリズムが変わるほどだ。昔は、広場の屋台で売っていたサイダーも大好きだった。それから、あのシチュー――ナイフで切れないくらい分厚い肉。思い出せないくらい古くからある味付け――たぶん、サフランかなにかと、今では手に入らないような豊かなスパイスの味。

　夫婦は彫像に近づき、見あげながら周りをぐるりと一周した。それは、ナポレオン戦争で手柄を立てて将軍になった地元の兵士を追悼する彫像だった。実のところ、ドロール・テラーはその男に会ったことがあった。彼は正真正銘のくそ野郎だった。そのため、彫像について説明しようとは思わなかった。生きているときから冷酷な表情をしていたが、ブロンズ像になってもそれは変わらなかった。

　ドロール・テラーは彫像を無視して、広場を見まわした。かつて、朝まで物語を語ったあと疲れ果てて、よくこの広場で眠りこんでしまった。眼を覚ますと、屋台や商店の間を歩く人たちが横を通り過ぎていた。なかには眠っている彼を日陰に運んでくれた人もいた。だが、それから何年も何年も経ち、もはや彼を日陰に運んでくれる人はいない。今、こんなところで眠ったら、肌が日光で焼け焦げてしまうだろう。

　木の葉が一枚、ドロール・テラーをかすめた。そして、また一枚。ドロール・テラーの眼に、吹き流され、積み重なる木の葉がはっきりと見えた。それは赤銅色に染まったオークの葉だった。かつて、広場の中心に立っていたオークの木から落ちた葉だ。ドロール・テラーは木の葉の吹き溜まりから眼をそむけた。もう一度振り向くと、それは跡形もなく消えていた。ガス灯の光が見え、シューッという音が聞こえるような気がした。ほら、あそこに――パブの窓から小さな手を振っている。あそこには――黒いコートを着た男が手錠をかけられ、嵐に吹く風のように吠える。嵐の音と、男の吠えるような声が耳に響く。だが、一瞬後、ドロール・テラーはやはり、さっきと同じ晴れた静かな広場に立っていた。

「吠えるような声をあげる男」ドロール・テラーは口に出してみた。

「なんだって？」そばに戻ってきた男が訊いた。「失礼。ちゃんと聞いていなかったもので」

ドロール・テラーは、肉屋の壁の深くえぐれた箇所の上にかがみこんだ。えぐれた縁の部分はざらざらしていた。「これを見るといい」

「なんですか？　銃弾の痕？」

「そう、銃弾の痕だ」ドロール・テラーは答えた。たぶん、そうなのだ。もしかしたら、トラックがぶつかっただけかもしれないが。「そう、銃弾、密輸、ウィスキー、革、チョコレート。その頃、町は貧しかった。貧しい人間であふれかえっていた。そして、銃は金になった。ギャングの頭目は残虐な男だった。名前は――」ドロール・テラーは言葉を切った。名前が思いつかない。夫婦は名前を知りたがるだろう。肉屋の苗字はビックルだった。看板にも書いてあるが、ありがたいことに夫婦は気づいていない。今は、ビックルの娘が店を切り盛りしている。ドロール・テラーが知っているのは、彼女の祖母やその母親だった。彼女たちのうちの誰かと恋に落ちたこともあったかもしれない。昔は、ドロール・テラーもそれなりに女と付き合いがあった。愛は訪れては去っていった。

「――ビックル。ハリー・ビックルだ。ある暗い嵐の晩、それは起こった」さっき語った物語にも暗い嵐の晩があったはずだ。だが、くそっ。構うことはない。「銃撃戦だ。だが、弾はそれて、この壁に当たった」

女は先を期待するかのように、笑みを浮かべてうなずいた。

「弾は壁に当たった」もう一度言い、えぐれた箇所を指差した。ガンの群れが視界の隅をかすめた。空を見あげ、群れを見つめた。たくさんの羽がギシギシと音をたてるのが聞こえるようだった。ドロール・テラーは、ガンの群れが飛び去るまで見送った。夫婦も空を見あげ、同じように群れを見つめていた。

「あのとき、たくさんのガンがうちの庭に降りてきたのを覚えてる?」女が夫に言った。「十羽くらい、いたわよね。二、三分休んでから、いっせいに空を見あげたと思ったら、飛んでいっちゃったのよ。あっという間に、いなくなってしまったわね」

「覚えていないな」

「あなたも一緒にいたわよ」

「いや、記憶にないよ」

「あなたもそばに立ってたわ。リリーの前にね。わたしたち三人で窓から見てたのよ。あなたは、ガンたちが頭に黒い靴下をかぶってるみたいだと言ったじゃない。銀行強盗みたいだねって」

「おれがそんなことを言ったのか?」

「言ったのよ」女は静かに言った。「でも、どうでもいいわ」

　ドロール・テラーと夫婦は、ガンたちがいなくなってからも、まだ空を見あげていた。ずっと昔、ドロール・テラーは自分がガンの群れと一体になって空を滑空しているように感じていた。ガンたちの眼を通して、彼らが知る様々な土地を見た。すべての土地の隆起と湾曲を知りつくしていた。ドロール・テラーは空っぽの空を見あげた。ふと、いつまでも上を見ていたために、首が完全に動かなくなった男のことを思い出した。男は結局、永遠に空を見あげていなければならなかったのだ。ドロール・テラーは視線を地面に戻し、痛む首をさすった。

「鉱山に行くとしよう」と、夫婦に言った。ツアーはすぐに終わるはずだ。鉱山に行く道中、なにかの話をごたまぜにして、夫婦に話して聞かせればいい。それから、ハリーを見つけて、メグの店に行こう。少なくとも今日は夜を過ごすのが楽になりそうだ。ポケットに手を入れて、そこに紙幣があることを確かめた。

三人は広場を出て、再び両側に家々が建ち並ぶ通りを引き返した。さっきと同じ通りかもしれないし、違う通りかもしれなかった。

「あの……道はこれであってます?」男が訊いた。「結局、最初の港にまた引き返すなんてことはないですよね?」

ドロール・テラーは大丈夫というように、うなずいた。「ずっとジグザグに進んでるんだ」

前方に、またルーベン・グレイの姿が見えた。相変わらず家の前で車をいじりながら、口笛で曲を吹いていた。ルーベンは、何マイルも遠くまで届くような大きく美しい音で口笛を吹くことができた。

「ここで待っていてくれ」ドロール・テラーは夫婦に言った。ルーベンのほうに歩いていき、鉱山への道を訊くつもりだった。

「さっき、無視しただろう?」いきなりルーベンは言った。

「そんなところだな。ところで鉱山なんだがね。港で右に曲がるんだったかね、それとも左かね」

「左だよ」ルーベンは答えた。「かなり歩くぞ。急斜面だ。あの百段はありそうな階段をのぼらないとな」そう言って、車のボンネットに手を伸ばし、汚い布で拭いた。

「百段?」

「あの二人と一緒に行くのか?」

「物語ツアー中なんだ。いい金になる」

ルーベンはうなずいた。「ミニバスを使ってのぼるツアーがあってさ。なかなか大変そうだったから、おれが何人か運ぶって言ったんだが、連絡は来なかったよ」

「ミニバス一台かね」

「ああ、その団体はぎゅうぎゅうに詰めこまれてたよ」

「上まで乗せてくれたら五ポンド払うが」二十ポンドのうち五ポンドが消えると思うと苦い思いがしたが、仕方がない。歩いてのぼったら、途方もなく時間がかかるに違いない。

「無理だね」と、ルーベンは言った。「おれの車はもう廃車になるんだ」バンパーに貼られたステッカーの言葉がそれを物語っていた。「おれはクソがしたくてスピード出してただけなのにさ」車のドアはすっかり錆びて、塗料が剝げかかっていた。夫婦のところに戻るドロール・テラーの背中を、ルーベンの口笛が見送った。

「ここから一時間以上かかるかもしれんな」と、夫婦に言った。

「ご心配なく」女が言った。「ちっとも急いでませんし」

「その分は、いくらかかるんです?」男は妻と同時に口をひらいたが、その言葉の語尾は蒸気のように空中に消えた。

三人は港で左に曲がり、石だらけの浜を突っきって小道を歩いた。遠くに、ルーベンが言っていた長い階段が見えた。まるで、薄っぺらいヘビが崖にとぐろを巻きながら上にのぼっているようだ。ドロール・テラーは長いこと、こんなに遠くまで歩いていなかった。横腹に痛みを感じたが、夫婦よりも一歩前に出ながら、重い足取りで歩き続けた。

浜は干潮だった。吹きさらしの物寂しい風景が広がっていた。どこまで歩いてもハリエニシダの茂みと岩だらけの土地が続いた。ドロール・テラーは自分たちが階段の方角に向かっていることを確かめるため、しょっちゅう立ち止まった。昔はいつでも自分がいる場所を正確に知っていて、ある場所から別の場所へ、町から町へ、考えなくても迷わず向かうことができたのに。物語は風景に埋もれていて、彼はいつもそれを追っていた。あの洞穴《ほらあな》からあの丘へ、あの丘からあの廃墟へ――すべて彼のなかの地図に記されていた。今、自分のなかを見まわしても、ちらつく画面のような切れ端しか見えない。巨人のテーブルのような形の岩にも、瘤《こぶ》だらけの木にも、点滅する物語の切れ端しか見えなかった。見渡せば、四方八方に草地と海が広がっていた。まるで、彼が自分自身の地図を水没させてしまい、すべての道がぼやけ、互いに混ざりあってしまったようだ。

「こんなに遠いなんて知らなかったわ」女は片手で顔を撫で、巻いていた薄いスカーフをほどいた。

「もうすぐですか？」

「あの頂上だよ」ドロール・テラーは崖に沿ってのぼっていく階段を指差した。何世紀も経っている古い階段は土の部分もあれば木でできている部分もあり、コンクリートの部分もあれば石造りの部分もあった。

「あそこまで？」男の髪は風に吹かれて突っ立ち、あちこち瘤状に丸まったり、ねじれたりしていた。

そして、三人はのぼりはじめた。ドロール・テラーは一段ずつ、注意深く体をゆっくりと持ちあげてのぼった。階段はでこぼこしていて、二度ほどよろけては体勢を立て直した。だが、のぼっているうちに、足をあげる前に次の段の形がわかるような感覚を覚えはじめた。半分のぼった辺りからは、しっかりとした足取りでのぼれるようになっていた。ある段のコンクリートに微かな足跡がついていたが、それは間違いなく自分のものだった。ブーツの靴底の網目模様がぴったり合っていた。

遠くにエンジンハウス（鉱物の採掘に使われた蒸気エンジンを収める建物）の廃墟がぼんやりと見えてきた。階段をのぼりきると、夫婦は呼吸を整えようとして立ち止まり、苦しそうにあえいだ。ドロール・テラーはもっと歩き続けたかったが、横腹の痛みは肋骨まで広がり、呼吸は荒くなっていた。それから、空っぽの駐車場を通り抜け、草と岩とハマカンザシばかりの土地を歩いていった。鉱山の跡はあちこちに見られた。煙突やエンジンハウス、住居やポンプ場の跡、骨組みだけが残った古い建築物。最初に見た瞬間、それらはまだ生きているように見え、働く人たちの声や仕事をする音であふれかえっているように感じる。だが、すぐに、そこにあるのは沈黙だけだと気づく。静けさと、落下した煉瓦だけだと。

崖の下のほうにもエンジンハウスが二つ見えた。それらは海鳥の巣のように崖の縁ぎりぎりに建っていた。風が強かった。ドロール・テラーは、顔に真っ向から吹きつける風を気持ちよく感じた。長い物語を語り終わったときのことを思い出した。室内の熱気と煙草の煙から逃れて夜の闇のなかにひとりたたずみ、夜空の月と星を見あげていたときのことを。

風に運ばれて、人の声と教会の鐘の音が微かに聞こえてきた。ドロール・テラーは足を止め、耳を傾けた。鐘の音は、もう一度小さく静かに響いた。〝男には予感があった――〟という一節が頭のなかで何度も繰り返されたが、その先はわからなかった。

絶壁の下をのぞきこむと、鋭い歯のように岩が並んでいた。波が打ち寄せては砕け、泡と水煙になって崩れ落ちた。そこに、岩にもたれるようにして船が横たわっていた。以前、そこにはなかったものだ。だが、今、ドロール・テラーはそれを見ていた。その船は、突然、はっきりと彼の眼前に現れた。船が波の狭間で揺れ、船体の板が大きくきしむ音が聞こえた。船員や乗客の叫び声も。あれはひどい遭難事故だった。浜に打ちあげられた柳の籠や木箱の間には、たくさんの遺体が横たわっていた。

「アニー・ジョーンズ」ドロール・テラーはつぶやいた。「ジェイミー・ジョーンズ」

「なんです？」近づいてきた男が訊いた。男は妻を手招きした。

「シーマス・モーリー、ピーター・トレローニー」ドロール・テラーの口からは自然と名前が出てきた。「トーマス・チャペル、トビー・オサリヴァン」彼はひとりひとりの遺体を、柳の籠から砂の上に散らばった何百個もありそうなオレンジを見ていた。あのあと、町の人たちは何週間もかけてオレンジを食べたのだが、誰よりも先に口にしたのは彼だった。甘く鋭い味が口に広がり、唇と指にべとつく果汁を感じた。

ドロール・テラーは顔をそむけた。振り向いたとき、船はまだそこにあった。大きな音できしみ、うめいていた。

「スペイン」彼は夫婦に言った。「その船はスペインから来た」

ドロール・テラーは夫婦に難破船の話をした。どんな風に船体の材木がきしんでいたのか、どんなに暗く静かな夜だったか――それなのに船が座礁したのはどうしてだったのか、誰にもわからなかった。浜に打ちあげられた遺体とオレンジの話もした。そのときのオレンジの味を伝えようとした。どんなにそれが甘かったか。そして、今再び、それを味わったことも。びしょ濡れになった自分の服と、浜に引っぱりあげた遺体の皮膚の感触が蘇る。両腕で力いっぱい引っ張ると、遺体の関節がはずれそうになったこと。それらはまだ物語ではなかった。ただ口のなかの味であり、濡れて重い服の感触だった。ドロール・テラーは、つぶやくような小声で、しかも早口で話していた。あらゆる細部を語ろうとした。夫婦の眼にも、岸壁の下の岩に横たわる難破船の姿が映し出されてほしいと思うあまり。

「気にせんでいい」と、ドロール・テラーは言った。「気にせんでいいんだ。こっちに行こう」もっとあるはずだ。さらなるイメージと記憶は手が届きそうな場所にちらりとのぞき、今にもそこからあふれ出してきそうだった。鉱山の跡地を横切る線路のほうに歩き、線路のひとつをたどっていった。鉱山の入り口からなかは見えなかった。入り口は垂直に地下に向かっている。四角くあいた口は真っ黒で、なかをのぞいてもなにも見えなかった。

「坑道は海の下にあるんだ」ドロール・テラーは言った。トンネルが海底の地下に走っていることを思い出していた。動脈のように延びる細く狭い坑道のなかには、波の音がドラムのように響いているはずだ。

女は体を震わせた。「きっと真っ暗でしょうね」

「波の音は心臓の音のように聞こえるだろうな」ふいに男が言った。女は夫の顔を見て、うなずいた。それから、夫の髪に手を伸ばして瘤になった箇所を解きほぐした。

鉱山の内部から音が聞こえてきた。誰かがノックしているような、鉱山の奥深くでなにかが動きまわっているような音がドロール・テラーの耳には聞こえた。鉱山の精霊だろうか。精霊たちがごそごそと動きまわりながら、のんびりと仕事に取りかかろうとしているのだろうか。鉱山の精霊は青白い体をして眼が見えず、光に敏感なものたちだ。彼らは価格さえ折りあえば、鉱山のために錫を探してくれる。膝が弱く、いつも背中を丸めて眠そうにしているが、どんなに遠くからでも硬い地面に隠れた錫や銅の匂いを嗅ぎつけることができる。鉱山にはどんな物語があっただろうか？　鉱山の精霊の物語？　〝男には予感があった――〟その男の心の奥で静かに鳴り続ける教会の鐘の音は、どんな風に響いたのだろう？

ドロール・テラーは草の上に腰をおろして、待った。草地の地面は心地よかった。ふかふかした草がハマカンザシやクローバーと絡まりあっている。夫婦もドロール・テラーの隣に座って、待った。二人はコートを体にかき寄せた。ドロール・テラーも夫婦も口をつぐみ、じっと動かなかった。エンジンハウスはそびえ立つように建ち、今にも煙突から煙を吐き出しそうに見えた。

波の音だけが聞こえていた。それから、ガンの鳴き声。別の群れが飛んできたらしい鳴き交わす声が聞こえた。

コツコツとノックするような音がまたはじまり、しだいに大きくなった。ドロール・テラーには、なにかが坑道をのぼって鉱山から出て来る音に聞こえた。いくつもの感覚が研ぎ澄まされ、集まり、ひとつになっていく。あれは力強いノックの音だろうか、それとも鳴り響く鐘の音だろうか。鐘の音が聞こえてくるのは鉱山の内部か、それとも海のなかか。船と共に沈んでいった鐘を思い出す。あの鐘はまだ海底で鳴っているだろうか。〝男には予感があった〟ノック、ノック。坑道で動きまわるものたち。鉱山の内部から物語が忍び寄ってくるのを感じる。それはゆっくりと後退し、それからまた、ほんの少しずつ引きずり出される。時間が必要だった。いくつもの波が押し寄せた。鉱物を運ぶ貨車。暗闇で揺れる角灯。鐘の音はしだいに大きくなり、ドロール・テラーは再び語りはじめようとしていた。なぜだかはわからない。すべてに関わりなく、ドロール・テラーは再び語りはじめようとしていた。

訳者あとがき

まず告白すると、わたしが本書『潜水鐘に乗って』の原書*Diving Belles*の英版ペーパーバック（ブルームズベリー）を手に入れたのは、美しい表紙に惹かれてのこと（いわゆるジャケ買い！）だった。だが、読み終わる頃には、独特の世界観を持ち、幻想的かつ胸が締めつけられるような短編の数々を、ぜひ日本の読者にも紹介したいと強く思うようになっていた。それから少し時間が経ってしまったが、ようやく形になって書店に並ぶことをしみじみ感慨深く、うれしく思う。

本書に収められている短編は、どれも著者ルーシー・ウッドの出身地、イギリス南西部に位置するコーンウォール半島に数多く伝わる伝説や伝承が下敷きになっている。ある意味で特殊なこの土地なくして、本書は生まれなかっただろう。そこでは、ムーアと呼ばれる荒れ地が広がり、断崖絶壁に強い風が吹きつけ、小さな森には妖精が現れる泉がある。荒れ地や海岸では奇妙な形の巨石があちこちで眼をひき、かつて栄えた鉱山の廃墟には打ち捨てられた線路が延びている。どれも、本書に収録された短編の舞台になっている風景だ。さらに詳しく紹介すると、例えば「石の乙女たち」に似て円状に巨石が並ぶ、〝九人の乙女〟と呼ばれる遺跡や、巨人の骨が掘り出されたという、「巨人の墓場」を思わせる言い伝えのある城、「緑のこびと」に登場する、妖精が見えるようになる塗り薬の伝説が残る村も実在する。

残念ながら、わたしは実際にコーンウォールを訪れたことはない。そのため、本書を訳出するにあたっては、井村君江氏の『コーンウォール　妖精とアーサー王伝説の国』（東京書籍、一九九七年）という書籍を参考にさせて頂いた。井村氏は、『妖精学大全』（東京書籍、二〇〇八年）をはじめ伝説、伝承関連の多くの著書がある、著名な英文学者、比較文学者、そしてケルト・ファンタジー文学研究者だ。『コーンウォール　妖精とアーサー王伝説の国』は、井村氏が現地で暮らした体験を元に、伝説や歴史への深い知識を駆使して書かれた、文字通り、コーンウォールの世界が詰まった一冊だ。カラー写真も豊富で、本書がどんな背景と自然を舞台に書かれたのかを知るために欠かせない資料だったことをここで述べておきたい。そして、コーンウォールについて知れば知るほど、ルーシー・ウッドが故郷の自然や風土、そこに息づく伝説を愛情深く生き生きと描き出していることがよくわかった。

その上で特筆すべきは、本書のなかで、その不思議な伝説の物語中に身を置く登場人物たちはみな、特別な存在ではなく、わたしたちと同様に現実の世界で、様々な感情を抱えて生きる人々だということだ。現実と幻のあわいに立たされていても、彼らの心に生まれるのは極めてリアルな感情だ。喜び、悲しみ、嫉妬、不安、絶望、そして希望。もしかすると、彼らのそうした感情が幻を引きつけ、現実のなかに幻を呼びこんでしまうのかもしれない。だからこそ、本書の物語はどれも単なる伝説、伝承の域を超えて、わたしたちの心の奥深くまで響いてくるのだろう。

あるインタビューのなかで、ルーシー・ウッドはこう話している。「――伝説や伝承には、人生のあらゆる問題に対する答えが詰まっています。それは、読む人が物語を現実の出来事に変換し、現実を理解するよう促しているのです。伝説や伝承には悲劇が秘められていますが、魔女や人魚や巨人たちの物語には、悲劇だけでなく美しさやユーモアも隠れています――伝説や伝承を元にそれらを再構築し、生まれ変わらせて新しい物語を作る。それがわたしのやりたいことです――」

この言葉がとりわけ如実に表れているのが、最後の短編「語り部の物語《ドロール・テラー》」だろう。主人公である年老いた語り部は語るべき物語を失い、絶望しているが、その姿は悲劇的であると同時に、ユーモラスにも描かれている。「語り部の物語」は、何百年も生きてきた伝承上の存在ドロール・テラーの姿を通して、移りゆく時代に取り残された者の悲哀と、故郷の伝統文化の衰退に対する著者の嘆きが浮彫になった物語だ。

かつてコーンウォール地方では、実際に語り部が各地をまわって伝説を語り伝えていたが、近年はそんな伝統もしだいに消えつつあるという。地域に根づく伝統が消滅してしまうとしたら、それもまた悲劇と言えるだろう。ただし、現地では独自の文化を後世に残そうとする運動もあり、祭りや様々なイベントを盛りあげる動きも起きているという。「語り部の物語」のドロール・テラーも、徐々に物語を取り戻していく。短編の最後の一節は、コーンウォールに根づく数々の物語への著者の愛情と、故郷がいつまでも変わらずにいてほしいと願う祈りにも思えた。本書の短編はどれも最終的には、どんなに淡く細くとも明るい光が差す。それは、ルーシー・ウッドが物語のなかの人々に、ひいては、ときに辛く苦しい現実に生きる人々に向ける温かな視線であり、励ましであるに違いない。

ルーシー・ウッドは、コーンウォール半島の近隣デヴォン州にあるエクセター大学でクリエイティブ・ライティングを学んだ。

二〇一二年に刊行された初の著書である*Diving Belles*は、サマセット・モーム賞（三十五歳以下の若手作家を対象とした文学賞。過去にサラ・ウォーターズも『半身』で受賞）、ホリヤー・アン・ゴフ賞（コーンウォールの民間団体が主催する文学賞）の二冠に輝いた他、国際IMPACダブリン文学賞、ディラン・トマス賞などの候補にも選ばれた。また、本書所収の「精霊たちの家」はBBC短編小説賞の次点に選出されている。
その後、二〇一五年にはじめての長編小説 *Weathering*、二〇一八年には二冊目の短編集 *The Sing of the Shore* を出版。新作が待たれるところだ。

最後に、本書を世に送り出す手助けをしてくださった、東京創元社編集部の宮澤正之氏、編集部のみなさま、校正課のみなさまに心より感謝申し上げます。この本を手に取ってくださった読者の方々が、ルーシー・ウッドが生み出した美しい物語たちをどうか気に入ってくださいますように。そして、出来るなら二冊目の短編集である *The Sing of the Shore* と長編小説 *Weathering* もご紹介できる日が来ますよう願ってやみません。

二〇二三年十二月

木下淳子

潜水鐘に乗って

著　者　ルーシー・ウッド
訳　者　木下淳子

2023年12月15日　初版
2024年 5 月24日　再版

発行者　渋谷健太郎
発行所　(株)東京創元社
〒162-0814　東京都新宿区新小川町1-5
電話　03-3268-8231（代）
URL　https://www.tsogen.co.jp
装　画　松倉香子
装　幀　柳川貴代＋Fragment
ＤＴＰ　キャップス
印　刷　萩原印刷
製　本　加藤製本

乱丁・落丁本は、ご面倒ですが小社までご送付ください。
送料小社負担にてお取替えいたします。

ISBN978-4-488-01132-1 C0097